尸人庄谜案

屍人荘の殺人

Imamura Masahiro

今村昌弘

〔日〕今村昌弘……著　　吕灵芝……译

北京联合出版公司
Beijing United Publishing Co.,Ltd.

目录

Contents

获奖感言

此次获得第二十七届“鲇川哲也奖”，我感到非常荣幸。

我从小就希望能用自己的想象力给别人带来快乐，但始终没能踏出第一步。直到长大成人，我才终于鼓起勇气尝试小说创作。我一直以来读书偏好繁杂，属于那种徜徉在书架与书架间，靠标题与装订来挑选书本的类型。

所以，十分愧疚地说，我并没有格外偏爱本格推理，哪怕撕烂我这张嘴，也不好意思承认自己是个资深本格爱好者。这样的我出于“我要写别人从未读过的推理！”这个愿望写成的作品，竟能获得如此殊荣，使我深深感受到，本格推理比我想象的要自由宽广得多。

随着日子一天天过去，我越发感受到获奖的责任重大。我想用自己的想象力给别人带来快乐。希望今后也能不忘初心，继续努力向前。

今村昌弘

紫湛庄平面图

UB=浴室、EV=电梯

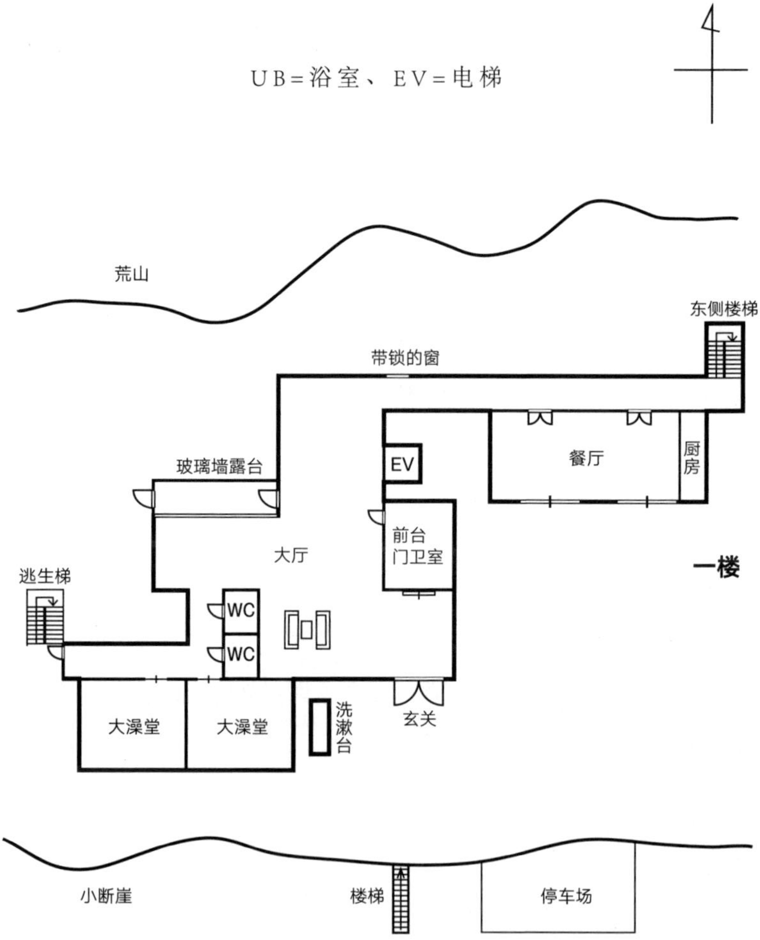

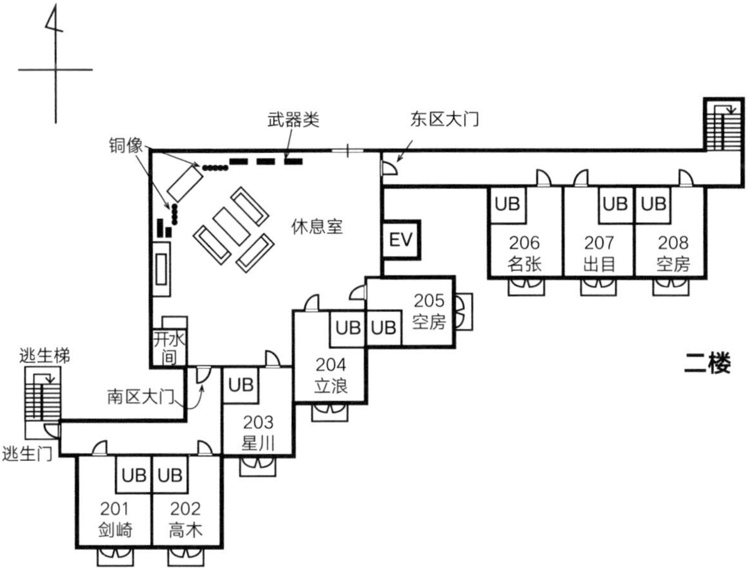
武器类
东区大门
铜像
休息室
EV
UB
206
名张
UB
207
出目
UB
208
空房
205
空房
UB
UB
204
立浪
开水
间
逃生梯
南区大门
UB
203
星川
逃生门
UB
UB
201
剑崎
202
高木

二楼

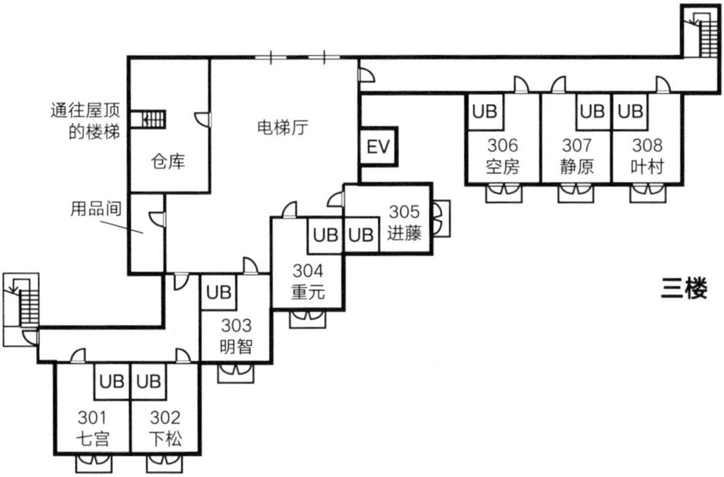
通往屋顶
的楼梯
仓库
电梯厅
EV
UB
306
空房
UB
307
静原
UB
308
叶村
305
进藤
UB
UB
用品间
304
重元
UB
303
明智
UB
UB
301
七宫
302
下松

三楼

登场人物

叶村让：

神红大学经济系大一学生，推理爱好会会员。

明智恭介：

神红大学理学系大三学生，推理爱好会会长。人称“神红的福尔摩斯”。

剑崎比留子：

神红大学文学系大二学生，破解众多谜案的少女侦探。

进藤步：

神红大学艺术系大三学生，电影研究部部长。

星川丽花：

神红大学艺术系大三学生，话剧部部员。进藤的恋人。

名张纯江：

神红大学艺术系大二学生，话剧部部员。神经质性格。

高木凛：

神红大学经济系大三学生，电影研究部部员。女汉子性格。

静原美冬：

神红大学医学系大一学生，电影研究部部员。性格沉稳。

下松孝子:

神红大学社会学系大三学生，电影研究部部员。打扮时尚。

重元充:

神红大学理学系大二学生，电影研究部部员。某类电影狂热爱好者。

七宫兼光:

神红大学电影研究部老校友。紫湛庄主人的儿子。

出目飞雄:

神红大学毕业生。七宫的朋友。

立浪波流也:

神红大学毕业生。七宫的朋友。

管野唯人:

紫湛庄管理人。

浜坂智教:

仪宣大学生物学准教授。

班目荣龙:

冈山资本家。班目机构创建者。

尸人庄谜案

屍人荘の殺人

剑崎比留子小姐：

前略。

近来可好？寒暄问候实属弱项，请容我进入主题。

随信附上您先前委托的班目机构调查报告。

这份报告虽由我亲手写就，但内容在我看来却严重脱离常识，奇怪至极。不仅如此，我在调查深入阶段，还意外涉及了公安调查厅机密事项。

因此，您的委托并未经过事务所登记，而被当成了我的私人工作进行处理，其他职员对此一无所知。同样，也烦请您铭记，不要对报告进行复制，更不要向他人透露其中信息。

另外，还建议您读过资料后予以销毁。

班目机构：

“二战”结束后，冈山资本家班目荣龙建立的研究机构。具体创建时间不明。

组织基地位于冈山县某市偏远山间。有记录表明，此处曾对外宣称自己在进行药品研究。据闻，基地规模较大，还包含数层地下室。另有大量证词表明，该机构从全国募集被评价为“奇人异士”的研发人员及学者，日夜从事不限领域的研究。并且，还都是些正经学界不以为然的研究。

一位当地老人曾误入那座基地，据他透露，基地内部圈养着不知名的可怕生物。另有一说，“二战”时期纳粹研究资料曾辗转流入此处……诸如此类充满神秘色彩的信息可谓不胜枚举。详情请参考附录资料。

班目机构自创建以来，持续活动将近四十年。一九八五年，公安将其归类为现在所谓之“特殊团伙”，对其展开入室搜查。不久后，该机构被解散。有关人士称，此次行动来自当时中曾根内阁的强烈要求，可见该机构一度拥有极大影响力，须得国家政体出面进行干涉。

然而，当时缴获的研究资料等记录已全部消失，始终无法查明班目机构具体进行过何种研究。

不过，在仪宣大学生物学准教授浜坂智教浮出水面后，调查情况大获进展。由于他与极左势力过从甚密，大约三年前就被公安盯上了。终于，今年夏天公安派人对其住宅和办公场所进行搜查，并从宅中发现了疑似属于班目机构的旧研究资料。

只是，浜坂本人连同他大学研究室的实验资料一并失踪了。

此人就是今年八月将您卷入其中的，娑可安湖集体感染恐怖袭击案的主犯……

Chap· I

第一章

奇妙な取引

奇怪的交易

一

“咖喱乌冬不是本格推理。”

我对他说。

当然，咖喱乌冬只是乌冬的亚种，别说本格推理，连本格中餐都算不上。[1]这种事我清楚得很。我只是想说，他这咖喱乌冬的推论丝毫没有逻辑性。

“我可以把你这句话理解为宣战吧。”

那个挺直了身子如同圆规的男人睥睨着我，小眼珠子在无框眼镜后面闪烁着挑衅的光芒。由于他个子比我高，那种威压感更强烈了。

“随你的便，反正我已经能看到结局了。老实说，你的咖喱乌冬之说才让我百思不得其解。”

我抱着手臂，努起下巴将视线转回那个女学生身上。

1. 与中国人相反，日本人普遍认为拉面是中华料理，而乌冬不是拉面，故有此说。

女学生手上的浅蓝色托盘还没放任何东西，而且她已经盯着眼前的“面类”菜单看了好久，仿佛陷入了沉思。很明显，她是想点菜。

我们坐在十米开外的餐桌旁凝视着她。

“既然你百思不得其解，我就开恩告诉你吧。”男人嗤笑道，“你先看她的装束。外面分明是火辣辣的仲夏，她却穿着一件长袖风衣。”

正如他所言，周围学生几乎都穿着短袖衫和露膝盖的短裤短裙，唯独她还套着一件白色长袖风衣，在人群中格外显眼。

“这就意味着，她觉得教室和食堂的空调太冷了。特别是食堂，由于四面都是玻璃墙，阳光特别强烈，冷气也特别足。那么不难想象，那个怕冷的女生想来一碗热腾腾的食物。”

“姑且算你说得有道理。然而热腾腾的面类并不只有乌冬，菜单上还有拉面呢。为何你要删除拉面这个选择呢？”

“关键在于时间，叶村君。”

男人撇嘴笑了。他一脸企图颠覆国家的反派表情，对话内容却是女学生为何不吃拉面，这种落差实在太过强烈。然而我并不想破坏难得的气氛，便决定保持沉默。

“时间？”我反问道。

“对，她是跟两个朋友一起进来的，另外两个人已经拿到餐品正在结账了。她为了不让朋友久等，一定很着急。那么我问你，拉面和乌冬哪个更快？”

一般来讲，面身较细的拉面烹煮时间应该更短，只是——

“当然是乌冬。”

我断言道。男人也用力点了一下头。

没错，我们对此有切身体会。不知为何，这座大学食堂对乌冬格外讲究，每天要到附近面厂采购两次新鲜制成的乌冬。因此乌冬类特别畅销，一到中午就有很多人点，厨房也会提前煮起来。于是，乌冬类不用等很久就能取到。

但是拉面却与乌冬不同，不是讲究，而是将就，因此味道不是很好，学生也不爱吃。由于点单人数少，每次都是收到订单后才开始煮面，等待时间漫长得让人忍受不住饥饿的煎熬。另外，负责煮拉面的菲律宾大叔（大概）也算是罪魁祸首之一。那家伙煮的面真可谓字面意义的“让人脚软”，简直是一盆软塌塌烂醉如泥的玩意儿。明明只需要按照规定时间煮熟就好，他怎么就能弄成那样呢？

闲话休提。总之结论就是，乌冬更快。

“正是如此，赶时间的话，绝不可能点更花时间的拉面。”

他的推理好像有这么一点道理。

“到此为止，我的意见都跟你相同。可是热乌冬依旧有两个选项——咖喱乌冬和清汤乌冬，为何她一定会选咖喱乌冬呢？”

“她已经在那儿站了很久没有挪窝，证明她不打算点别的小菜。午饭只吃一碗清汤乌冬哪里能吃饱？但一碗咖喱乌冬却足够管饱了，因为里面有咖喱啊！”

他的推理质量瞬间跳水了。仅凭自己的意愿和歪理得出答案，根本不算本格推理。

“……清汤乌冬也可以啊。说不定她想省钱，或者正在减肥。更何况，你漏掉了一个关键。”

“哦，说来听听？”

看来他并没有察觉。我带着些许优越感解释道：

“就是她身上的风衣。你觉得穿白色风衣的人会点咖喱乌冬吗？”

咖喱可是白衣服的天敌，正值爱美年纪的女孩子不可能如此不在乎外表。然而这个反驳并没有使他甘心认输。

“她完全可以脱掉风衣啊，白痴！”

“这也太不讲理了。”

我真服了他。若要脱掉风衣，那他刚才提的怕冷前提不就不成立了嘛。

“再说了，如果要省钱或者要减肥，能吃的东西一开始就非常有限。她没必要花那么多时间做出选择。”

“不，正是因为要减肥，才会更花时间。”

我们正忙着争论，那个女学生已经结好账朝这边走了过来。于是我们闭上了嘴，假装漫不经心地伸长脖子看了一眼她手上的托盘。决胜时刻到了。

她的午饭是——食堂员工推荐的金枪鱼糜酱油冷乌冬。

“为什么！”我很想大声喊。午饭吃这个固然很正确，可你不是怕冷吗？！

“——又打成平手了。”

我在本子一角画了今天第三个叉，我的对手也一脸失望地拿起满是水珠的杯子，将冰水一饮而尽。

关西地区知名私立大学神红大学的众多食堂中，这座名为中央联合食堂的学生食堂最受欢迎。这里的装潢很有咖啡厅或酒吧风范，洋气得让人不好意思使用竖排文字；玻璃墙和采光窗注入的自然光让人心情很是舒畅。室内有一面描绘大海风景的瓷砖墙，而且面积宽广，能轻易容下一整个网球场。满满当当的长桌子被学生坐满了七成，厨房里飘出了让人直流口水的香味。气味最浓的应该是今日套餐里用到的牛骨烧汁。

正在用餐的学生们表情都很开朗，因为上午刚结束了持续两周的期末考试，他们想必都在兴奋地做着暑假计划。

我很羡慕他们，因为占据我内心的并非期待，而是不安。

大部分原因在于端坐在我面前的理学系大三学长明智恭介，不过从他看着本子上那几个叉、一脸咬牙切齿的表情来看，他似乎对此毫无知觉。

“可恶，人这种东西从来不按照逻辑行事。”

明智学长咕哝道。尽管我很怀疑他的推理能否称为逻辑，但不得不赞同他的说法——人的行动很难像小说里那样准确预测。有的人会在数九隆冬钻进被炉里吃雪糕，也有的人会像刚才的女生那样穿着风衣点冷乌冬吃。然而我们并不能抱怨什么。

我和明智学长一有时间就会比赛推理，可从未有过哪一方大获全胜的先例。将近一百次胜负过后，我悲痛地发现，猜测员工推荐餐和每日套餐的准确率都比我们那些蹩脚推理要高。可我一旦做出那个提议，就会被学长痛骂“你怎么能逃避推理”，实在没办法，只好不断重复这种吃一堑却不长一智的论战，整日编排与妄想相差无几的逻辑猜测，然后自我毁灭。

可能有人会想，我为何会跟这个名字很像侦探、长着一张长脸、精悍表情和无框眼镜让人印象深刻的学长在一起厮混呢？事情必须回溯到四月入学后不久。

基本上所有大学都一样，当新生在新学年头一次踏入大学校园时，迎接他们的是弱肉强食、如同暴风骤雨的社团招募。因为大学里各种公认、非公认的社团远比高中多出许多，出现这种光景也是理所当然。

我一开始想加入推理研究会——也就是理研。

本来我就是不把孤独当作痛苦的性格，加之没有什么运动经验，又没有称得上挚友的人，更不存在漂亮可爱的青梅竹马，因此整个青春时代堪称枯燥乏味。因此可以轻易想象，若想在与高中截然不同的社会环境里生存下去，前辈的建议和朋友之间的信息交换占据着重要地位。

于是，向来喜欢推理的我便在社团指南一角找到小小的理研介绍，并跑去参观了两次社团活动。老实说，结果令我非常失望。

理研位于社团大楼一角，拥有成员十五人，正规活动只有每年发行一次评论集，平时仅仅是聚在一起谈天说地。这个没有束缚的自由氛围还算好说，只是跟我聊天的前辈们似乎对推理毫无热情，每次我提到自己喜欢的作品，他们都回答“不知道”“没读过”，我甚至不得不从零开始介绍范·达因和都筑道夫。由于一开口就要重复那种对话，交流到一半双方就都很不耐烦了。

第二次参观情况依旧如此，当我彻底丧失入会意愿，怀着沉重的心情离开理研活动室时，突然被一个高个子陌生人拦住，还听他说了句话：

“国名系列是奎因，馆系列是绫辻行人，那么花葬系列呢？”

你是谁啊，干吗突然说这个？我差点就反问了，可是嘴巴却不听使唤地说：

“什……啊……连城三纪彦。”

那个瞬间，他猛地攥住了我并没有伸出去的右手。他的手很大。

“有前途。你要不要来给我当助手？”

他就这样把我硬拽到附近的咖啡店里去了。尽管我脑子里还是一团糨糊，但听到他说要请客，就点了一杯奶油苏打。不等饮料端上来，他就开始自报家门：

“我叫明智恭介，理学系大三学生。目前担任推理爱好会会长。”

推理爱好会？跟理研不一样吗？

“那是理研的炒冷饭？”

“我坚决否认！”

听到我过于直白的发言，明智学长做出了电光石火的否定。根据他的说法，推理爱好会才是推理迷真正的归宿。

“我才不要跟那帮连范・达因和都筑道夫都不知道的人混为一谈。”

你是我失散多年的双胞胎兄弟吗？

饮料端上来，我们边喝边聊，据说明智学长刚入学时曾经进过理研，但是跟我一样无法跟那些人聊到一块儿，不久便退出来独自创办了推理爱好会。从那以后，他自诩真正推理志士，孜孜不倦地追寻身边谜题，同时磨炼自身的推理能力。

然后在几天前，他从别人口中听说有个叫叶村让（也就是我）的有志新生出现在理研，便跑了过去，准备用方才那个测试将我挖走。

“你也不打算整个大学四年一直跟那帮人打交道吧？”

明智学长的话正中靶心。理研成员们喜欢的都是最近特别流行，以人物个性为卖点，大量融入恋爱与青春小说要素的所谓轻推理作品。不，那些作品应该也能归入推理类别吧。若否定这点，必然会招来更多敌人（？）。不过老实说，身为一个古典作品和本格推理爱好者，我并不希望他们在对此一知半解的情况下自称推理研究会。

“知道了，那我加入推理爱好会吧。”

虽然说不上意气相投，也并没有被苦心相劝，但我还是答应了他。因为我此前从未加入过社团，而他是头一个请我喝饮料的学长。

于是，我就加入了这个非官方社团，成为会长助手，过上了极为充实的日子。不过，这里目前尚不存在其他准备入会的成员。

二

“对了，叶村君，你八月下旬有空吗？”

明智学长盯着离开食堂的学生，头也不回地对我说。

“当然有啊。你又要去找猫吗？”

“白痴。这么热的天追在猫屁股后面跑有意思吗？”

说着，他吱吱嘎嘎地嚼起了冰水里的冰块。

大学附近有家田沼侦探事务所，他偶尔会在那里兼职，干点找猫的活儿。

明智学长对谜题的热爱超越了现实与创作的壁垒，时刻盼望事件发生在自己身边。不，如果他只是老实坐等还好，关键在于此人倾向于一头冲进麻烦中，让人很是头痛。他专门印了名片（煞有介事地挂着推理爱好会会长头衔）派发给大学里所有社团，四处宣传“有事来找我”。这种活动已经持续了两年，可以想见他在学校里有多出名。当他对我提议“你也去印名片吧”，我当然想也不想就拒绝了。

然而不可否认的是，他确实解决了好几个发生在学校里的事件。光是我入学以后，就参与了宗教学考题泄露事件（暂命名）、中央操场钻洞事件（暂命名）等等。总而言之，一旦涉及事件，此人就能产生极为敏锐的灵感——虽然只是部分情况下。有时他也发挥不出来。

明智学长并不满足于大学内部，还跑到附近的侦探事务所和派出所去分发名片，并因此与田沼侦探事务所有了来往。事务所的人都很好心，甚至愿意把活儿分给我们干。至于警察那边，反倒将每逢有案子必定试图闯进现场的明智学长标记成了危险人物。简而言之，我不仅是明智学长的助手，同时还负责悬崖勒马。身为后辈，我有义务对他进行监视，以免他的热情给他人造成麻烦。

这样的前辈突然问我暑假有什么安排，着实让人担惊受怕。

到自助饮料台添了冰水后，明智学长说了起来：

“是这样的，我听说电影研究部那边打算搞个挺有意思的集训。”

我甚至不知道学校有这么个社团。

“他们准备租个山庄，在那里拍摄灵异视频。”

“就是到有故事的地方搞所谓试胆大会吗？”

“不对，是用家用摄像机拍摄短篇作品。好像叫什么第一人称视角作品？像《女巫布莱尔》和《灵动·鬼影实录》那样，以登场人物视角拍摄的视频。不过他们好像只打算做几分钟的超短篇。每到夏天不是经常能看到播放那种视频的特别节目吗？”

他是说专门收集幽灵和不明飞行物视频的节目吗？老实说，我并不讨厌那种节目。

“那种节目挺有意思的。”

“嗯，可我已经看腻了在闹鬼场所突然感到不适的明星。太泄气了。”

“我严重赞同。”

同时我还受够了千篇一律的外国驱魔仪式，不太想看到。

“不过为什么要拍灵异视频呢？他们要传到视频网站，或者在学园祭上播放吗？”

“虽然那姑且算是社团活动的一部分，但好像是准备投稿用的。据说就算是业余作品，只要做得够好，就有制作公司愿意买下来。这样还能赚点零花钱。如果能在刚才说的灵异节目上播放，那就算是大获成功了。”

原来如此。社团活动成绩与潜在的实际利益，同时还可能得到珍贵的夏日回忆，确实非常划算。

“于是我在想，干脆让电影研究部带上我们吧。”

“啊？”突如其来的转折让我不小心拔高了音调。

“但是影研部长把我给拒绝了。”

“我想也是。”

“从上个月起我都求他三回了，可他怎么都不答应。”

“被拒绝两次以后还能重振精神挑战第三次，这种坚韧不拔的精神已经让我羡慕不已了。”

他的行动力固然值得赞赏，白玉微瑕之处在于不懂看人脸色。不对，这个“瑕”其实一点都不微。

人家社团好不容易组织个暑期活动，自然不希望别的社团掺和进来。

然而明智学长好像还不死心，抱着双臂前后摇晃上半身。

“不过啊，叶村君，那可是山庄啊，夏日山庄。一大群同龄人要聚集在那里啊。你不觉得这里面充满了发生事件的要素吗？”

又不是紫丁香庄园[1]。

但我毕竟也算是个推理迷，一听到什么馆啊什么孤岛，或是什么山庄，就会感觉全身血液沸腾起来，整个人都着了魔。甚至听到神户异人馆[2]、长崎哥拉巴园[3]这些毫无关系的名称都会产生反应。尽管如此，我还是不能让他给别人添麻烦。

“拜托你别太招人讨厌了，毕竟学长本来就是个大名人。”

“唉，真的没办法跟他们一块儿去吗？”

明智学长还是念念不忘，但即使这样也没办法。

——此时我确实觉得，即使这样也没办法。

1. 出自《紫丁香庄园》，原作鲇川哲也。

2. 神户是明治开埠时期的外国人聚居地，有大量19世纪西方风格建筑，被统称为异人馆。

3. 1859年长崎开放外国通商后，英国商人汤玛士·布雷克·哥拉巴的住所。

三

进入八月，我和明智学长变得无所事事，每天都泡在大学附近的咖啡店里。那是我头一次见到明智学长时被拉进去的咖啡店，这里没有装在精致餐盘上的午餐小点，只有店长跟一个服务生，靠品类有限的菜单招待客人，而且装潢颇有历史感。小小的窗户安着雾玻璃，光线昏暗的店内流淌着抒情音乐。平时这里至少九成的座位都挤满了学生，但目前正值暑假，店里难得清闲，咖啡豆的香味显得比往常更浓郁了。

“又被拒绝了。”

明智学长坐在陈旧的咖啡色椅子上，两条长腿伸到低矮的玻璃茶几底下，叹息着说出了那句话。他面前摆着一杯咖啡，而我则点了翡翠绿的奶油苏打。

看来他还没放弃参加影研集训的事。

“明智学长，我拜托你别这样了好吗？”

“这样是哪样？”他似乎真心不明白。

“不知疲倦死缠滥打。既然对方说不，那就是不。请你别像抽签那样反复纠缠。所谓侦探，应该英姿飒爽地参与到事件中啊。”

“我只是在求他，又没给他添麻烦。”

“会产生那种想法的人最糟糕了。”

“总不能一个事件都没有，空度整个夏天吧。我得想想办法。”

不行了，“山庄”这个关键词和夏日暑气已经把他的脑子烤煳了。

我正烦恼该怎么让明智学长的心思远离集训，却听见一声铃响，店门打开了。扭头一看，好像是位女客。

她慢悠悠地把店内看了一圈，不知为何径直朝我们这边走了过来。而且，还在我身后不远处停下了脚步。

“打扰了，二位是推理爱好会的明智同学跟叶村同学吧？”

突然被叫到名字，我吃了一惊，马上转身看向她，再度吃了一惊。

那是个让人惊艳的美少女（当然，算不算少女有点难说），身穿黑衣黑裙，稍微过肩的长发也黝黑发亮。身高一百五十厘米多点，但高腰裙显得她身材纤细高挑。外表与其说可爱，更应该称为端庄，让人联想到处在少女与成熟女性的分水岭，与一般女大学生气质不同的生物。

“请问你是哪位？”

明智学长收起刚才那副吊儿郎当的样子，问了她一句。既然知道推理爱好会的存在，想必是我们大学的人，但好像连交游广泛的明智学长都不认识她。

“初次见面，我是文学系二年级的剑崎比留子，请多关照。”

她与理学系的明智学长，以及经济学系的我好像都没什么交点。认识明智学长也就算了，竟然连我的名字都知道，此人究竟是何方神圣？

“……剑崎，剑崎同学。”明智学长反复咕哝着那个名字，仿佛想起了什么，“那么，你找我们有事吗？”

“我们做个交易吧。”她开门见山地说，“明智学长，你想参加电影研究部的集训，对吧？”

“你怎么知道？”

“我听影研的朋友提起过。据说你一直死缠滥打。”

“嗯，不过得到的答复都很冷淡。”他耸耸肩。

他还嫌别人冷淡。这么一而再、再而三地纠缠，没有被揍已经很幸运了。

问问题的美女——剑崎同学勾起了嘴角。

“看来你不明白自己被拒绝的原因呢。”

“原因？”

“你愿意听我说吗？”

露齿一笑，她已经掌握了对话的主动权。于是我往里挪了一点，空出座位给剑崎同学坐下。

“谢谢。”

等剑崎同学点的咖啡端上来，明智学长迫不及待地问道：

“那么请你讲讲，我被拒绝的原因是什么？我以为只是单纯不想让非社团成员参与而已。”

“看来并不仅仅如此。不过这也是我听朋友说的。”

她开了个头，又把话接了下去。

“那个集训的首要目的好像并非拍摄作品，而是男女交流——也就是内部联谊。毕竟是夏天嘛。而且那座山庄还是影研某位老校友父母名下的产业，可以免费整租下来住。不过由于房间数量有限，并非全体部员都能参加。虽说是集训，实际是与宴请差不多的活动。照理说，他们应该没有接收非社团成员的余地。”

对正值青春年少的大学生来说，租下整个山庄度假简直是梦境成真。本来竞争率就高，一个不相关人士突然插足进去，就算被马踹了也说不得什么。很好，明智学长赶紧死心吧。

“不过最近情况好像出现了一点变化。”

我开始感觉形势不妙了。

“距离集训还有两周，竟有大量部员放弃了参加资格。其实对我说这些话的朋友也是其中一人。”

“那又是怎么回事？”

明智学长从刚才起就没碰过咖啡，他好像被剑崎同学的话彻底吸引了。

“因为收到了恐吓信。”

剑崎同学说完喝了一口咖啡，仿佛在刻意吊我们胃口。

“发现人就是我朋友。某天她恰好第一个到达社团活动室，发现桌上放着一张纸。”

“内容是？”

“红色马克笔写的‘今年谁来当祭品’，为了掩盖笔迹，特意写得非常凌乱。”

我大惑不解：

“很奇怪的内容啊。由于没有明确表明杀害或诅咒等直接加害行为，确切来说并不算恐吓。”

“你说得没错，只是部员们似乎对那个内容有点想法。”

剑崎同学故意压低了声音。

“是这样的，据说去年参加过集训的一名女部员暑假结束后就自杀了。明智学长不知道这件事吗？”

“啊，这么说来我确实听过那件事，还调查了一番。结果因为没有立案性质，并没有引起轰动。”

“对，自杀动机与集训的因果关系虽不明确，但好几个部员证实，他们去年拍的灵异视频中出现了并非事先安排的人脸。”

“所以他们被报复或者诅咒了？”我皱着眉说。

“这只是传闻。不过部员之间好像基本默认女生自杀的原因是集训了。实际上，去年除了有人自杀，还有不少部员提出退部，甚至有人从大学退学了。尽管出了那种事，影研今年仍旧准备组织集训。”

“最终还是被恐吓信泼了冷水。”明智学长接过话头。

“正是如此。”

“也就是说，那些退出集训的部员都把恐吓信当真了。”

这让我感觉有点奇怪。恐吓信固然吓人，可现在的年轻人竟然会因为这么一张纸齐齐取消安排吗？剑崎同学也点头肯定了我的疑问。

“其实这件事还有后续。我朋友发现恐吓信后，部长也走进了活动室。”

“进藤君啊。”明智学长补充道。想必那就是被他死缠滥打要求加入集训的对象吧。

“对，进藤学长看到恐吓信后，马上一脸严肃地叫我朋友不可泄露消息。其实，进藤学长好像就是去年也参加过集训的少数成员之一。我朋友感觉他的态度背后仿佛藏着某种阴影，觉得不该隐瞒这个消息，就对其他部员说了恐吓信的事，同时决定不参加这次活动。那样一来，取消活动的部员就像滚雪球一样越来越多了。”

确实，去年也参加过集训，知道事情来龙去脉的部长态度如此可疑，恐怕会让女性部员尤为感到不安。

“原来如此，情况我都了解了。”

明智学长点点头，随后小心翼翼地深入了主题：

“刚才你说要跟我做交易，那是什么意思？”

“社团前辈已经借到了山庄，总不能因为人数不足而取消活动，所以进藤学长目前好像非常烦恼。现在他或许会同意非社团成员加入。”

“可是我被拒绝了。”

“因为你这边只有男性参加。”剑崎同学断言道，“他们本来就是以联谊为目的接受前辈招待，若没有女性参加则毫无意义，进藤学长烦恼的也正是这个。关键就在这里。你们能带我一起参加吗？”

听到这个提案，连明智学长都瞪大了眼睛。

“据说明智学长号称‘神红的福尔摩斯’。有不光彩过去的集训，来历不明的恐吓信。这难道不是明智学长求之不得的事件吗？”

“唔嗯——”

唔嗯什么啊，明智学长已经一头栽进剑崎同学的话术里兴奋得直抖腿，连带桌子上的杯子碟子都在叮当乱响了。他根本不知道自己早就暴露了内心，还装腔作势地咳嗽了两声：

“咳咳。勉强算是我偏爱的那种吧。”

“其实我已经跟进藤学长谈好了。他似乎很难找到女生，还跑去邀请话剧部的女孩子来着。如果我愿意参加，他表示可以接受两个男性同伴。”

安排得太妥当了。这对我们——至少对明智学长来说可谓捡了个天大的便宜。然而正因为如此，我心里才会一直无法释然，决定插句话：

“请等一等。刚才你不是说交易吗？这样一来就只有我们捡了便宜。还有就是，你一开始为何要找我们说这件事呢？”

那个瞬间，我感觉剑崎同学微微张开的唇间露出了獠牙一样的东西。可是刹那的微笑很快被她低头掩盖过去了。

“我唯一的条件，就是不要追问缘由。”

这真是个奇怪的交易。剑崎比留子突然出现在我们面前，要跟头一次见面的我们一同参加那个可疑的集训。这事从一开始就疑云重重，也正因为如此，明智学长绝不可能善罢甘休。

“成交。”

她嘴边又露出了按捺不住的微笑。

Chap· 2

第二章

紫湛庄

紫湛莊

33

一

耀眼的阳光笼罩着散发着霉味儿的水泥建筑。窗边莫说是遮光的窗帘，就连一块窗玻璃都看不见。

这是一座深山里的废旧酒店。此处被荒置了将近二十年，周围又无其他建筑，如今就连本地人也极少踏足。头顶是一片晴朗得如同讽刺的蓝天，浜坂眯起眼睛想，这就是所谓的宜死之日吧。

背后传来一个声音：

“浜坂，权藤那边有信儿了。昨天果然有警察还是公安跑到你的研究室里抄家——”

“是吗？”

浜坂将近二十年的科研生涯，他付出了一切的大学研究室如今落入了敌人手里。然而浜坂心中并没有沸腾的怒火，也没有不甘的震颤，他心里只有干涸的死寂。研究成果都带了出来，电脑资料也早已销毁，留在那里的资料并没有什么价值。说白了，那里只是一个褪去的虫壳。就让他们红着眼调查去吧。

浜坂还有最后一个使命——让全世界知道这个成果。

除浜坂之外，还有五个男人聚集在这片废墟上，其中有老相识，也有几天前头一次见面的人。但这些都没有关系，因为一切将在今天结束。

“差不多该走了，路上可能会堵。若不在约定时间前进入会场就没有意义了。”

“好。”应声的男人扛起行李，又对其他人喊了一声，“圣战终于要开始了，我们走！”

男人们闻言，纷纷发出高亢得不自然的战吼，同时开始摩拳擦掌。其中一人高声叫道：

“等着瞧！我们马上就会打开潘多拉的魔盒！”

他恐怕觉得自己成了救世之人吧。浜坂冷眼看着那个人。

此人毕业于日本偏差值最高的大学，就职后不久便被社会打倒，从此彻底堕落，肆意发泄对世界的不满，在旁人眼中与丧家犬无异。最后还是浜坂收留了他。而现在，他马上就要配合浜坂的计划，献出自己的生命了。

他们是伙伴，但并非同志。这些仅仅是浜坂为实行计划找来的工蚁罢了。但他也要承认，没有这些人的力量，他无法完成这个计划。

即便如此，他们也不明白。

这不是潘多拉的魔盒，而是柜子。曾经被称为班目机构的组织留下的柜子。

他们今天将要开启的，仅仅是其中一个抽屉而已。

二

集训当天。

我和明智学长，还有剑崎同学一大早在离大学最近的车站碰头，然后坐上了电车。

据说那座山庄在 s 县娑可安湖畔，按照约定，所有参加者将在离目的地最近的车站会合。娑可安湖一带是有名的避暑胜地，随处可见私人别墅和露营地。能在那种地方住三天两夜，作为社团活动已经堪称奢侈了。

“叶村君，你怎么了，大清早的满脸阴沉!”

明智学长套着一件丝毫不衬他的夏威夷花衬衫。即将赶赴他心心念念的山庄，加上恐吓信这个细节，更是让他整个人按捺不住心中的激动。

我与他截然相反，此刻正感到心情沉重。我当初连理研都融入不进去，如今竟要跟一群不认识的年轻人住在一起，还举行联谊活动。

“我这张阴沉的脸与生俱来。更何况，对方只说了要住三天两夜，又没告诉我们有谁参加，学长难道不会担心吗？”

“反正肯定是语言相通的人嘛，又不是要把你送到中东战区，有啥好担心的？而且案子这种东西本来就难以预测，不会有问题。”

我担心的又不是语言和案子。老实说，比起那封恐吓信，让兴奋过头的明智学长跟其他年轻人接触这件事更让我担心。照这人的性格，保不准会当着所有当事人说：“听说上次集训导致部员自杀了，这是真的吗？死者自杀前后是否有可疑之处？”

只见坐在我另一边的剑崎同学转过来对我说：

“真抱歉，我应该找进藤学长问得详细一些。”

“啊，没什么，我并不是那个意思，没关系的。”

我躲开了那双通透的眸子。美女最让我没辙了。

今天剑崎同学一改上回咖啡店里的纯黑装束，穿上了点缀蕾丝的无袖连衣裙，俨然榊原郁惠歌词里的“夏日公主”。白色连衣裙胸口系着一条绸带，跳动的蝴蝶结显得简约而光彩照人。再加上一顶大草帽，让她看上去有如十几岁少女，看到这样的她面露歉意，连我也感到心疼不已。

“嘿。”

剑崎同学跪在座椅上把车窗推了上去。车里的冷气跑了出去，外面的凉风吹了进来。剑崎同学的草帽在风中摇晃起来。

“哇哇！”她慌忙抬起双手按住草帽。雪白的腋窝。我慌忙扭动整个上半身，把视线投向车窗外。

四节车厢组成的电车在一片田园风景中缓缓画着弧线，仿佛在慢悠悠地前行。嫩绿的稻叶在风中泛起涟漪。

“不过竟然能租到一整座山庄，影研还有这么大方的前辈啊。”

听到我的话，剑崎同学回答道：

“据说那位前辈家里是开影像制作公司的。”

剑崎同学对我没有使用敬语，而是十分亲切的措辞。

她吹了一会儿凉风，好像已经满足了，又伸出手准备把车窗拉下来。只见一阵风突然吹起长发，盖住了她的脸。

“哇啊！”

她手忙脚乱地挽住头发，我探身过去把窗户关上了。

“谢谢你，叶村君——呜呜！”

看着剑崎同学一边道谢一边捞出吹到嘴里的头发，我小声吐了口气。

“啊，你笑话我。”

“我没笑啊。”

“真是的，原来你还有不阴沉的表情嘛。”她气鼓鼓地说。

在咖啡店见到她时，我还以为那是个冷淡的人。此时我才真正感觉到跟她有点亲近了。

然后我意识到，她正凝视着我，但我很快明白了原因。她在看我左边太阳穴上横亘的伤疤。那是一条四五厘米长的裂痕，非常显眼。平时我都会把头发留长稍微遮住一些，可能刚才那阵风把头发吹乱了，才会让她看到吧。

“你那个疤是怎么回事？”

“以前遇到地震，砖石落下来砸到的。”

我已经刻意回避了伤有多严重，可剑崎同学丝毫没有掩饰脸上的担忧：

“——那真是太惨了，没留下后遗症吧？”

“还好没有。就是让我面相变可怕了，有时会吓到别人。”

“好可怜。”

等我回过神来，剑崎同学纤细的手指已经掠过了我的伤疤。她指尖的冰冷和柔软让我吃了一惊。不等我反应过来开口说话，她便收回了手指，若无其事地开始整理被风吹乱的长发。

我越发感觉她是个不可思议的人。前几天刚刚滴水不漏地跟我们做了交易，刚才又做了那种让人毫无防备的举动。若这一切都是她的算计，那真是太厉害了，然而我总觉得这其实是她真正的样子。

剑崎比留子。

其实，明智学长早已对我透露过这个人的信息。

三

“剑崎比留子——难怪我听着有点耳熟，总算想起来了。以前我去给警察发名片时，有一位刑警听说我来自神红大学，脱口而出了这个名字。据说她曾经挑战过许多连警方都感到棘手的疑难案件，凭借高超推理能力将它们一一破解，是个有名的侦探少女。”

剑崎同学跟我们会合前，明智学长这样对我说。

我只感觉那个人并不简单，没想到竟是个侦探少女。

“好像小说写的一样啊。如果那是真的，我感觉媒体一定不会放过这个话题。”

别的不说，单是她的姿色就比一般模特、明星更惹眼，拿她来做新闻无疑是个绝妙主意。

“我对此也很感兴趣，就拜托田沼先生帮我查了查。原来她家在横滨是个历史悠久的家族，每次她参与到什么案件中，媒体都会受到严格管制。可能是为了防止给家族抹黑吧。”

“大家族的大小姐，还是个美少女侦探，简直是特大新闻啊。不过她四处插足疑难案件这点倒是跟明智学长有点像。为什么你以前从未与她接触过呢？”

照他的性格，一旦得知自己大学里有这么个奇怪女生，必然会径直跑去一睹为快。只见明智学长苦涩地回答道：

“我也是有自尊的。”

“啊？”

“她手上可都是货真价实的战绩。尽管不为公众所知，但已经被授予了协助警方的荣誉勋章。跟她相比，我还什么都不是。实在难以望其项背啊。”

原来如此，换言之，明智学长单方面将那位名副其实的名侦探当成了对手。他可能还觉得，自己主动跑过去一睹尊容相当于承认对方高自己一筹，所以干脆赌气不去看。

不过也真奇怪。她这么一个有能力、有成绩的名侦探，为何会对区区大学社团的恐吓信骚动产生兴趣呢？另外，我也想不通她为何要拉我们一块儿参加集训。应该不是指望我们的战斗力吧。

“叶村君，这肯定是那个啊。”明智学长一本正经地说。

“哪个？”

“她要以代表日本的名侦探身份向我们这对神红大学著名搭档发起挑战。”

“我们什么时候成搭档了？”

“那当然了，你是我助手啊。”

嗯，其实也不坏。

“总而言之，她还有很多让人猜不透的地方。更何况连跟我们做交易的目的都不清楚，我们还是多加小心吧。”

四

我们在换乘车站提前吃了午饭，从 JR 换到私铁又坐了三十分钟，总算来到了某个偏僻小站。原本应该很鲜艳的浅绿色车站钢梁早已陈旧斑驳，周围看不到一个工作人员的身影，可能是个无人车站。

我们正准备走下站台楼梯，却听到背后传来一个声音：

“明智君，剑崎同学。”

转头一看，只见身后站着一男一女，好像是从别的车厢上下来的。明智学长看见那个男人，立刻露出满脸笑容：

“哦，进藤君。谢谢你让我们参加这次集训。”

对方露出略显僵硬的微笑。原来他就是电影研究部部长进藤啊。乍一看是个戴着眼镜、有点懦弱——抱歉，有点老实的瘦削男人。

“本来我是不能答应的。不过剑崎同学提起了，情况又这么特殊，总之大家愉快相处吧。”

他的语气好像在说其实我不想叫你来，想必他对明智学长的死缠滥打很是厌烦吧。只见那两个人转过来正对我们，做起了自我介绍：

“我叫进藤步，艺术系大三学生，现任影研部长。这边这位是——”

“我叫星川丽花，跟进藤君一样是艺术系大三学生。不过我是话剧部的，这次过来是为了参加拍摄。请多关照。”

如同偶像明星一样惹人喜爱的面容，还有那头栗子色的大波浪长发，眼前这位是与剑崎同学不同类型的美人。那两人手上戴着配对的戒指。原来他们是恋人。

接着我也做了自我介绍。剑崎同学刚报了个名字，就见进藤低下了头。

“那个，这次真是谢谢您了。我们这边一直凑不到人……”

他的态度与刚才判若两人，进藤比她高一年级，却对她用上了敬语。而剑崎同学一句话就略过了他谦虚的问候。

“没什么，我也挺感兴趣。”

兴趣。她只用这两个字就把参加原因搪塞过去了。我还注意观察了她的表情，果然看不出她心里在想什么。

“其他成员呢？”

明智学长看了一眼空荡荡的站台。我们到最后都没问参加人数，再看一眼时钟，离会合时间只剩十五分钟了。

“部分成员会跟道具一起乘车过来，在这里会合的还有另外三个人。”

进藤回答道。

走出检票口，强烈的阳光和蝉鸣扑面而来。在瞬间覆盖视野的白光中，我想起了小学时在乡下祖父家度过的暑假。

“——啊，就是那个。”

站前小巧的转盘边上停着一辆面包车。

“我想去一下洗手间，你们先过去吧。”

星川说完转身走了，我们则走向那辆面包车，看见一个男人从驾驶席走了下来。那人戴着副眼镜，看起来挺稳重，年龄比明智学长还大，应该有三十岁左右。

“你们好，都是神红大学的同学吧？我叫管野唯人，负责山庄管理。”

“……去年那位辞职了吗？”进藤似乎有点不知所措。

“对，我是去年十一月入职的。其他几位同学已经在车上了。”

管野露出爽朗的笑容，并替我们拉开车门。先行到达的三名部员已经坐在里面了。

可我看到他们的座次，突然感到有点奇怪。面包车座席一共四排，从前面开始分别是二人、二人、三人、三人座。我们加上司机一共九人，这样要么第三排或第四排坐满，或者两排都坐满才行。然而先到达的部员里有两人坐在最后排，另外一人却坐在副驾上。他们好像同极相斥的磁铁一样占据了一头一尾的座位，显得非常不自然。

进藤似乎也有同样感想，脸上闪过了片刻惊讶，但还是一言不发地坐到了第二排。接着明智学长坐到了他旁边。我跟剑崎同学坐到第三排最里侧，星川等会儿应该也会坐到第三排。

不过，坐在副驾上的女性究竟怎么回事？就算她跟最后面那两个人关系不好，也没必要抢占副驾座位吧。

副驾的人可能感觉到我的视线，突然回过头来飞快地说：

“不好意思，我晕车很严重。”

她给人感觉非常敏锐，属于知性美人的类型。坐在她附近的明智学长应了一声：

“啊，没关系。我姓明智，坐在后面的是叶村君和剑崎同学。”

“我叫名张纯江，艺术系二年级。”

名张只说了这么一句，就把头扭了回去。她好像有点神经质。紧接着，后面又传来一个大大咧咧的声音：

“我叫高木，她叫静原。”

声音来自最后排的女子高低杠组合。坐在右边的高木个子很高（估计比她旁边那位高一个头），看上去很有气势，左边那个安静的小个子应该就是静原了。两人相貌都很端正，高木留着一头男孩子气的短发，五官轮廓分明，静原则是个名副其实的优雅黑发少女。不过她们连院系都没报，实在略显冷淡了。应该说，这几位女性丝毫没有散发出愉快氛围。进藤部长，你是不是选错人了？

“久等啦。”

星川及时坐到车上，拯救了现场的尴尬氛围。面包车很快开出转盘上了大路。离开车站开了十分钟，周围就再也看不到房子，只剩下大片郁郁葱葱的绿色。让人感到意外的是，这条只有双向单车道的路上竟挤满了车，我们只能断断续续地往前开。

“这里平时就很堵吗？”

管野透过后视镜看了一眼提问的进藤。

“不会，平时都很空。不过听说今明两天附近的自然公园有露天活动。”

“活动？”

最后面的高木接过话头：

“萨贝亚摇滚音乐节。我只听过名字，不过刚才查了一下，好像一个很出名的乐队也要参加。对吧，美冬？”

被高木一问，旁边的静原点点头小声表示赞同。高木有种大三学姐的气势，应该跟进藤同级。

“去年我们跟音乐节错开了一周，所以没碰上。”

高木的发言让我心中一惊。

“高木同学去年也参加了吗？”

她只回了我一个“嗯”。这种不受欢迎的感觉莫非是我多虑了？

“连续两年参加的只有我跟她两个人。”

进藤为她的冷淡圆了场。这么说来，只有这两人清楚去年发生的事啦？

“对了，这是集训小册子。”

星川递过来一本六页左右的胶装小册子，封面上画着在湖里游泳的动物插图。这应该是艺术系学生的作品吧。

“好精致啊。”

“谢谢，那是我做的。”星川说。

小册子里除了三天两夜的活动计划，还分好了每个人在山庄住的房间。山庄名叫紫湛庄，参加活动的大学生来自电影研究部和话剧部，再加上我们这帮外部成员，一共十人。不过分房表上的空白显得很惹眼，山庄二楼和三楼合计有客房十六间，其中六间没有名字。明智学长见此问道：

“比我想象的要少啊。部员的参加率是多少？”

“不到一半。虽说是集训，但只要视频拍得好，就能卖给前辈父母的制作公司，相当于赚一笔零花钱。所以，这活动并不是强制所有人都参加。另外就是提供山庄的毕业生前辈要带两个老同学过来。”

进藤仿佛想把参加率低的事敷衍过去。

两人说话时，除星川以外的女生们也丝毫没有表现出兴奋的样子，车里回荡着好似迷失了方向的男声。

很快，车里的话题就转向了我们推理爱好会。我磕磕巴巴地介绍了自己喜欢的小说，而他们也不愧是电影爱好者，有人马上列举出了许多推理电影的名称。但是，星川突然踩到了地雷：

“我刚刚才发现，原来你们不是理研啊。我给弄错了。”

“哈哈哈，那边似乎只在认知度方面比我们高一筹。”明智学长说。

“对不起，不过为什么大学里会有两个同样的社团呢？”

快住口，明智学长要哭了。

我虽然看不见他的脸，但可以猜到学长此刻抿紧了嘴唇，毕竟被拿来跟推理知识稀薄的理研做比较是他最忌讳的事情。然而星川丝毫没有察觉到异样，又踩了第二颗地雷：

“推理爱好会平时都有什么活动啊？”

亮晶晶的大眼睛转向了我。别问了。毫无节操地插足别人家的活动就是我们的日常活动。就在此时，出现了意料之外的救星。

“他们可不仅仅是推理爱好者，还解决了好几起大学内发生的事件哦。”说话人是我旁边的剑崎同学，“据说还被誉为‘神红的福尔摩斯’呢。”

听到那番话，车里所有人（其实只有星川和进藤，顶多再算上开车的管野）都发出了仿佛惊叹，又仿佛怀疑的声音。我暗自对剑崎同学行了个大礼——这话接得妙。

我本以为明智学长也该欣喜异常的，却发现他背对着我一言不发。被她这个在全国范围内活跃的侦探帮腔，怕是让他感觉自己遭到挑衅了吧。这种时候或许该想办法转移话题，可我刚想到这里，剑崎同学又开口了：

“不过各位的兴趣都很棒呢，我对电影和小说都很不熟悉。”

“连推理作品也不看吗？”我问。

“我小时候在学校图书室读过一些福尔摩斯和罗平的书，现在已经不太记得了。”

明智学长似乎也吃了一惊，转了半边脸过来。对他来说，侦探和推理小说可能是不可分割的存在吧。

管野慢悠悠地开着车，乐呵呵地说：

“那你们可能会喜欢上那座山庄。”

“哦，莫非山庄有故事吗？”明智学长瞬间拔高了声调。

“不是不是，那种事我也不清楚。只是山庄里装饰着很多主人出于兴趣收集来的外国武器，比如大剑、长枪什么的，待在里面甚至会感觉有点压抑呢。”

“啊，我想起来了。去年七宫学长还吓唬过我，说里面有真正在战场上使用过、杀过人的东西。”进藤附和道。七宫应该是毕业生前辈之一吧。

“嗯，武器啊……”

老实说，那并不是什么重要的推理要素，明智学长反应也很微妙。管野又说了下去：

“不过想到夏天、休闲和年轻人，我第一个想到的不是推理，而是惊悚。”

“你说的是丧尸或者面具杀人魔杰森那一类吗？”

“对，对。那些故事一般不都发生在夏天嘛，然后来度假的人通常会首当其冲被干掉。”

“那也就是我们了。”

进藤开了个反常的玩笑，我听见背后传来高木沉重的呼吸声。

五

我们在拥堵的道路上蹒跚而行，窗外出现一片堪比大海的巨大湖泊，那就是娑可安湖。据说它的宽度只有琵琶湖的五分之一，可近距离看还是十分壮观。根据我来之前查找的资料显示，这片湖的形状如同上弦月，或者漫画里咧开嘴的笑。我们目前正处在顶端弧线的中间位置，一点点向左端移动。

湖面与海面不同，深蓝色湖面平静得像一面美丽的镜子。脚下公路沿着湖畔画出一条舒缓的曲线，北侧山坡上隐约可见一些貌似别墅的屋顶。

长长的车龙中途折向山间，我们终于从拥堵中解放出来。路牌显示举办摇滚音乐节的自然公园位于山的另一头。

车子又沿湖边开了一会儿，绕过猛然凸出一块的山体。此时驾驶席终于传来了声音：

“就在那里。”

管野手指的方向闪过一片红褐色屋顶似的东西，很快又被密林遮住了。紧接着，管野向右打方向盘走上一条小路，车子开始上坡。

山坡尽头是一片没有树木的开阔场地，刚才一闪而过的山庄现出了真身。那是一座西式别墅，建在山坡与山坡之间的几段开阔平地上，雪白外墙点缀着木框装饰，撞色效果十分醒目。我忍不住感叹起来：

“怎么说呢……好壮观的房子啊。我还以为是一座更小的建筑。”

这座房子应该有乡间小学校舍那么大了吧。

上层平地是山庄主体，下层平地则是带屋顶的钢筋水泥停车场，还有一个广场。小册子上说，今晚准备在这个广场上搞烧烤大会。

停车场里已经停着两辆车了。其中一辆可能是运送道具和部分成员的车，另外一辆恐怕是毕业生前辈开来的。明智学长见此光景，无可奈何地咕哝道：

“大红色 GT-R，这辆小老虎在一片林子里显得格格不入啊。”

“那是兼光先生的车。他是山庄主人的儿子。”管野苦笑着说，“特别浮夸吧？”

我稀罕地打量着那辆没有一千万怕是买不到的高档车，却听见背后传来恶狠狠的声音：

“呵！去年在山路上剐到底盘心疼得不行，今年还不知悔改。”

我转过头，发现说话人是路上一直没怎么开口的高木。她去年也参加过集训，似乎对那几位前辈没什么好印象。

“——好，我们走吧。”

管野在前面带路，我们一行人走上通往上方平地的铁楼梯，来到山庄大门前。

山庄虽是西式三层建筑，但形状有点奇怪。与小册子上的房间分配表一对照，我发现这是一座雁行结构的建筑，有点像横过来的手枪，房间都集中在南侧。

走进大门，眼前是一块胭脂色地毯。正前方是嵌了一圈玻璃窗的前台，后面能看见朝向小花园的露台。左边是几乎能装下一个排球场的宽敞门厅，阳光透过高大的玻璃窗照进来，即使没有照明也十分亮堂。门厅有一套茶几和沙发，上面已经坐了三个人。其中一人正转过头来看着我们。他的两只眼睛又圆又大，宽眼距和莫西干似的发型使他看起来仿佛某种鱼类。

男人嘴唇几乎不见蠕动，用黏稠的声音说：

“太慢了……我们一大早就在等女孩子来，结果先到的全是丑男人，都快恶心吐了。”

我们被突如其来的谩骂惊得愣在原地，只见进藤向前一步，低下了头：

“真对不起，路上堵车了。请问是不是有个女生也先到了？”

“谁知道啊，又没来问候我一声。”

鱼眼男瘫在沙发上傲慢地说。看他那目中无人的样子，应该是山庄主人家的独苗吧。

“出目，你够了，别给我们丢人。”

训斥他的是个皮肤晒得黝黑的男人。他一头长发全都束在脑后，白衬衫胸口挂着一条银链，是个野性派的帅哥，看上去有二十大几岁。

“初次见面，神红大学的同学们。我们虽没加入过影研，但都是神红大学的毕业生，也是这边这位七宫的朋友。我们每年夏天都会到这里来。我叫立浪波流也，那个口无遮拦的叫出目飞雄。”

没想到那个叫出目的鱼脸人竟跟我们一样是客人。可能他去年见过进藤，不过在别人家山庄如此作威作福，脸皮还真够厚的。

出目闹别扭似的一言不发，却见那个叫七宫的小个子男人站了起来。他相貌端整，皮肤很白，眼睛、嘴这些零件一个个都特别小巧，还把头发全都梳到了脑后，乍一看仿佛戴着面具。只见他用拳头敲着太阳穴说：

“进藤，女孩子人数比一开始说好的要少啊。你到底行不行？”

又是毫无礼貌可言的发言。

“不是，那个……刚好有几个成员出于各种原因来不了。”

七宫无视了当着众人面努力辩解的进藤，对管理人管野努了努下巴：

“先把他们带到房间去吧。进藤，接下来要准备拍摄对吧？”

“是的。”

“晚餐烧烤六点开始，别迟到哦。”

说完，前辈三人就走出山庄，往停车场去了。擦肩而过时，出目与七宫向女同学投去看货似的目光，让人很不愉快。

“那些人怎么回事，好恶心啊。”

星川很快就说出了大家的想法。

我们事先已经知道这次集训还带有联谊性质，但没想到竟然会有一开始就如此露骨的家伙。他们俨然把女生当成了女招待。明智学长问了一声：

“那人就是山庄主人的儿子吧。”

“对，他是三四年前毕业的影研前辈，直到现在还愿意向我们免费提供山庄，真是太慷慨了。出目学长那个样子虽然很容易被人误解，但其实也不是坏人。你们别在意。”

进藤顶着一头油汗飞快地解释着，但女生们明显很是扫兴。

“那么进藤学长，”唯独剑崎同学一脸平静地看着小册子说，“他们应该住在某几间没写名字的房间里吧？”

除了我们这十个学生的房间，山庄里还有六个没写名字的房间。而他们将会住进其中三间房里。

“对。”进藤略显僵硬地点点头。

“啊，讨厌，等等啊。”

星川等人慌忙翻开了各自手上的分房表。

二楼有四间空房，三楼则有两间。假设前辈们将会随机住进其中三间，可能直接相邻的分别是星川的 203 号房、名张的 206 号房、下松的 302 号房，以及静原的 307 号房。我发现剑崎同学的 201 号房隔壁住的是高个子美女高木，也就是女子高低杠组合中很有气势的那位，顿时放心了一些。

幸运的是，我的房间位于三楼角落，隔壁是高低杠组合的另一位成员——稳重的小个子静原，所以不可能跟那几个前辈当邻居。此时我突然感到某种奇怪的气息，回头一看，发现高木正用冷冷的目光直视着我。她可能把自己当成了静原的守护者，那目光俨然在说敢对她出手绝不轻饶。我感觉还是不要随意亲近那位同学更为稳妥。

管野打开门卫室的锁，拿出一沓卡片：

“现在开始分发房间门卡。房门旁边墙上都装有卡槽，只要把卡插进去就能接通电源。因为门上装了自动锁，各位外出时请务必记得带上门卡。离开山庄活动时，门卡不需要寄存在前台。啊，还有——”

管野把目光投向右侧：

“那边的电梯很小，顶多只能站四个人，没办法一次性把所有人都载上去，所以麻烦各位走楼梯。”

电梯左侧有一条向东边延伸的走廊，尽头是一段楼梯。虽然要绕远路，但我的房间靠近楼梯口，便决定走楼梯上去。

“叶村君，”明智学长看着时钟对我说，“据说其他成员马上要开始摄影，我们俩怎么办？”

我想了想，决定请他们带上我们。老实说，我很想在娑可安湖边优哉游哉地散散步，可是专门跑来参加别人的集训，又完全搞单独行动实在有点过意不去，再加上我也有点好奇灵异视频是怎么拍出来的。

“剑崎同学打算怎么办？”

“啊，不是一起去吗？”

她的表情似乎在说你问这种多余的话做什么，看来她基本上打算跟我们一块儿行动了，尽管我们还不知道她的目的。

“还有啊，叶村君，”她竖起食指说，“能不能别叫我剑崎？那样听起来好凶，我不太喜欢。叫我比留子就好。”

“……知道了，比留子同学。”

“很好很好。”

虽然我觉得比留（hiru）这个发音听起来也好凶，总而言之，我好像能对她直呼其名了。搞不好这人还挺喜欢我的。

我们与准备乘坐电梯的人分开，走上东侧楼梯。约好待会儿在剑崎——比留子同学的 201 号房碰头后，我与明智学长在二楼与她道别，我们继续上了三楼。明智学长住 303 号房，就在电梯厅旁边。

“我听说他们要住在山庄，本来还期待发生些更诡异而充满浪漫色彩的事件。”

明智同学在分配给我的 308 号房门口咕哝道：

“看来事情挺麻烦啊。”

我深有同感。且不说成员态度奇怪，最让我在意的是女生里实在太多美女了，我甚至感觉今天到现在只跟美女碰过面。这到底是偶然，还是在此之前我身边一直充斥着丑八怪？从那个出目的言行来看，也有可能是进藤按照前辈们的吩咐专门挑选了参加集训的女生。

“总而言之，身为侦探，无论面对任何事件都要岿然不动。现在先解散吧，按照时间表安排，两点在楼下大厅集合。”

我看了一眼手表，现在正好下午一点半。

六

门卡正面印着房间号，背面嵌有磁条。我把门卡插进门上卡槽，房门“哔”的一声打开了。

“——哦？”

让我意外的是，房门竟然向外开启，也就是朝向走廊一侧。我记得以前住过的商务酒店基本都是向内开门。我听人说过，如果客房向走廊开门，可能会在紧急情况下阻碍逃生通道，但也有人说，若有人倒在房门内侧，内开门将无法打开，相比之下外开更好，因此外开门应该也不算奇怪。

走进房间关上门，自动锁“咔嗒”一声锁上了。门内侧还有防盗栓，一旦挂上就只能拉开十厘米左右的缝隙，若在开门状态下拉出防盗栓，还能作为门挡让房门保持半开状态。

把门卡插进墙上的卡槽就能通电，这跟商务酒店一样。

走进房间，首先映入眼帘的是宽敞窗户外的风景。艳阳天下，隔着森林可见宽广的娑可安湖，一望无际的湖面好似大海一样。

房间也比我想象中的要大。十五平方米左右的房中铺着与走廊同样的胭脂色地毯，小双人床旁边的床头柜上摆着电话机，另外一头还有带梳妆镜的桌子。墙上挂着少见的电子时钟，跟我的手表显示着同一时刻。钟上还亮着接收信号，应该是个电波钟，但钟面十分简洁，只显示了小时和分钟两组数字。

阳台门是朝外推开的双开门，外面的空间正好只够门板完全推开。尽管这里过于狭窄放不下椅子，但足够让人惬意地吹吹风了。

从阳台向外张望，右手边可见房间倾斜排列的雁行轮廓。

现在离集合还有点时间，我决定在山庄里到处转转。

来到走廊上，我向左走向电梯厅。经过隔壁静原的房间后，我首先注意到通往电梯厅的走廊尽头有一扇门。那是一扇木门，应该不是防火门。现在门虽然是开着的，可我还是疑惑为什么这种地方会有门。再仔细一看，门两边都有锁孔，也就是从两边都能插进钥匙的设计。

参考小册子上的平面图，建筑物被门分隔成了东、中央、南三个区域。这扇门前面，也就是我和静原房间所在的地方是东区；电梯厅的位置是中央区；再往前走，穿过另一扇同样的门就到了南区。各区都有两到三个房间。

从房间安排来看，三楼中央区的三间房由东到南分别写着进藤、重元、明智的名字。我还没见过那个叫重元的人，他恐怕是坐道具车过来的人之一吧。唯有进藤的305号房与其他房间布置不一样，房门放在了看似很狭窄的位置。根据房间不同，有的门向左开，有的门向右开，可能跟排水管和煤气管道的走向使得室内结构呈左右对称状态有关。

电梯厅除客房外还有两扇门，门牌上分别写着“仓库”和“用品间”。

就在此时，南区走廊现出一个女性的身影。

她看见我，似乎有点疑惑地歪过了头：

“谁啊？——啊，对了，莫非是理研的部员？”

又被弄混了。为了明智学长，我赶紧纠正了她：

“不是研究会，是推理爱好会。我叫叶村，是大一学生。”

“哦，那不就是未来的侦探啦？我是社会学系三年级的下松孝子，请多关照。”

自报家门后，她像士兵一样手触额头敬了个礼。我感觉好久没见到如此开朗的人了。

下松也是个美女，但给人的感觉与我之前见到的那几位不同。她把一头蓬松卷翘的金发束成马尾辫，一丝不苟的妆容给人一种视觉系女孩的印象，就是那种常在闹市区见到的时尚女孩。一件大领口T恤套在身上，使她的胸部若隐若现，反倒叫人不知如何是好。

“听说你们主动提出要参加这次活动，莫非看上哪个女孩子了？那我告诉你，没那么容易哦，因为这回很多女孩子警惕性都特别高。”

下松与高木和静原两人截然相反，显得十分热情。莫非她不知道恐吓信和去年的传闻吗？还是她本来就神经大条，根本不在意那些呢？

“没有没有。”我摇头否定了她的提问。

“哦，竟然不是吗？讨厌，该不会连你也成了竞争对手吧。”

她说了句让我特别在意的话。

“竞争对手是什么意思？”

“啊，你果然不知道吗？不过这事确实不好大声说。”

尽管如此，下松好像并不打算隐瞒，而是看了看周围。

“你知道提供这座山庄给我们集训的七宫学长吗？”

“啊，刚才见过了。”

“那人家里开了家很有名的影像制作公司。然后呢，只要讨得学长欢心，就能在求职时换得他美言两句呢。”

这是打算走后门求职吗？说得倒是轻巧，也不知他是否真有那么大的权力。

“下松学姐参加集训的真实目的就是那个吗？”

“那当然啦，以我的成绩，出去找工作可没什么自信，更何况要接受几十家公司的笔试，简直太麻烦了。若不是为了这个，谁要给那位公子哥儿当玩物——哎呀，我还是打住吧。”

她装模作样地捂着嘴，又朝四周看了一眼，然后继续道：

“而且这也不是假消息，因为去年就有人进了他们家公司。既然能把山庄交给儿子随便使用，他爸妈想必疼爱他吧？”

原来如此，她参加这次集训也有自己的打算。为了达到目的多少得讨好一下几位前辈，这早就在计划之内了。

我感觉她什么问题都会回答，便提出了刚才让我在意的那句话：

“刚才你说我也是竞争对手，莫非这里还有其他人是奔着走后门来的？”

只见下松往大厅一角投去了略显轻蔑的目光，像章鱼一样噘起嘴，指着一扇门说：

“就是那家伙啦，那家伙，部、长、大、人。”

那是进藤的房间。

“那个人吗？”

“没错，可能有的人还不知道，那家伙其实并不聪明。要是没这么点好处，他才不会带女朋友参加这个集训，所以他是打定主意要讨好前辈了。不过他终究是个男人，我比他更有优势。”

“呵呵呵。”她震颤着丰满的胸脯笑了起来。确实，面对那几位前辈，她明显更加有利。

尽管如此，我还是感到意外。我本以为进藤是那种老实死板的性格，没想到心里还有这样的小九九。再加上恐吓信和去年发生的事，这次集训完全没有表面看上去那样愉快爽朗。

“啊，我还得准备拍摄呢。你们也要一起去吗？”

“对，如果能帮上忙的话。”

“好，那等会儿见啦。”

下松轻快地挥挥手，走进电梯下楼去了。

我则打开分隔区域的大门，走进了南区。

南区有两个房间，前面这间302号房是刚才下松的房间，后面那间没有人。或许其中一位毕业生前辈会住进去吧。再往前走就来到了通往逃生梯的门前。

我返回中央区，决定到二楼去。正如管野所言，电梯非常狭窄。额定搭乘人数是四个人，但我听说计算额定人数时一个人是按六十五公斤来算的。也就是说，这台电梯的额定载重量是二百六十公斤。若是拿着行李的成年男性，估计站三个人都有点悬。

来到二楼，眼前的光景让我瞪大了眼睛。这里跟三楼不同，有个特别宽敞的休息室，仿佛直接移植了高级住宅的客厅。角落里装着大约六十英寸的大电视，前面摆放着奢华的组合沙发。墙边摆着跟房间一样的电话机，另外还有饮水机和咖啡机等家电，然而最吸引人的却不是这些。

“太厉害了……”

休息室有一整面墙上装饰着厚重的兵器复制品。那恐怕就是管野说的山庄主人的收藏品吧。

放眼望去，那上面不只有日本刀，还有西洋枪剑、战锤等武器，全都闪着隐隐寒光。这些装备我只在奇幻游戏和动画片里见过，这还是头一次见到真家伙。话说回来，我以前曾向爱玩游戏的妹妹借过一本《武器事典》来看。我一边挖掘记忆，一边打量着那些武器。第一眼看到的是各种剑，单、双手都可用的变种剑，曲线优美的赛施尔弯刀，那把细长的是护手刺剑——不，从直线形造型简单的护手来看，应该是一把长剑。枪类几乎都是短矛，但依旧有近两米长。短剑则有匕首和廓尔喀刀。另外，还有十字弓，以及罕见的锤矛。墙角还有长条形的展示柜，里面陈列着再现中世纪战场的模型。

“很厉害吧。”

我回过头，发现管野穿着一件绿围裙站在身后。他应该刚从东侧楼梯上来。只见他手上拿着咖啡奶精和纸杯的袋子，想必是来补充客房供给的。

“我头一次见到时也吃了一惊。虽然不知这些东西价值几何，但山庄主人应该特别喜欢中世纪战争。”

确实，我感觉这些东西不像装饰品，倒更像个人爱好的展示。

“这些都是假的吧？”

“我听说这些东西虽然没有开刃，但制作材料跟真家伙一模一样。现在山庄主人也要求我每月除一次尘，并对它们进行保养呢。”

“——那是什么？”

电视柜两侧有一排高一米左右，刚到我腰部的全身像，左边四尊，右边五尊。从带点青绿色的暗沉色泽来看，应该是铜像吧。

“那是西方著名的……什么来着，对了，据说是九个伟人的铜像。我问起这个时，主人还很生气地对我说，你连这都不知道吗？它们分别是亚瑟王、大卫王、恺撒和……啊，我又忘了。”

九伟人吗？那些名字我都听说过，好像是体现中世纪欧洲骑士精神的英雄人物吧。我另外还记得亚历山大大帝和赫克托耳。[1]不过又是

1. 剩下四位分别是约书亚（摩西继承人）、犹大·马加比（犹太人独立领袖）、查理大帝（8世纪法兰克国王）和布永的戈弗雷（基督教东扩时的法兰克王子）。

冷兵器又是英雄，这座山庄主人的收藏爱好还真独特。把藏品大致看了一遍，我说：

“不过还好没有猎枪，我放心了。”

因为推理小说中但凡出现有猎枪的山庄或宅邸，必定会死人。

“据说几年前还有呢。”

“啊？”

“好像是兼光先生偷偷拿出去开过几次枪，后来就没放在山庄了。”

那位公子哥儿还真不是个好东西。

我又问了个有点在意的问题：

“对了，管野先生，这座紫湛庄作为一座山庄有点奇怪啊。有这么多用途不明的门，房间很宽敞却都是单人间，连工作人员都只有管野先生一个人。”

管野笑着点了点头：

“这座山庄以前是主人的私人别墅，后来被改建成公司的培训机构兼疗养基地，走廊上那些门就是这么留下的。这里虽然称为山庄，使用者却只有公司员工及其家人，平时非常清闲，而且这里还有钟点工。”

就在那时。

“步，你不是说不用担心吗？你觉得那样真不用担心？”

“可是——也一样。都很——啊。”

我身后隔着一扇门的地方传来说话声，我们不约而同地闭上了嘴。

“问题不是那个啊！当时你为什么没有用强势一点的语气？”

“那也——因为——啊。”

其中一个人可能是星川，另一个人应该是男性，但声音很小听不清楚。不过传出声音的是中央区角落的203号房，根据分房表，那应该是星川自己的房间，那么跟她说话的十有八九是进藤了。我记得他的名字确实叫“步”。

“你要我跟这么恶心的人一起住三天吗？万一出什么事可都是步的责任。”

星川一改车上的开朗，似乎特别生气。假设恶心的人是说那几位毕业生前辈，那么刚才那件事果然给女生们留下了极差印象。与此同时，进藤依旧咕哝着听不清的话。身为一个男性，这些对话光是在旁边听着都让我胃疼。

“情况不妙啊，旅行头一天的吵架和告白都最危险了。”

管野在旁边喃喃道。别这样，那两个人万一闹翻了，这里这一群人可都要半空散伙了。他们还在继续争吵，但距离约定时间只剩一小会儿了，我便独自往一楼走去。

比留子同学已经等在门厅，我们互相交换了对休息室那些冷兵器的感想。离约定时间还有两分钟时，明智学长走了下来。他的手机好像收不到信号，一边前后左右转着，一边对我们说：

“明天好像要下雨。”

不过听起来他一点都没有遗憾的意思。

“你是说封闭空间吗？”

“封闭空间？”比留子疑惑地问，“那是‘受困’的意思吗？”

“由于天气和道路阻断，使得当事人无法离开案发现场。这是很常见的推理桥段。”我向她解释道，“那样一来，警察就无法到达现场，调查手段会遭到极端限制，导致更多需要依靠逻辑推理的场面。”

“又不是要来暴风雨，道路也不只有一条，所以很遗憾，这里不可能变成真实的封闭空间。”

我们聊着聊着，影研的人也开始出现了。几乎所有人我都见过，只有一个素未谋面的男人。他在T恤外边披了一件格子上衣，戴着粗框眼镜，有点偏胖。那就是重元吧。

明智学长询问进藤：

“你们要在附近拍摄吗？”

“不，离这里车程不远的地方有座酒店废墟，我们准备在那里拍摄。”

说着，进藤看了一眼比留子同学脚下。

“那里真的是废墟，光脚穿凉鞋可能有点危险。”

“糟糕，我不知道要去废墟，真是大意了。”

“没关系，只要小心点，应该没事。”

进藤对剑崎同学还是用的敬语。

“既然如此，等到了那里我把鞋子借给你穿吧。”

说话的好心人是星川。她丝毫没有表露出刚才在房间里的怒火，只能说，真不愧是话剧部的人。进藤看了一眼她脚上穿的白色便鞋，面露疑惑：

“你不是也只穿了一双鞋来吗？”

“是啊，可是扮演幽灵时我得把鞋脱掉。”

进藤不好意思地挠了挠头：

“对啊，幽灵是光脚的。那不管怎么说，我们得先把拍摄现场打扫一遍，免得让你受伤。”

这时，刚才那位视觉系女孩下松朝这边喊了一声。

“可是部长啊，要是那几位侦探也一起去，我们一辆车坐不下呀。还得带拍摄道具呢。”

她管进藤叫部长，不过从我们刚才的对话判断，里面无疑含有调侃的意思。

“没关系，我们找管野先生借面包车，开两辆车过去。”

“我不知道地方在哪儿，你得在前面带路。”重元噘着嘴说。

“我知道，不过要开这么大的面包车，我没什么自信啊。”

进藤似乎不太会开车，但也不能把管野拉去陪他们拍摄，因为人家肯定还要准备烧烤物品之类的。这时明智学长举起手来：

“那我来开吧，正好我为以防万一考了大型车驾照[1]，你不用担心。”

1. 驾驶车辆总重11吨以上、最大载重量6.5吨以上、额定人数30人以上的大型车所需要的驾照。大致相当于中国的B2到A1驾驶证。

Chap· 3

第三章

不留痕迹的活动

記載なきイベント

一

夸张的烟雾和震撼天空的大音响让熙熙攘攘的观众沸腾起来。

宽阔的场地中，一座钢铁架构的舞台拔地而起，盛宴正式铺开。

刚从人群中脱身而出的浜坂带着一头大汗跑到车边，发现已经有超过一半人回到了停车场。看样子应该没有人失败。

“好了吗？”

“嗯，其他人有联系吗？”

“没问题，接下来只须进入最终阶段了。”

这句话让他们中间蹿过一阵紧张气氛。

设在自然公园场地内的演出区有三处，他们刚才分头混入各区观众中，用沾了“那个”的微小针头刺了好几十个人的身体。当中或许有人会感到些许疼痛，但处在兴奋状态的人应该几乎没有知觉。进入体内的剂量非常小，到症状爆发恐怕要四个小时。然而届时舞台四周将会陷入狂热的旋涡，观众们想逃也逃不掉。

“好了，还有最后一个任务。”

全员到齐后，一行人坐进了车里。被太阳曝晒的车厢内部如同沙漠般燥热。浜坂从保温箱里取出一只铝合金盒子，给凑过来的人每人发了一个装有药水的注射器。

已经没有退路了，这将是他们革命的开端——也是人生的终结。想必没有人能目睹到革命的结果，即便能看到，届时他们也将无法理解其中的意义。他们看着彼此，仿佛在等待信号。

浜坂轻吐一口气，将针头刺进手臂。

“出发吧，我们就是革命的尖兵。”

“哦哦!”“班目万岁!”

男人们欢喜地响应着浜坂故作姿态的口号，一个接一个将药水推入体内。

浜坂看着自己用毕生精力研制出的“那个”被注入他们体内，想象着即将发生的令全世界战栗的惨剧，心中万分激动。同时，他也对这些直到最后都不知道自己并非英雄，只是一群工蚁的人产生了怜悯。

但一切都无所谓了。因为一切都晚了。

他想起自己背着同伴留在酒店废墟的那个手札。尽管那些资料落入无能学者之手会让他气愤不已，但他希望，至少发现手札的人拥有愿意解读手札内容的好奇心。

这种感情是否怪异呢？隐姓埋名二十年，一直默默做着不为人知的准备，却在关键时刻想把自己耗费在研究中的热情与岁月诉说给他人。

所有同伴都完成了注射。

“——好了，让我们尽情享受最后的时间吧。”

拉开车门，已经化身带菌者的人们走出车外。

二

四男六女共计十人分别乘坐两辆汽车，开进山里跑了大约十分钟，终于来到酒店废墟旁。这里海拔比紫湛庄高，想必曾经有一片非常美丽的风景，如今疯长的草木早已遮盖视线，将废墟包裹在了森林植被间。

我们卸下行李后，等待负责扮演幽灵的话剧部成员星川和名张在车里更换道具服，随后一同进入废墟。没有通电的水泥大楼内即使白天也显得格外昏暗，凝滞的空气让人感觉十分压抑。

“小心脚下。”

进藤带头走过散落瓦砾的走廊，来到一块貌似大厅的地方，放下行李开始准备。

高木和静原负责两名幽灵演员的服装和妆容，进藤和下松则开始确认表演安排。重元在旁边检查器材，我们则开始收拾周围的垃圾，防止光脚的演员意外受伤，然后走到大厅一角以免阻碍拍摄。

仔细一看，大厅角落里到处都是涂鸦，地上扔着烟蒂和便利店包装袋。而且这里不像其他房间和走廊那样散落着瓦砾，而是明显被扫到一边清出了一片空地。就好像有人在这里住过一样。

——不可能吧。

从摄制组成员的讨论来推测，拍摄流程大致是这样的：

影片以进藤和下松两人走进酒店废墟试胆为主题，进藤手持摄像机在废墟内走动。他们从走廊一头出发，一边前进一边窥视每一个房间，然后来到某个房间内，镜头摇向洗手间镜子，映出身后的女鬼。两人慌忙逃出，跑到逃生梯回头一看，发现幽灵没有追过来，可是当进藤把摄像头转向下松时，却发现刚才那个女鬼就站在她身后。

说白了就是让身材差不多的星川和名张两人共饰一个女鬼，最难的地方在于进藤要一直拿着摄像机，不能分镜头摄影。一旦女鬼出现的时机弄错了，就得重新再拍一遍，因此那个地方他们事先练习了好几次。每次练习拍摄的影像都要导入笔记本电脑，这是人数稀少的男性成员之一——重元的工作，而他则以一种专业态度默默完成着自己的任务。静原则不断检查两名幽灵演员的发型和妆容，以免让人发现那是两个不同的人。

高木抱着胳膊站在一旁，默默观望那几个穿梭在走廊、房间和楼梯之间的人。如果这是真正的电影拍摄，她恐怕会有更多工作吧，不过这回采取了家用摄像机拍摄的方式，所以后勤人员才没什么事情可做。此时，明智学长假装心不在焉地朝高木走了过去：

“据说你们去年拍摄的影片里冒出一张人脸，是不是真的啊？”

明智学长果然认为去年的自杀和多人退出，根源就在集训上面。然而，高木却冷冷地否定了他：

“怎么可能？只是残垣断壁的影子正好有点像人脸的阴影罢了，那叫拟像现象。”

所谓“拟像现象”，就是当人眼看到点与线呈倒三角形布局的物体时，大脑自动将其辨识为人脸的现象。这种现象可说是灵异照片和灵异体验的最主要原因。

“那在去年集训时没有闹出问题来吗？”

“倒是讨论过可以给灵异杂志投稿。影研才不会因为那种事大惊小怪。”

也就是说，他们去年拍摄的作品跟自杀没有关系。那么，莫非只有后来退出影研的部员大惊小怪了吗，还是另外发生了一件导致自杀的事情？

我刚想到这里，废墟突然回荡起女人的惨叫声。

叫声来自摄制组所在的房间。我们跑去一看，发现名张躲在比她个子小的静原身后缩成了一团。她好像在害怕什么，但配合她那副血肉模糊的幽灵妆，让眼前这幅光景显得格外超现实。

"蜥蜴，这里有蜥蜴。快把它赶走！"

名张指着一堆从墙上剥落的瓦砾，歇斯底里地喊着。进藤不情不愿地走过去，用鞋子拨开瓦砾。

"啥都没有啊。"

"你好好找找。"名张尖声说。

"已经跑了吧。"

"你再好好找找啊，在你们来之前，我可一直要在这里等着。要我跟一条蜥蜴待在一起，别开玩笑了。"

我想起她说到晕车时心里的感想，这人果然有点过于柔弱了。连进藤都似乎有点生气，正要开口反驳，此前一直无所事事的明智学长略显迫不及待地抢先说话了：

"那就交给我们吧，寻找小动物可是侦探的基本技能。"

"明智君。"进藤转了过来。

"没关系，没关系。叶村君，你也快来帮忙。"

"知道了。啊，比留子同学，这里挺危险的，你别过来。"

然后我们就开始在瓦砾中四处寻找蜥蜴，好让名张放下心来。

蜥蜴迟迟没有找到，我倒是在角落里发现一块形状奇怪的垃圾。捡起来一看，那竟是个小小的注射器。

“这是来试胆的年轻人留下的吗？”

“毒品吗，或者是兴奋剂？没想到他们竟特意跑到这种深山里来——咦？”

明智学长好像也找到什么东西了，只见他眼前有一片瓦砾被堆成了颇具深意的圆柱形。

推翻瓦砾一看，里面是一本黑色皮革手札。随便翻开又发现，几乎每一页上都写着密密麻麻的文字。那感觉不是日记，而是一本厚厚的笔记。

“那是什么？”

重元注意到我们的举动，隔着肩膀看了过来。建筑物内部比外面凉快了不少，可他的 T 恤还是被汗水黏在了肥胖的身体上。我忍不住往旁边挪了几寸。

“这东西被埋在碎砖里了。”

重元好像有什么想法，用汗湿的指尖翻看了几页，没过一会儿又把本子“啪”地合上，若无其事地扔进了包里。

“你要拿回去吗？”

“有什么关系，反正是没主的。”

“那可不行。”

我忍不住提高音量，站在附近的高木等人齐刷刷地看了过来。然而重元并不理睬我，转身就要走开，我就一把抓住了他的包。把手札藏在瓦砾中的不一定是持有者，真正的主人说不定正在四处寻找这本手札，而且里面又有可能记录了个人信息。我可不允许任何人随便把它拿走。

“请你放回原处。”

“为什么？这又不是你的。”

重元很不耐烦地想甩开我的手，我俩正要争执起来，却被明智学长打断了：

“叶村君，快住手。”

“可是——”

“我明白，所以你快住手。”

明智学长一本正经地对我点点头，我只好做了个深呼吸：“——对不起。”

重元已经合上背包拉链，转身背对着我。

名张可能觉得我们因为她才闹出这场矛盾，便冷静地说：“算了，不用找了。”

然后才总算可以正式开始拍摄了。

拍摄一共拍了三遍，最后在电脑上查看了拍摄效果，进藤宣布：“今天就这样吧。”就这样，今天的拍摄总算结束了。此时已是下午四点半。

我们收拾好器材，进藤喊了一句：“好，回去啦。”于是一行人提着行李离开了废墟。外面阳光依旧强烈，好在有点风，让人感觉总算活过来了。不知是谁发出了一声放松的叹息。

就在那时，一阵救护车的警笛声从树林另一头随风飘了过来，听动静好像还不止一辆。想必是那个摇滚音乐节现场发生中暑事故了吧。

三

傍晚六点，紫湛庄门前广场的烧烤大会开始了。距离停车场二十米左右的广场中央摆着两个烧烤炉，里面炉火正旺。此时天还亮着。

这将是包括那三位毕业生前辈在内，山庄所有成员第一次全体集合，让我感到有些不安。据说烧烤用具和食材都是前辈们准备的，我们自然无可抱怨。只是为了迎合他们，女生们的心情肯定要变得比白天更糟，这让我早早就开始感到胃疼了。

然而事情与我担心的正相反，七宫前辈等人仿佛白天开了反省会一般，首先以正确的前辈态度主持了场面：

“今年，承蒙母校神红大学的后辈们再次造访山庄，我感到非常高兴。希望大家能够在这里增进友谊，共同创造美好回忆。各位都拿好饮料了吗？干杯！”

七宫一番装腔作势的发言结束后，晚餐开始了。

广场正中放了一台如今已经非常罕见的老式大收录机，从刚才起就用大音量播放着夏日风情歌曲。啊，果真充满了社团活动气息。

“是时候开始打探情况了。”

肉还没烤好，明智学长就拿着纸杯和啤酒四下张望起来。

“打探情况？”

“喂，喂，我们可不是来玩儿的。首先要调查那封恐吓信究竟是谁出于什么目的而写，然后我想知道这跟去年的自杀事件是否相关。再发呆，三天两夜一转眼就过去了。”

说完，他就朝下松和重元走了过去。

不过老实说，我没他那么积极。只挑漂亮女生参加的集训、有所隐瞒的部长、品行有问题的前辈，我感觉只消再过一会儿，虚假的门面就会一块块剥落，把我们不想知道的事实也一个个地暴露出来。虽说同样是深入挖掘，挖出谜题和丑闻的心情可不一样。

虽然觉得对不起明智学长，但我打算今天暂时充当打杂人员了。

除我以外唯一一个大一学生静原，此时也在握着夹子默默翻动铁网上的食材。话说回来，我好像还没跟她说过话呢。虽然我对她感兴趣，但从她今天的表现来看，此人似乎不喜欢与他人接触。或许她向来都是不适应这种热闹活动的性格。既然如此，我还是老老实实负责照看另一个烤炉的食物吧。现在心意已决，我就要做好铁网看守人，绝不能让任何一片肉被烤焦。我综合了周边人员的食用速度、烤炉火候和肉的种类，一边计算最佳烤制程度，一边操作铁夹。

中途，我感觉烟熏到手表不太好，就把它脱掉了，可是每动一下，手表就会在口袋里叮当作响，于是我又把它包在手帕里，放到停车场电灯正下方的墙脚去了。

在我与食材的漫长搏斗过程中，只有星川和下松专门对我说过话。下松一边说“叶村君，男孩子要多吃点呀”，一边往我盘子里使劲放肉。那种照顾到每个人的性格真是让我自愧不如。

话说回来，管理人管野在干什么呢？现在山庄被我们包了，应该没有别的客人，莫非他在一个人吃饭吗？想到这里，我抬头看了一眼广场上方平地的紫湛庄，并没有在哪扇窗户后面看到人影。

“辛苦了，你们是今年入学的新生吗？”

我转过头，发现身后站着一个皮肤晒得黝黑的高个儿男人。那是公子哥儿的朋友，好像叫立浪。

“一直打下手挺没意思的，你也别客气，尽管吃啊。”

他发出了低沉而富有张力的笑声，给人一种彻头彻尾的大哥感觉。不，正确来说应该是早已习惯这类活动的感觉。若不是我们先控制了夹子，说不定就会是他身手矫健地操作烧烤炉了。我轻易就能想象出那种光景。

他好像误以为我是影研新部员，我便做了自我介绍：

“不好意思，我不是影研的，也不是话剧部的，只是正好因为人数不足，就临时跑来参加了。”

“临时参加？那是怎么回事？”立浪反问道。他好像对此一无所知。

“据说他们收到恐吓信了。”

我背后的一个声音做了解答——是公子哥儿七宫。广场周围虽然竖立着照明灯，但距离这个地方很远。他被炉火映衬的面容惨白无血色，看起来更像面具了。

“恐吓信？给谁的？”

“不知道，进藤坚持说那只是恶作剧。——但也说不准。”

他一边说话，一边用没有拿盘子的手轻敲头侧。白天他也在做这个动作，莫非是习惯吗？

立浪想了想，然后看着我说：

“嗯，那最后你怎么来了？”

这个问题有点难度，尤其对我来说。就在此时，我旁边响起一个熟悉的声音：

“我们只是顺带的。”

是明智学长。他刚才应该去找其他成员打探了，也不知从何时起就在听我们说话。他以绝妙的时机加入对话中，向两人解释我们是满足了跟比留子同学一起参加的条件后才得以跟过来。

“原来如此，你们是来护送公主殿下的呀。那可真得感谢二位了。”

尽管并未被彻底说服，立浪还是笑着递给我一罐没开的啤酒。我还未成年[1]，却不好拒绝，于是低下头跟他碰了杯。明智学长回到了刚才的话题：

“不过我也感觉，因为一封恐吓信就接二连三有人退出，确实有点过激了。而且我还听说，恐吓信内容挺奇怪的。”

“哦，写了什么？”七宫有点敷衍地问了一句。

“好像只有一句话——‘今年谁来当祭品’。这样的恐吓信实在太少见了。一般都会写杀了你诅咒你，让你不得安生这种激发别人危机感的文字，可那句话连恐吓都算不上。学长怎么想？”

“可能正如进藤所说，那只是个恶作剧吧。”

只见明智学长装模作样地陷入了思考：

“不过也可以这样想吧？恐吓信针对的并非全体部员，而是其中几个人。寄信人知道，那几个字已经足够震慑对方。或许真正的恐吓是说，寄信人要将所谓‘祭品’指代的丑事公之于众。”

听到这里，立浪开口道：

1. 日本合法饮酒年龄是20岁以上。

“安排集训的人是进藤。那么可以这样想吧，至少进藤知道那封信是什么意思。”

“不仅如此，考虑到去年集训发生过的事，或许还有别人也明白恐吓信的意思——怎么样？”

我坐立不安地看着那三个人。明智学长可能有自己的想法，可他提问的方式未免太直接了。那简直是在质问：“去年集训你们干了什么好事？”他寻求真相的求知欲实在太强烈，总是会在对话中操之过急。

“——我不知道你什么意思。”七宫摇头说。

“前辈心里没有数吗？”

“你叫明智君对吧。”立浪又插了进来，“我觉得你的话有点矛盾。假设恐吓信的目的是中止集训安排，那就无须含糊其词，只要直接指出真相就好。那样一来可能会有更多人退出。那么，为什么寄信人不这么做，只满足于那种不温不火的恐吓呢？”

这个回击真不赖。“祭品”这个词可以有很多解释。若寄信人不得不使用如此含糊的措辞，那恐吓本身就有可能是假的。

“所以我认为，这极有可能是什么人不知从哪儿听来了毫无根据的传闻，就趁机搞了这个恶作剧。你怎么想？”

面对构筑起完美防御的立浪，明智学长只能挤出笑容回答：“原来如此，确实有可能啊。”我赶紧给那三个人夹烤肉，想缓和一下气氛，唯独七宫没有接。

“我不想吃落了灰尘的肉。”

虽说他是山庄主人的儿子，但那妄自尊大的言行还是让我愣住了。

“别在意，这家伙平时就这样，有洁癖。”立浪马上凑到我耳边说。

后来，宴会还算平稳地进行了下去。

途中下松抱怨了一句：“欸，这里怎么没有手机信号啊。”

我掏出自己的手机一看，确实显示没信号。这可奇怪了，因为紫湛庄里面有信号啊。

“嗯，不然你过一会儿再看看吧。”

听了进藤的回应，我也就没再关心这件事了。

——后来回忆起来，我才发现彼时事态已经发展到了无可挽回的阶段。

四

隆隆隆隆隆隆——

我吃了一轮填饱肚子，正把注意力转向远处风景，突然听到收录机的音乐中透出了遮掩不住的重低音振动，摇撼着整座森林。我心里一惊，却看见仿佛倒映了湖水颜色的天空中，自东面飞来三架直升机，整队从头顶越过。而且那几架直升机看起来还很像自卫队的救灾用机，我还以为是不是这附近有屯驻基地。想到这里，我又发现——三架直升机好像朝山那边的摇滚音乐节会场降了下去。

“你在发呆想什么呢？”

比留子同学打断了我的思绪。她好像一直都被立浪等人围着劝酒，此时却面不改色。

“吃累了休息一会儿而已。”

“那我也跟你一起休息吧，可以吗？”

比留子同学突然把手伸进了连衣裙领口。我瞪大眼睛，看她从衣服里面掏出一沓白纸，原来是集训的小册子。

“为、为什么要放到那种地方啊？”

我刚才还以为她要提供什么特殊服务了。

“因为不知什么时候就会用到啊，而且突然被匕首刺到时还能挡一下。”

她说这句话到底有几分认真呢？

“话说回来，这次的参加者都很有意思啊。叶村君已经记下所有人的名字了？”

“可能吧，如果只是姓的话。”

我没什么自信。一天记住十一个人有点太多了。我看推理小说时也时常忘记登场人物姓名，不得不翻到前面的人物一览表确认。

“是吗？我感觉他们的名字都很好记呢。”

比留子同学开始列举每个人的姓名和外貌特征。

“首先是部长进藤步。名字里有‘进’又有‘步’，所以很好记。另外，他看起来挺认真的，名字也有点一丝不苟的感觉。”

他的名字确实给人那种印象，可我马上想起下松说他脑子并不聪明。对此，我还是暂时保持沉默吧。

“然后是他那个话剧部的女朋友星川丽花。星和川和美丽花朵，那简直是专为美人取的名字啊。虽然我感觉她对进藤来说有点高攀不起。”

好敏锐。比留子同学应该不知道两人在房间吵架的事，但我认为她的看法确实正中靶心。进藤虽不是什么坏男人，却是个故意隐瞒负面信息、谄媚讨好前辈、为自身利益而行动的人。

“另外一个话剧部员名张呢？我忘记她全名叫什么了。”

“名张纯江，晕车、怕蜥蜴的女生。”

“你记得好清楚啊。”

“因为她是个典型的神经质性格啊。名张和纯江略读就是nerves。[1]”

我哈哈笑了起来，没想到她还会讲冷笑话。

“接下来是高木凛，个子很高，有点男孩子气，给人一种英姿飒爽的感觉，让我吃了一惊。还有静原美冬，她性格恬静沉稳，很适合用‘冬天’这个词来形容。”

比留子同学继续发表她的姓名诊断：

“我刚才跟先来的两个人聊了几句，负责机器类设备的人叫重元充，是理学系二年级的。”

她说的是因为那本手札跟我争执过几句的宅男。

“丰满的体形与他名字里的‘重’和‘充’十分相称。另外一个人叫下松孝子，是个很强势的女生。”

那个视觉系女生参加集训的目的是方便就业。

“你要怎么说文解字？”

1. 名张纯江（*Nabari Sumie*）去掉几个假名就是“*nabasu*”，即日式英语“*nerves*”的发音。

“强势不就很好吗？”

我不理解她的意思，呆愣了一会儿。

“取下松孝子姓和名的第一个字，‘下’跟‘孝’。‘shita’和‘taka’，就成了强势（shitataka）。”

竟然还有冷笑话第二弹。

“剩下的就随便啦。管理人管野唯人是字面意思，七宫兼光沾了父母的光，[1]立浪波流也无论姓名还是外表都好像冲浪者，出目飞雄两只眼睛凸出来。没啦。”

我有点被震撼了。原来名侦探还必须具备记住人脸和姓名的能力吗?

此时，比留子同学突然换上了认真的语气：

“——你有没有发现这份小册子有什么奇怪之处？”

她翻开分房表，上面还多出了三个毕业生前辈的名字，应该是从管野那里问来的吧。但除此之外，我并没有发现异常。房间分配看起来是随机的，与年龄和性别都没什么关系，连进藤也没跟恋人星川挨在一起。

“我没觉得有什么奇怪啊？”

“别光看小册子，你再看看周围。”

我遵照比留子同学的话一一打量周围的人，忍不住“嗯”了一声，重新看向分房表。

参加者们正在广场上三两成群地聊天，我关注的是三位毕业生前

1. 日语中管这种富二代叫沾了父母的“七光り”。

辈。现在，立浪正拿着一罐啤酒与星川亲密交谈，七宫与下松则并肩坐在熄了火的烧烤炉旁的椅子上。至于出目，正不厌其烦地纠缠着靠在停车场墙边一脸疲惫的名张。而且，她好像还有点烦躁。

我把目光放回分房表，立浪的204号房与星川相邻，七宫的301号房与下松相邻，出目的207号房与名张相邻。而且三人的房间恰好分别位于建筑物的三个区域。若这是巧合，未免太完美了。莫非前辈们的意愿还影响到了房间分配吗？

话说回来，今天高木向我投来了不止一次锐利的目光。她去年也参加过这个集训，可能早就知晓内情，并对所有男性心怀戒备。

我们聊着聊着，却见星川走了过来：

“差不多该结束了吧。”

于是我们开始收拾残局，我接过了清洗餐具的任务。沿广场台阶走到上层，紫湛庄旁边有个洗漱台。我在唯一的电灯照明下忙着清洗铁网和铁板，突然听到背后传来脚步声。我猜那是比留子同学或明智学长，却听到了意料之外的声音：

“你玩得高兴吗？”

我惊讶地回过头。是高木，她来这里干什么？

我猜不透她的目的，只能点点头。

“嗯，因为烤肉的时候我自己也吃了不少。”

不知为何，高木长出了一口气，随后走到我旁边，拽过一张脏铁网，用刷子洗刷起来。潺潺流水声中，我听到了她的声音：

“我说，你跟明智参加这次集训究竟想干什么？”

或许她对明智学长在酒店废墟提出的问题心存怀疑吧。若此时对她有所隐瞒，她有可能对我们，包括对比留子同学都彻底失去信任。于是我决定实话实说：

“你听说恐吓信那件事了吗？”

“嗯，写着‘祭品’的那封信吧。”

我向她解释道，明智学长听说了恐吓信和去年发生的自杀事件，开始对集训产生兴趣，然后我们就跟比留子同学一起参加了这次集训。

“原来是这样。不过我还真搞不懂明智到底在想什么。”一声叹息后，她向我道了歉，“不好意思，我态度太差了。”

怎么说呢，这个人挺有原则的。她可能以为我们参加集训是为了泡女孩子，因此怀有戒心。毕竟那几位毕业生前辈都是那个样子，这也不能怪她。

“不过我要提醒你，多注意那个叫剑崎的女生。”

“啊，这次来的人果然都是故意安排的吗？”

“有可能。我估计是七宫逼迫进藤找的人，所以女孩子都很漂亮，男生都是重元那种缺乏竞争力的人。不过下松倒是挺上心的，因为她觉得这是找工作的好机会。”

缺乏竞争力，这个评价实在太辛辣了。

“既然明知如此，为何高木学姐还要参加呢？”

她激起一片水花，恶狠狠地说：

“我学妹被卷入这个无聊活动里来了，你叫我怎么丢下她不管？”

“你是说静原同学？”

她微微点了一下头：

“进藤手段太脏了。我不知道那家伙是不是也盯着找工作这件事，总之他在三个前辈，尤其是七宫面前根本抬不起头来。因为那封恐吓信，这么多人决定退出，想必让他慌了手脚吧。他竟然一出手就把自己女朋友拉下水充人数了。”

老实说，我真不想听到那个事实。就算进藤再不行，我也很希望他最多只是一个不太靠谱的部长而已。

“不过他可能真不想让自己女朋友被盯上，所以特别积极招募其他女部员参加，然后美冬就被他盯上了。进藤是美冬的前辈，知道她性格软弱不懂拒绝，才故意找上了她。等我发现时，她已经被拉下水了。虽然我也不想再次踏足这里，可实在不忍心丢下她不管。”

这么说来，高木也是最后一刻才决定参加的。

我很想跟她打听去年的自杀事件，但有点担心突然提及这么敏感的话题会让她不高兴，就问了另外一个问题：

“那么，房间分配果然也是可以安排的？”

“没错，不过好在美冬隔壁是你。”

能被她如此信任，我感到很高兴。

但我还是有点好奇，因为今后我可能真的会对静原产生好感：

“要是我把持不住自己呢？”

“一脚踹爆。”

高木歪嘴一笑。她并没有告诉我要一脚踹爆哪里的什么东西。

五

天空早已被黑暗笼罩，厚厚的云层隐去了星光。

我跟高木拿着洗好的铁板和铁网走进紫湛庄玄关，正好看见一个人走进电梯。虽然只是一闪而过，但那个身影好像是出目。

“他们已经解散了吗？”

“不知道……”

回到广场上，他们已经收拾好残局，聚集在停车场旁边。我发现那里弥漫着一股冷冷的气氛。方才的一团和气早已消失不见，众人都小心翼翼地窥视着彼此。

我向周围扫视一眼，出目果然不在。同时星川还站在名张身边，仿佛在安慰她。

“出什么事了？”

我向站在旁边的明智学长问道。

“具体不太清楚，好像是名张大小姐断然拒绝了出目的盛情邀请。”

说完他耸了耸肩，高木在一旁咂了一下舌头。刚刚还在担心，结果就出了这种事。那个叫出目的人连一个晚上都忍不了吗？！

出来拯救现场微妙气氛的是立浪：

“各位，真是对不住了。那家伙以前就这样，一喝酒就管不住自己，欺负女孩子，手脚不干净，所以他也经常被女性甩掉。”

那就别让那种人喝酒啊！

“我待会儿去让他醒醒脑子，对了，干脆让他负责等会儿试胆大会的吓人工作以示惩罚吧。你说怎么样，七宫？”

“嗯，那是他自作自受。”

看来这三人的势力并不对等，实权都掌握在七宫和立浪手上，出目只负责充当小丑。他之所以如此盛气凌人，可能是为了发泄这种不满吧。

此时高木站出来反对道：

“试胆大会放到明天应该也没关系吧，想必很多人都累了。”

且不说刚才遭到骚扰的名张，星川等人也一脸厌烦，高木一定是考虑到了她们的心情。唯独强势——不，下松并没有理会高木的话，一副事不关己的样子对七宫说：

“试胆大会要在哪里搞？刚才那座酒店废墟吗？”

“不，在另一个方向。往那边走十五分钟可以看到一座旧神社，你们每两人一组到里面去，取一个神符回来。”

他们好像一点都不打算修改日程，这种时候身为房客也不好说什么。七宫两人说要回房间先做准备，然后离开了。实在没办法，我们也往楼梯那边走去。

“搞什么嘛，他们就是想找人陪自己玩儿。”

“算了算了……你就把这当成散步消食吧。”

星川的心情越来越差，进藤不得不拼命安慰他的女朋友。

就在那时，一直在仰望星空的明智学长咕哝道：

“咦，那是什么？”

我抬头一看，发现东边有座山的轮廓在发光，仿佛被人打上了背光。

“一定是那什么摇滚音乐节吧。他们在山那头的自然公园开露天演唱会，那应该是舞台灯光。”

白天太亮，我一直没注意到。此时会场上一定充斥着与这里的寂静截然相反的兴奋与热闹吧。

“欸？”

一个有点鼻塞的声音让我回过头，原来是刚才几乎没有存在感的重元。正如高木在烧烤时所说，他被归入了缺乏竞争力的人群。只见他盯着手机屏幕，手指飞快舞动，却一直没往下说。

“怎么了？”进藤忍不住问了一句。

“网络连不上了，我还想检索一下摇滚音乐节的情况呢。”

“哦，刚才就连不上了。这里应该收不到信号吧。”下松说。

“烧烤开始前还能连上，绝对没错。”

此时其他成员也纷纷掏出手机，发出疑惑的声音：

“真的，根本连不上。”

“唉，这样不行啊。”

他们拿的手机机型和通信公司都不同，因此很难想象是单纯的连网失败问题。

“就算出故障了，紫湛庄也有电话，还能开车到镇里去。这不是什么大事。”

进藤说得没错。尽管如此，我还是难以抑制心中莫名的不安。再看明智学长，他向来愉悦的神情也仿佛蒙上了阴影。

“断绝外部联系吗？这也算是现代版的封闭空间吧？”

“不过只要我们有意，马上就能到镇上去啊。”

“是啊，随时都能去。正因为如此，我现在才不会产生迫切需要离开这里的想法。逃生之路一般就是在这种情况下渐渐断绝的。”

他的话加重了我的不安，我便习惯性地抬起左手想查看时间。看到光秃秃的手腕，我才想起刚才烧烤时我把手表摘下来了。

我离开人群，走向放着手表的停车场照明灯下。随后，我呆呆地咕哝了一句：

“不见了。”

那里只剩下我用来包手表的手帕，至于手表则不知所终。绝对不可能被风吹走，因为比手表轻的手帕还在原地。莫非是谁不注意踢走了，还是——

“怎么了？”

比留子同学注意到我的异常，从人群中抛来一句话。

“我有块表放在这儿找不到了。”

名张闻言大声说：

“那块手表我刚才还看见了。因为我发现怎么那种地方有块手帕，觉得奇怪就掀开看了一眼。”

我回到人群中详细询问道：

“学姐什么时候看到的？”

“应该是烧烤快结束时，那个叫出目的人跑来纠缠我之前。”

广场烧烤的位置距离停车场约有二十米。话说回来，我跟比留子同学查看小册子上的房间分配时，确实看到名张跟出目站在停车场墙边。如果当时我的手表还在那里……

可能嗅到了事件的气息，明智学长又问名张：

“中途有人靠近过手表吗？”

“没有，我一直想找借口摆脱那个人，要是当时有人靠近，一定会发现。”

虽然不知两人谈话内容是什么，但出目好像特别讨人厌。

“聊着聊着我发现你们开始收拾了，就准备趁机离开。结果他竟然跟我很熟络似的勾肩搭背，我就大叫一声把他推开了。当时离我不远的星川同学跑过来，然后就这样了。”

原来我跟高木清洗用具时，这里发生了这种事。

明智学长提高音量，仿佛在对每一个人说：

“名张同学发出喊声时，只有出目前辈站在放有手表的墙边。在此之前，有没有人靠近过这堵墙，或者停车场？或者有谁看到别人靠近了，也请告诉我。”

几个人举起手来，说他们在做准备时曾到过停车场仓库里搬运烧烤器材。然而那些都是我放下手表前发生的事，没有参考意义。此时，我看见静原战战兢兢地举起了手：

“那个，名张学姐和出目前辈走到这里后，我一直在观察他们。因为出目前辈看起来有点强人所难，我很担心名张学姐……所以我可以断言，两人来到这里后，谁也没靠近过这个地方。”

名张支持了她的说法，除此以外再没有人提供证词。于是明智学长总结道：

“——这么说来，自然可以认为在我们都被名张同学吸引了注意力的间隙，出目前辈拾起手表拿回山庄去了。”

“话说——”

高木的声音显得很僵硬，

“去年也发生过同样的事情。我记得是江端同学醉酒后，有人从她钱包里拿走了一万日元的钞票。对吧，进藤？”

她说的江端同学应该是影研的前辈吧。

“……是吗？”

“那当然啦。对，我想起来了。当时把江端同学灌醉的应该就是出目。结果他一直坚称什么都不知道。”

莫非方才立浪说的“手脚不干净”，是指出目有偷窃癖吗？

其他人听了这番话，也开始怀疑出目了。高木似乎已经认定犯人就是他：

“叶村，我们去把手表拿回来吧。我跟你一起去。”

“等等，现在还不确定出目前辈就是犯人啊。”

进藤慌了手脚，满脸都是此时千万不能惹麻烦的表情。然而高木并不退缩：

“他是不是犯人，直接去看不就知道了？进藤，莫非你想说还有别的嫌疑人吗？”

他一时无言以对，但很快反驳道：

“那……对了，这个推理之所以能成立，是因为有了名张同学的证词。但她的证词也有可能不对。”

“你的意思是名张说谎了？”

高木一反驳，名张眼角就吊了起来。进藤更加惊慌：

“我不是那个意思，但她出现错觉的可能性也不是零嘛。对不对，明智君？”

被拉到对话中的“神红的福尔摩斯”板着脸点点头：

“按照逻辑思考，若手表在名张同学出现之前就被拿走，那么所有人都是嫌疑人。只是，她亲眼看到了手表，这点应该不会有错。”

“你怎么能如此断言呢？”

“现在这里只剩一块手帕。刚才叶村君是这样说的：‘我有块表放在这儿找不到了。’名张同学听到后马上给出证词：‘觉得奇怪就掀开看了一眼。’叶村君根本没说他用手帕包起了手表。一般来说，认为手帕垫在了手表下面才更为自然。她之所以用了‘掀开’这个词，是因为她确实看见了手表。”

一点没错。那么也就是说，名张来到这里之前，手表一直都没被动过。

“你瞧，这就证明偷手表的人不是我就是出目前辈。千万别客气，请尽管搜身吧。”

名张挺起胸脯说完，明智学长又补充道：

“进一步说，也有可能是名张同学偷走手表，并在星川同学跑过来时偷偷交给了她。当然，这只是纯逻辑的思考。”

跟出目闹出骚动后，名张好像只跟星川有过接触。

“好吧，我也随便你怎么搜都行。”

星川说着张开双臂，仿佛在挑衅替出目说话的进藤。

其实根本不用搜身，毕竟两人身穿夏装，一只男表无论藏哪儿都会露出不自然的形状，更何况表带还是金属质地，一动就会叮当作响。很明显手表不在她们身上。尽管如此，比留子同学还是飞快地把两人身上都搜了一遍，然后给出证词：“她们身上没有手表。”

无论如何逻辑推理，东西不在身上，就证明不是犯人。而且一旦得知这两人身上没有手表，出目的嫌疑就进一步加重了。这回连进藤也无法反驳。

众人决定暂时回房，我则走向出目的房间准备问个究竟。让我庆幸的是，明智学长和高木都跟我一起来了。只可惜这次访问落了个空，无论我们怎么叫，出目房间里都没有回应。

“那三个人刚才乘电梯下楼，然后出门去了。”

到门厅找管野一问，我们得到了这个回答。因为我们是从东侧楼梯上去的，恰好跟几位前辈错过。他们应该是去准备试胆大会了。

“我们来晚了，怎么办？”

“今天暂时先这样吧。”

高木一脸不满地问我：“就这样了？”我点点头：

“那个出目刚才不是被名张学姐当着众人的面甩掉了吗？他可能是为了泄愤才把手表拿走的，而且待会儿还有试胆大会，过度刺激他搞不好会出事。”

“他确实是那种道理说破也不会反省，反倒有可能大发脾气的人啊。要是危及他人可就不好了。”明智学长叹着气赞同道。

“那只表很贵吗？”

“不，表本身倒是不值钱，只不过那是妹妹送给我庆祝高中入学的礼物。”

而且当时还处在大地震后的混乱时期，她好不容易才买到了那只表。对我来说，它有着金钱无法比拟的价值，因此必须找准时机要回来。

六

不一会儿，有人来通知试胆大会已经准备好了，于是我们再次到广场集合。出目没有出现，恐怕已经躲起来准备吓人了吧。冲浪者气质的立浪拿出一个纸袋说：

“接下来我们抽签分组吧。女生来抽。”

我猜测这次抽签是不是也有猫腻，结果竟抽出了意外混杂的组合。然而不知是偶然还是必然，跟我配对的是比留子同学。

“真是太让人高兴了，这就是所谓命运的安排吧。”

命运吗？我们一共分成了六组，我们俩第四组出发。其他分组依次为七宫—下松、进藤—星川、明智—静原、重元—高木、立浪—名张。

开展活动的神社在沿湖往东不远处，顺着途中交会的山路一直走上去就到了。只要进入神社正堂，把神符取回来就算完成任务。

晚上九点，七宫—下松组第一个出发。下松与我对视一眼，趁七宫看不到的时候对我做了个“lucky”的口型。无论是分房还是烧烤时的交谈，她好像特别受公子哥儿青睐。既然两人都心怀不轨，这恐怕是最双赢的关系了。

“有点冷呢。”

身上只穿着一条连衣裙的比留子同学搓着手臂低声道。可能因为离湖比较近，此时已经完全感觉不到白天的闷热，反倒吹起了阵阵凉风。若此时能给她披上一件外套，自然能赚得个好印象，只可惜我身上也只有一件短袖衫。

“那我们就快去快回吧。你会害怕吗？”

“一般害怕，所以还比较能接受。”

那就足够了。尖叫这种事还是两人一起做更好。

以五分钟为间隔，第二组和第三组也出发了。下一组就是我们。

“我们走吧。”

这个试胆大会规定两个人必须牵着手。比留子同学的手比我小一圈，仿佛特别易碎。我们不知该用什么力度，彼此试探了一会儿，最后停留在了不会捏碎鸡蛋的强度。

我们顺着湖边的道路前进。由于这里路灯很少，又没有人行道，便一直走在路边上，以免被车撞到。

仔细想想，这其实挺奇怪的。我竟跟一个还没见过几次面的学姐手牵手走在一起，换作昨天的我一定做梦都想不到。

往旁边一看，比留子同学正凝视着湖面，任由我牵着她向前走。因为我比她高一个头，目光往下一滑就能看到少许胸前的沟壑。没想到比留子同学还挺有魅力。

“叶村君啊。”

“怎么了？”我吓了一跳。

“其实我有些话要对你说。”

对我？不是对明智学长？

“什么话？”

“邀请你们参加集训的目的。”

不是约好了不过问吗？我转过头，发现一双大眼睛正对着自己。

“叶村君，我邀请你们参加集训，是为了把你弄到手。”

“——哈？”

那个出人意料的答案让我愣住了。我感觉，她说自己是外星人反倒更真实。

“那是什么意思？”

“我猜你已经听说过，我以前曾经数次参与疑难案件调查。并且我想，今后也将继续参与各种案件调查，所以——”

她用力一拉我的手，用双手紧紧握住：

“让我开门见山地说吧，我希望你能当我的助手，我需要你。”

——我该怎么理解这句话？

她果真是如字面意思，希望我协助她开展侦探事业吗，还是对我做了充满她独特个性的表白？

“不不不……”

再怎么说这也太突然了。我这个助手只是明智学长擅自叫的，其实我并没有帮他管理日程，也没有替他接待客户。

“我只是个读书爱好者而已，既没有专业知识，也没有天才灵感。”

“华生不也一样吗？他只不过从旁给出了非常平凡的意见而已。但只要那样就能解决案件，那就皆大欢喜了。我不需要你马上回答，你可以在集训结束前好好考虑。”

她没有开玩笑的意思，这人真心想要一个侦探助手。

“为什么要找我？”

“……这不能告诉你。”

我叹了口气，不再追问。

“……我可以告诉明智学长吗？”

“先不急。毕竟这相当于解除你和他的搭档关系，而你想必也是他不可或缺的人，过段时间我会亲自跟明智学长说。”

话说到这里就结束了。老实说，我巴不得现在冒出个妖怪来，甚至对没有妖怪出现这件事产生了没来由的愤怒。

据说，比留子同学俨然推理小说主人公，参与过各种各样案件的调查。我身为推理爱好者，若说对那种生活毫无兴趣，肯定是彻头彻尾的谎言。如果可以的话，我也想参与进去看看，就算只是旁观也好。然而我为此要跟明智学长以外的人组成搭档，这个决断对我来说实在太沉重了。

正如我是明智学长的刹车一样，他也是我的油门。若没有他的邀请，我现在应该还待在格格不入的理研浪费人生。正因为他会踩油门，我这个刹车才有了意义。我甚至因此认识了比留子同学，也参与到这次集训中来。

经过左手边的杂树林，我们看见一条从山边蜿蜒而下的小路。接下来应该就是顺着这条路上山。而就在此时——

七

呜哇啊啊啊——

听到远处传来的惨叫声，我忍不住浑身一颤。

后来又有两三声惨叫，再然后，周围重归寂静。

“……吓我一跳。”

“好逼真的惨叫啊。”

比留子同学的声音里也透着紧张。不过，刚才那几声惨叫实在太恐怖了，完全不像区区试胆大会的安排。那声音听起来是个男的，但不知具体是谁。我很难想象明智学长会发出那种叫声，莫非前方真有如此可怕的陷阱吗?

我凝神一看，发现山上有几个人影正在往下走。我以为是先出发的人回来了，正要开口打招呼。

奇怪，人影有三个。莫非是当地人?

“你不觉得他们看起来很不舒服吗?”

比留子同学说得没错，那三个人影都摇摇晃晃的，好像喝醉了酒。莫非是想吓唬我们?不过试胆大会的陷阱应该只有出目一人才对。难道他们还请了临时演员?虽说是公子哥儿的娱乐，那也太过了吧。

紧接着，我眼前出现了让人难以置信的光景。

“比留子同学，快看!”

与山路不同的方向，大约三百米开外，一条县道顺着深入湖心的陆地画出弧线。县道稀疏的路灯之下，竟出现了十几个影影绰绰的身姿。那些人影仿佛丝毫不在意自己走在公路上，占据了整个路面。

“叶村君。”

山上下来的人影已经走到不用五秒就能跑过来的距离。那几个人正拖着脚步，发出细小的呻吟声。希望获得合理解释的理性与让我跑起来的本能在我脑中激烈碰撞。距离只剩几步远了。

“叶村君!”

我被拽起手的同时，面前的人影高喊起来:

“哦哦哦，啊啊啊——”

路灯照亮了他的脸，一双目光涣散的眼睛，扭曲大张着发出奇怪呻吟的嘴，黑红的血遍布脸和衣服。甚至有人衣服撕裂，赤身裸体。

还有那个气味！仿佛永远附着在鼻腔里的，混合了血液、油脂和强烈腐臭的气味扑鼻而来。

那个瞬间，本能获胜了。“快跑！”我反拉起比留子同学的手，沿来时道路跑了回去。我丝毫没有想到他们可能是伤员或病人。途中回头一看，只见越来越多的人影从山上走了下来。

“啊！”

道路前方又出现了人影。我差点停了下来，但很快凭轮廓认出那是比我们晚一轮出发的重元和高木。

“别过来！往回跑！”

听到我们的叫声，两人愣住了。

“干什么？你们俩冷静点。”

“不行，快往回跑，有奇怪的人追过来了。”

“奇怪的人——”

“不知道，反正不正常。”

“来了！”

比留子同学大喊一声。橙色路灯下浮现出无数人影，瘆人的呻吟声渐渐逼近，高木往后退了一步：“讨厌，那是什么？”

“肯定是演戏吧。”重元颤抖的声音咕哝道，“那帮人玩得也太大了吧。喂喂喂。”

我情急之下捡起路旁一块石头，朝人群扔了过去。石头打中了其中一个人。然而那人没有惨叫，甚至没有抱怨，而是继续朝这边走来。

“不会吧。”

“你看到了，现在赶紧跑!”

我们顺着通往紫湛庄的路奋力奔跑。最后一组留在广场上的立浪和名张见我们几个刚出发的人龇牙咧嘴跑回来，都瞪大了眼睛。

“怎么了，受伤了吗？”

啊，这要怎么解释呢？我们七嘴八舌地形容着那些可怕人影，立浪两人还是一脸困惑。

“总之我们不能出去，快回到山庄锁好门窗。”“不，还是跑吧。”“可是大家还没回来啊。”“那帮人可能会追过来，我们需要武器。”“总之先告诉管野先生，找点武器什么的防身。”

我们跑上广场台阶。这里相对狭窄，他们没法一股脑儿拥上来。

“这到底是怎么回事？”

名张跑去叫管野了，只剩下立浪还不明所以地咕哝着。就在那时，有人突然从紫湛庄后面的草丛里钻了出来。我们都吓了一跳，很快发现那是喘着粗气的七宫。

“七宫前辈，你从哪儿来的？”

“肯定是从神社那边穿过树丛跑回来的吧。这山上连路都没有，真是太胡来了。”

他肯定吃了不少苦，立浪解释道。果然如他所说，七宫衣服上到处都刺着小树枝，还撕破了几个口子。能让洁癖症的他变成这样，理由只有一个：

“回来路上被一帮奇怪的家伙袭击了。”

此时我发现七宫的同伴不见了：

“下松学姐呢？”

我的问题使他面无血色地看了过来：

“被那帮人抓住了，现在估计已经没救了。”

高木闻言被激怒了：

“你竟然丢下她自己跑回来了？！”

“我有什么办法！你看见那帮人了吗？他们吃人！下松一被抓住，他们就扑上去了！你是叫我送上门去被他们吃掉吗？！”

“丧尸。”目睹了那些骇人身影的重元低声道，“真的有丧尸。可是为什么？”

此时，名张和管野从玄关走了出来。管野手上还提着一柄长枪，可能是从二楼休息室拿下来的。

“发生什么事了？有可疑人物——”

“来了！”

手电筒照向拥入广场的人群。看到那些丑恶的嘴脸，名张口中发出裂帛般的哀鸣。

灯光下的那些东西虽然有着人形，但身体早已被撕咬得千疮百孔，如同一块块破抹布。他们全身是血，大张着嘴，发出失去理性的咆哮，俨然一群怪物。重元说得没错，那些东西跟电影和游戏里出现的丧尸一模一样。

然而刚刚走出山庄的管野却犯了愚蠢的错误：“不好，得赶紧送他们去医院。”只见他大叫着跑下楼梯，朝最前面的人走去。那个瞬间，长着年轻人外表的怪物猛然扑向管野。

“滚开！”

追在身后试图拉住管野的立浪救了他一命。只见他抬起长腿，一脚踹向那东西胸口，把他给踹翻了。然而那些怪物的手还是接二连三地伸向两人。

“快跑!”

两人勉强跑上了楼梯。

“得把他们都杀掉!”重元大喊道，“被丧尸咬到就没救了!那些东西不是人，得把他们都杀了!不然我们全都会没命!”

可怕的丧尸群正欲爬上广场楼梯，然而他们动作僵硬，难以攀爬，途中有很多人脚下一滑失去平衡，从楼梯上滚落下去，使整个丧尸群的移动非常缓慢。既然如此，只要解决掉最前面那个，应该能争取一些时间。

只是管野并没有动，仿佛还对攻击那些人形怪物心怀踌躇。

“你在干什么？给我!”

立浪一把夺过他手上的枪，发出让人血液沸腾的吼叫，全力刺向走上楼梯的一个人。虽然枪尖没有开刃，但成年男性的全力一击还是贯穿了怪物的胸板。然而伤口并没有流血，而且丧尸身上刺着长枪，依旧向前走着。

“浑蛋，浑蛋!”

立浪又刺了两三下，还是没有效果。重元再次大喊:

“刺心脏也没用，要破坏他的脑袋。”

“我怎么破坏啊？!”

人类的头盖骨十分坚硬，一把钝枪恐怕很难刺穿。

“刺眼睛!”比留子同学叫道，“从眼睛贯穿脑袋!”

立浪闻言瞄了瞄准，对着眼窝刺了好几下，丧尸总算停下了动作。只见他砸倒了身后几个怪物，齐齐从楼梯上滚落下去。

“呃、呕……”

立浪看见枪尖带下来的肉片，忍不住呕吐起来。然而怪物还是没有停止动作。比留子同学又叫了一声：

“没完没了了，赶紧回紫湛庄吧。”

“不是应该从后面逃走吗？”

听到立浪的提议，七宫脸上顿时没了血色：

“不行！我在山上也被追杀了。那群东西根本就是从山那边翻过来的！”

明智学长怎么样了，该不会也遭到丧尸袭击了吧？我得去救他。

如此想着，我脑中又冒出一个极为清醒的声音：已经来不及了。要突破这群丧尸去救人，简直是自杀行径。然而就在那时——

“呜啊啊啊啊！”

进藤惨叫着从紫湛庄背后跑了出来。他恐怕跟七宫一样，是钻进树丛里逃回来的吧。然而跟他一组的星川却不见踪影。进藤看了我们一眼，悲痛地问道：

“丽花在哪里？她应该先回来了！”

“你跟星川走散了吗？”立浪擦了一下嘴角。

“她趁我吸引怪物注意时逃掉了！还没回来吗？”

所有人都摇头说没看到她。这里是正门，要是有同伴回来了，我们绝对会发现。进藤可能读出了我们脸上的困惑，大叫一声：“骗人！”紧接着半带癫狂地跑进了紫湛庄。

“丽花！你在这里吧，丽花——”

他脑中早已顾不上周围一点点逼近的丧尸群，只想知道恋人的安危。

“我们也进去吧，现在只能死守山庄了。”立浪做出指示。

“可是美冬他们还没回来。”高木说。

“他们可能找到安全的地方避难了。再这样下去，我们都有危险。”

丧尸逼到玄关只是时间问题。高木虽然不甘心地扭曲着脸，却没有说要独自去救其他同伴。我们全都走进山庄内部，正准备按照管野的指示关上玻璃门外的卷帘门，重元突然指着外面大喊道：

“喂，快看！”

快要爬上广场楼梯的丧尸又被拽了下去，底下现出一个身穿夏威夷花衬衫、戴着眼镜的熟悉身影。

“明智学长！”“美冬！”

明智学长将护在背后的女性——静原拽了上去，随后把她往前面一推，自己则一脚踹向下方追来的丧尸。静原被吓得面无血色，喘着粗气跌进玄关。“啊啊啊，呜啊啊……”刚一进门，她就身子一软，发出无意识的呜咽。幸运的是，她好像没有受伤。

“明智学长，快点！”我发出撕心裂肺的吼声。

他可能听见了我的声音，转过来正要跑——此时下方却伸出一只手，抓住了明智学长的脚踝。

危险！我还没来得及发出声音，一个瘦削的女丧尸就无情地咬住了他的小腿。

“啊啊……”

高大的身体一个踉跄，倒向后方。我俩在那个瞬间对上目光，明智学长动了动嘴。

——天不遂人愿啊。

他那似是无奈，似是哭笑不得，让人难以形容的表情深深灼烧在我脑中。随后，明智学长便滚下了通往地狱的台阶，消失在我们面前。

“啊啊——”不知是谁发出一声绝望的叹息。

对，绝望。

我做了个深呼吸，试图咽下哀鸣。已经来不及了。

“把卷帘门拉上吧。”我说，“那些东西要上来了。”

就这样，我失去了我的“福尔摩斯”。

八

虽然已将玄关封锁，山庄的防御还是不堪一击。一楼正面是一大片玻璃墙，显得无比脆弱，那些丧尸侵入山庄内部只是时间问题。

“这里不行。”

“上二楼！然后把楼梯完全封锁掉。”

我们从东侧楼梯上到二楼避难，此时楼下已经响起了玻璃破碎的声音。那些东西进来了！

我们又急忙分头搬运二楼休息室里的展示架和沙发等大件家具，

在一楼到二楼中间的楼梯转角，以及二楼的楼梯转角堆起两层路障。但看丧尸们的动作，他们连走上普通楼梯都极为困难，要在这里挡住他们应该没问题。可能是听到下面的动静，进藤从三楼走了下来。他似乎还在山庄里到处寻找星川，真是太可怜了。

“没在……哪里都找不到丽花。丽花究竟到哪儿去了？”

进藤喃喃自语着，竟要把中间转角刚堆好的家具搬开。

“喂，你干什么？！”

立浪慌忙攥住他的肩膀。

“请放开我，我要去找丽花。”

“认清现实吧，她肯定已经死了。”

“不！”进藤大叫，“她一定还活着！我要去找她，放开我！”

“浑蛋！”立浪一拳打向进藤，进藤趴在地上呜咽起来。我因为明智学长的死，心里早已麻痹了，只是冷冷地看着他们。

我们当然也想相信星川还活着，可现在应该优先考虑如何防止丧尸入侵，顾不上进藤了。

让人意外的是，主持路障堆砌的人是重元：

“不仅要构筑障碍，还要让他们很难走上楼梯。做得像坡道一样，应该就能让他们脚底打滑了。”

听了重元的话，管野跟他一起用管家钥匙走进 208 号空房，抽出两块大床板放到楼梯上，又从用品间拿来所有床单铺在楼梯上。然后我们六个人合力将休息室的自动售货机左右挪动搬到楼梯顶端，跟展示架一起堆成一堵墙。路障堆好后，七宫指出：

“对面不是有逃生梯吗，那里不用封起来？”

“逃生梯跟山庄隔着一扇铁门，出于安全考虑，只能从内侧开启。那扇门是朝外开的，只用身体撞应该很难突破。”管野说。

“糟糕。”比留子同学突然说，“我们忘了电梯！”

对啊！万一丧尸坐上了电梯，完全有可能出于偶然轻易来到楼上。我们慌忙回到休息室，发现电梯厢还在一楼。

“怎么办？里面可能已经有丧尸了。”

“就算是这样，他们也说不定什么时候上来。如果只有两三个，我们可以轻易干掉。”

刚才已经干掉一个丧尸的立浪手持铁枪瞪着电梯门。我们也拿起墙上的武器摆好架势。管野按下开关，门上的数字从一变成了二。所有人屏息静气，看着电梯门开启。

里面没人。我们顿时松了口气。

“管野先生，电梯电源能关掉吗？”比留子同学问。

“电源板在一楼前台，现在估计已经挤满了怪物。”

“那万一他们碰巧按到按钮，电梯不就下去了？”高木追问道。

“暂时先这样吧。”

比留子同学说着，抓起旁边的椅子卡在电梯门中间。

“这样电梯就无法正常运行了。”

原来如此。为了防止意外事故，电梯在门没关紧的状态下应该动不了。

在楼梯口看守路障的名张大声叫道：

“丧尸上来了！”

我们重新握紧武器，走向楼梯。

从路障缝隙向下看，拥进山庄的丧尸好像越来越多，楼梯底下如同涨潮般挤进来无数脑袋，把狭窄的台阶塞得严严实实。可是丧尸们机动力太差，爬楼梯的速度比平地移动还慢，脚步也踉踉跄跄。好不容易走上来的丧尸，也会被路障挡住，或被床单缠住，导致失去平衡，从楼梯上滚下去顺带撞倒一片。情况一直不断重复。看来重元设计的路障非常有效。

“关键不知它们何时会突破这里，难道要一直看着吗？”

七宫似乎想听我们的反应。

“我有个好东西。”

高木和静原从口袋里掏出了报警器。那东西只要一拉掉保险栓，就会发出巨大的警报声。立浪吹了声口哨，七宫却不满地撇了撇嘴：

“你们带那东西干什么？”

带着报警器来参加成员有限的集训，明显是为了防范男性成员。然而高木一点都不觉尴尬。静原恐怕也是在高木劝说下带来的。

“以防万一啊，有什么好惊讶的？总而言之，只要用这个来做机关，路障被突破时马上就能发现了。”

遵照高木的话，管野从仓库拿来钓鱼线，在路障后方做了个机关。一旦路障被突破，就会拉动钓鱼线拔出保险栓，让警报响起。装好报警器后，防御基本完工了。

“另外一个报警器要怎么办？”

七宫闻言，一把夺过静原手上的报警器。

“喂！”高木出言抗议。

“把这家伙装到三楼逃生门上。一旦三楼沦陷，我们就彻底完蛋了。”

七宫说得确实没错，万一三楼被丧尸占领，我们就无路可逃。道理虽然没错，只是七宫房间距离三楼逃生门最近。

一切完成后，所有人集中在二楼休息室。

此时已是晚上十点，试胆大会开始仅仅一个半小时，世界就变了个样子。

幸存——不，目前在场的学生有我、比留子同学、进藤、高木、静原、名张、重元。毕业生前辈有七宫和立浪。再加上管理人管野，一共十人。这就意味着，我们牺牲了四个同伴。管野为所有人冲了咖啡，可我并没有伸手去拿。

我们打开了电视机。因为手机依旧不能用，我们根本不知道身边究竟发生了什么。

“出目呢？”立浪问七宫，对方摇了摇头。

“我到达神社时他已经被吃了。下松也被他们抓住了。”

下松——我脑中闪过一开始就大大方方跟我说话，还叫我吃肉的她脸上直率的笑容。她的开朗多少让我好受了一些，而我却没来得及对她说句感谢。

“快看这个！”高木停下了操作遥控器的手。

电视上放出一组新闻，郁郁葱葱的绿色背景上赫然标出“或为恐怖袭击”的大字。管野调高了音量。

“今天下午四时许，警方和消防局接到报案称，S县娑可安自然公园举行的萨贝亚摇滚音乐节户外演唱会上，几名观众突然出现身体不适。其后，相同症状的人迅速增加。现警方已将这一带封锁，疑为化学武器发起的恐怖袭击。目前救助活动及原因调查尚在进行中。”

那新闻在我这个外行看来也很奇怪。明明是疑为恐怖袭击的大案要案，却没有任何现场画面和采访。介绍直接使用了自然公园宣传视频的一部分。就算摄像机进不了现场，现在社交软件和视频网站上也应该充满了现场情况汇报。

比留子同学问管野：

“既然手机打不通，那固定电话呢？”

管野拿起休息室的电话机操作了一会儿，随后摇着头放下听筒。

“不行。这到底是怎么回事？”

“说不定这一带已经被施行了极为严密的信息管制。”

比留子同学恍然大悟般喃喃道：

“那这些丧尸……”

“应该就是那些身体不适的观众。它们穿的服装很符合音乐节气氛，流动源头也指向了音乐节现场。附近住宅并不多，我一直觉得这个丧尸数量实在太异常了。虽说不清楚这是化学武器还是生物武器，抑或生化危机，总而言之，一定是音乐节现场发生的事让观众成了这个样子。”

“那可糟糕了。”重元战战兢兢地说，“萨贝亚摇滚音乐节每天参加人数约有五万人，所有被丧尸咬过的人都会变成丧尸。假设大多数观众都被感染……”

新闻上说事件发生时间是下午四点，但我们根本不知道那个时间是否正确。总之今天傍晚到现在还没经过半天，就已经形成了如此骚动。不得不说，这个事态实在太可怕了。

“不过这也证明，政府已经把握了这里的情况，一定会派人来救援吧。”

静原用蚊子似的声音说完，却被比留子同学无情地否定了：

“既然我们正在被‘他们’袭击，应该认为，政府尚未控制住这里的情况。我认为，为防止人们产生恐慌，有关部门阻止了媒体对现场的报道，甚至屏蔽了当地通信。此时他们的最优先行动应该是防止影响扩大。我姑且用‘感染’这个词吧，他们的优先事项，应该是防止任何被感染者离开娑可安湖周边，对未受感染人群的救援应该是次要的。若毫无防备地出手，很有可能造成二次伤害。”

确实，试胆大会时我在路上一辆车都没见到，想必当时道路已经被封锁了。另外还有几小时前看到的直升机编队。那些直升机究竟带着什么任务奔赴现场的？

“总而言之，我们得做好长时间死守的准备。”

“死守？要等多久才有人来救援啊？！”此前一直默不作声的名张终于忍不住大喊起来。

没有人能回答她的问题。

我曾在电影上看过，政府无法阻止感染进一步扩大，干脆连幸存者一道，将整个町都炸平了。现实或许不会如此夸张，但这座山庄其实已经成了陆上孤岛。就算我们全部死光，也不过区区十人，政府极有可能对我们坐视不管。

比留子同学对大家说道：

“现在先别太过悲观。既然丧尸都是会动的尸体，那他们应该只消几天就因为溶解和腐坏而无法行动了。更何况现在正值盛夏，腐坏进程会加快，想必连一星期都用不了。”

接着，重元淡淡地咕哝道：

“死守之际最重要的是食物、水、电，还有武器。”

“刚才我冲咖啡时，水龙头还有水。”管野证实道。

目前山庄也还有电，问题是食物。休息室里能看到矿泉水和咖啡机，却找不到食物。

“一楼厨房里有好几天的食物……”管野遗憾地咕哝道。

我们从各自的行李中拿出了所有食物，管野也把三楼仓库储备的应急食品拿了下来。因为这个地区鲜有地震，应急食品只是走个形式。最让人震惊的是，重元竟带着将近一打五百毫升装的可乐。“我平时只喝这个。”他说。

“死去那些人的行李怎么办？”

立浪有些尴尬地说完，我马上接过话头：

“还是先放着吧，毕竟我们还没饿到性命攸关的地步。”

其他人好像也对擅自翻动同伴的行李心怀抵触，没有人开口反对。

管野又开始分发应急用的口罩：

“如果真的要跟丧尸打起来，还是戴着比较好。”

他说得很有道理。既然有可能是传染病，我们再怎么小心都不为过。

接下来是武器。休息室里有不少剑和枪，只是我很怀疑那能派上多少用场。因为这些武器不仅没开刃，还比我想象的沉重许多，连男人用起来都要费点力气。我和进藤、静原选择了剑，其他人则拿起了枪。枪在攻击范围上虽然有利，但是考虑到可能要在狭窄走廊上挥舞，我感觉还是剑更方便。

“这里有会武术的人吗？”

名张不安地环视四周，所有男性都摇起了头。我虽不是极不擅长运动的人，但从未认真投身过哪一项运动，进藤和重元都属于室内派，公子哥儿七宫更加不用指望，而管野只打过网球。体态最健壮的立浪直到高中都专攻游泳。就在这时，女生里有个人举起手来：

“我小时候被家里送去练过薙刀和合气道。”

那人竟是比留子同学。只是她娇小的身姿与那种强悍印象相去甚远，名张只是表情微妙地点了点头说：“是吗？”

照立浪的说法，丧尸好像无论怎么砍怎么揍都不受影响，既然如此，就该极力避免近身战。目前最有效的应该是用长枪从远距离一口气刺穿眼睛，破坏脑组织。然而连我这个男人都觉得自己没法顺利完成那个动作。万一丧尸大量拥入这座狭窄建筑物中该怎么办？最优先的选项还是逃跑吧。

另外还有一个很大的问题，就是我们该在哪里过夜。现在我们只剩下二楼和三楼的空间，据说三楼仓库内还有通往天台的楼梯。地方最宽敞，能容下所有人的就是这个休息室。只不过路障一旦被破坏，待在这里又会首当其冲遭到丧尸蹂躏。

“既然如此，我们全都到三楼去吧。再把路障往上堆一些。”

“在电影里，这种时候最忌讳的也是分头行动。还是大家待在一起更好。”

高木和名张七嘴八舌地说。可是进藤却提出了异议：

“待在一起？每个房间里挤五个人、十个人？你可饶了我吧。”

重元也接过话头：

“我无法赞成所有人聚在一起。电影里之所以被各个击破，只是因为人物在敌人领地上莽撞行动，或没有发现敌人出现。”

“那你想怎么样？”高木瞪了他一眼。

“现在我们其实更接近战争状态，必须想尽一切办法避免被一网打尽。如果所有人固守一个地方，它们拥进来时，我们一个都跑不掉。但是，如果分散在两层楼，至少还能跑掉一半。”

“哈？你的意思是让二楼的人当诱饵吗？”

七宫可能平静了一些，从口袋里掏出眼药水边点边嘲讽道。

“请等一等。”管野插了进来，“其实首先遭到袭击的并不一定是二楼。”

他是这样说的：丧尸冲破路障后，有可能略过二楼直接走上三楼。加之南区末端还设有逃生梯，从建筑物外侧连接着二楼和三楼的逃生门，因此他们有可能略过二楼，直接突破三楼的逃生门。

“可那也改变不了二楼最危险的事实啊。丧尸爬楼梯很慢，三楼的人听到报警后完全有时间逃生，二楼却没有那么多时间。”

名张歇斯底里地坚持道。

“不，只要把东区和休息室之间的门关上就没问题了。”

管野说的是各区分界线上的门。

“如各位所见，与中央区接壤的东区和南区都可以用大门隔开。不过没有钥匙就不能开合大门，所以一旦上锁，就无法应对紧急情况。如果仅在夜间将休息室与东区之间的大门锁上，就算路障被突破，应该也不会导致整个二楼都遭殃。”

从分房表上看，使用二楼东区房间的只有206号房的名张和207号房的出目。那么只要把名张安排到其他房间，我们就能关上这扇门了。

“而且不知还要在这里死守多久，我觉得最好还是尽量保证一定生活空间。”

要是从一开始就放弃二楼，我们的逃生之处便只剩下天台。若能守住二楼休息室，则可通过电梯来往于二楼和三楼。

沉默了好一会儿的比留子同学说：

“管野先生，上下楼的办法只有电梯和楼梯吗？”

“不，还有一个办法。”

说着，他从仓库里拿出一副逃生用的铝制绳梯。

“只要把绳梯从三楼阳台垂下来，就能通到二楼房间。不巧的是，仓库里只有这一副。”

“那就足够了。不如这样吧，我们大致按照已经分配好的房间过夜，一旦逃生门被突破，或是警报被拉响，马上通过房间里的内线电话互相通知，然后在室内等待。因为房间门都是朝外开的，就算用身体去撞，应该也不会马上被撞开。处在安全地区的人负责关闭分区大门，拖延丧尸的行动，然后使用绳梯将困在房间里的人救出来。”

按照比留子同学的方法，我们既可以避免遭到偷袭导致全灭，又不需要眼看着同伴遭殃。就连主张集体行动的高木和名张也都不情不愿地接受了她的提议。最后大家决定，把绳梯放在三楼电梯门前，保证所有人都能拿到。

管野看了大家一眼：

“那么，我把区间大门的钥匙放在电视柜上了，请大家看情况使用。另外，还得麻烦名张小姐换个房间，不过我没来得及把其他房间的门卡拿出来，所以请你先用我的管家卡吧。”

结果名张搬到了空着的 205 号房间，把二楼东区大门锁上了。这样一来，就算路障被突破，也不用担心他们一口气冲到休息室来。

“管野先生要用哪个房间？”

我突然回过神来。他平时应该睡在一楼的管理人办公室里。

“真不好意思……我打算借用星川小姐的房间。因为我也想守着二楼。”

说完，他看了一眼进藤。我本以为他听到管野要用自己恋人的房间会生气，但没想到进藤却不声不响地点了点头：

“我知道了……不过，能把丽花的行李放到我那里吗？”

进藤用管家卡打开了星川的 203 号房，匆匆拿出她的行李搬到自己房间去。比留子同学看着他的举动开口道：

“可是管野先生，那个房间的门锁和电力怎么办？你把管家卡交给名张同学，自己不就没有卡了？”

因为 203 号房的门卡被星川拿出去，再也找不回来了。

“我离开房间时会把防盗栓拉出来卡住，并不会很不方便。至于用电问题，只要把名张小姐的 206 号房卡插进去就能用了。”

随后高木问道：

“接通电源用的卡槽，是不是把驾照什么的插进去也能用？我住商务酒店时经常这么干，在外出时一直开着房间里的空调。”

确实，我也有过那种经历。如她所言，只要是张卡片，不管是驾照还是名片都可以，假设是棒状卡槽，还能用牙刷代替。

“这里的门卡比较高端，如果没有卡片里的磁条就无法工作。所以虽然能用其他房间的门卡，却不能用驾照来代替。”

这回轮到立浪开口说话了：

“先不说那个，巡逻要怎么安排？比如在场所有男人轮流巡逻。”

只见名张用力摇了摇头：

“用不着那个。就算发现丧尸入侵又能怎么样？用武器打回去吗？到头来还不是只能躲进房间里？”

“而且晚上我们全都在上了锁的房间里睡觉，一个不小心就会落得只有巡逻人遭殃的下场。”比留子同学说。

其他成员也纷纷道出了自己的担忧。可以说，在决定各自行动后，派人守夜就没什么效果了。于是管野看着大家说：

“还请各位晚上不要轻易离开房间。虽然我不认为丧尸会爬墙，但还是把阳台门也锁上。另外为了保险起见，行动时务必手持武器。我每个小时都会检查一遍路障和逃生门。”

虽然很不好意思只让管野一个人受累，不过为了降低风险，那应该是最佳办法了。

总而言之，我们已经做好了所有能做的准备。

现在已经过了晚上十一点，还是没人想回房间。那是当然了，在丧尸重重围困之下，谁都不想一个人待着。可是不能否认，此前一直紧绷的神经渐渐松懈，所有人都感到了困倦。今天一天实在发生了太多事，大脑也需要一点时间来适应。太累了，让我睡吧，最好醒来后让我发现这一切都是场梦。

“叶村君，差不多该回房了吧。”

比留子同学摇晃肩膀把我从半梦半醒状态中拽回来，我睁开眼，发现重元拿着一把三叉戟站了起来，模样俨然猪八戒。

“我也回房去了。”

听他这么一说，其他成员也不情不愿地站了起来。

七宫、重元、进藤、静原和我上了三楼。因为电梯坐不下，我决定走东侧楼梯。虽然想到要经过那群丧尸旁边就让我毛骨悚然，但我还想顺便检查一下路障情况。于是，我拿着一把剑站了起来：

“比留子同学，我从这边回去，能麻烦你锁一下门吗？”

我们刚刚才决定夜间要锁上二楼东区的门。我过去之后，必须有人从休息室那一侧上锁。

“我送你回去吧，回来再把门锁上。”

说完，比留子同学就拎起了枪。我们两人全身夏装，手上提着骇人的冷兵器，这幅光景总感觉有些奇怪。

穿过东区走廊，我们来到楼梯转角。面前是利用台阶高低差放置的家具和自动售货机背部，对面不断传来“砰、砰”的撞击声，以及无数低沉的呻吟声。路障暂时未见异常，但一想到那些东西有可能一股脑儿地拥进来，我就控制不住想吐。

走上楼梯，一眼就能看到分给我的 308 号房门。一旦路障被突破，丧尸拥上三楼，我的房间肯定第一个被包围。然而这种事一考虑起来就没完没了。比留子同学住在离二楼逃生门最近的房间，而那个看起来挺柔弱的静原就住我隔壁。我只能对自己说，至少这里是三楼。

“就算晚上听到动静也不要轻易开门，一定要先确认对方的声音。”

比留子同学俨然一副监护人的样子对我说。

“你回去时也要小心啊。”

我打开门锁正要进去，却听见她叫了一声“叶村君”。

“我刚才跟你说的都是真心话，希望你能做我的助手。对于明智学长，我很遗憾——”

“请你别说了。”

我忍不住用上了强硬的语调：

“现在不是说那种话的时候吧。对于明智学长，我也没整理好心情。你神经到底有多大条啊？”

只见比留子同学貌似吃了一惊，小心翼翼地移开了目光：

“你说得对。抱歉，肯定是我脑子出问题了。忘了刚才的话吧——晚安。”

比留子同学默不作声地缓缓关上房门。我把房卡插进卡槽接通电源，先检查了一遍房门是否锁紧，结果并没有问题。

随后我只脱了鞋便躺在床上。

刚才那番对话真的让我难以抑制愤怒。

那人虽然总是不知道在想什么，可我以为她至少应该有点常识。什么助手不助手的，这种时候她还惦记着解谜吗？无聊透顶。

我猛地撑起身子，打开落地窗走上阳台。

广场周围虽然有几盏路灯，可在浓云之下还是无法看清整块空地。楼下丧尸的呻吟声如同阵阵涛声，潮湿的风中仿佛带着死亡的气息。

我此时的心情跟大地震那时很像。那种让人忘记呼吸的无力感、绝望的光景。想到这一天我所失去的东西，整个世界仿佛在我脚下颠覆了。

浑蛋，这哪里是紫湛庄，简直就是尸人庄[1]。

深呼吸。

——没办法，事情已经发生了。

我稍微恢复了平静，这才意识到他们有可能通过空气传染，慌忙关上了落地窗。

总之先等到早上吧。幸运的是，他们并不像电影里的丧尸那样战斗力惊人，连如此简单的路障都无法突破，甚至楼梯都克服不了。

至少待在房间里还算安全。

所以我做梦都没想到，这天晚上竟然又有新的牺牲者。

1. 日语中“紫湛庄”与“尸人庄”读音相同。

Chap· 4

第四章

旋涡中的牺牲者

渦中の犠牲者

一

这是天启。

无论是尸人登场，还是如同闪电般划过脑海的想法。操纵命运之人，不管是神明抑或恶魔，仿佛站在了自己这边。

想必短时间内连警方也无法靠近此处。真是千载难逢的好机会。

命运在说，下手吧，我已经为你准备了一切。

完美的场所，现成的手段，憎恨的对象。另外，决心早已下定。

还有什么好犹豫?

獠牙早已为这一刻磨尖。

去吧，到那家伙房间去。

胸中溢满欢喜的黑焰，踏出再也无法回头的一步。

二

醒来的瞬间，我下意识地摸索床头柜。两三次落空之后，我总算意识到手表还没找回来，于是撑起了身子。

墙上的数字时钟显示，现在是早上六点。

好在昨晚没有任何东西砸门，也没有接到其他房间打来的求救电话，让我在这个紧急事态中好好睡了一觉。看来我真是身心俱疲了。

只是周围实在太过安静。我看向窗外，发现不知何时下起了雨。楼下的丧尸群好像比我们遇袭时更多了，他们毫无防备地被雨水拍打着，仿佛忏悔般朝天张开大口，让我不禁心生怜悯。

如果换作平时，这绝对是睡回笼觉的时间，只是在这种情况下我实在没有贪睡的心情。

我简单冲了个澡，拿起房里的剑。这明明只是仿制品，拿在手上却冰冷沉重。为了保险起见，我挂上防盗栓开门看了一眼。走廊没有人，旁边是空荡荡的楼梯。确认安全之后，我慎重地来到走廊上。

最先冒出的想法是去检查路障。我从房间右侧的楼梯走下去，发现休息室方向传来了音乐声。休息室应该没有音响设施，莫非在用烧烤时的那台收录机播放?

路障安然无恙。家具位置没有变动，报警器的钓鱼线也还在原位。看来它顽强支撑了一个晚上。家具另一头依旧能窥见傻傻地撞上来，随后失去平衡滚落楼梯的丧尸身影。这就好像商品耐久性测试。我只能祈祷那些家具都是日本制造了。

走到休息室附近，我想起通往中央区的门还上着锁。因为钥匙在休息室的电视柜上，我无法从这边打开。要是已经有人在休息室里，说不定我敲敲门他就会开，只是我不想让人误以为丧尸来了，便决定回到三楼坐电梯下去。

电梯停在三楼，门缝里夹着一个纸巾盒。那应该是昨天那几个人上到三楼后留下的。想到这里，我突然愣住了。我坐这个电梯下去真的没问题吗？

就在此时，住我隔壁的静原走了过来：

“早上好。”

“早啊。怎么这么早，莫非是我吵醒你了？”

“不是，我也是刚睡醒。”

奇怪的是，这几乎是我头一次跟静原说话。

尽管她脸上表情并不明亮，但气色好像还不错。

静原见我呆站在电梯前，疑惑地歪着头：

“你怎么了？”

“我们坐电梯下到二楼后，为了防止电梯跑到一楼，肯定要用什么东西卡住门吧。可是把门卡住了，三楼的人就用不了电梯。”

“啊……”静原也点了点头，“要是三楼的人想用，就不得不用内线电话联系二楼的人，让他拿掉卡住门的东西呢。”

既然都很费事，我们还是从楼梯下去更好。于是我回到房间里给休息室打电话，早已起床的管野接了起来。听到我的声音，他马上说：

“啊，真是太好了。刚才我发现了奇怪的东西，能麻烦你马上下来吗？”

我们慌忙走下楼梯来到休息室，发现除管野之外，立浪和重元也起来了。方才听到的欢腾音乐好像是从正对休息室的立浪房间传出来的。就在那时，比留子同学也从南区走了过来。我们全都一身短衫短裤的随意装扮，她却穿着轻飘飘的蓝色上衣和白色半裙，依旧那么高雅。

“发生什么事了？”

我话音刚落，管野就把手上的纸递了过来：

“重元先生发现这东西夹在进藤先生房间门上。”

纸上只有潦草笔迹写成的一句话：多谢款待。

“应该只是恶作剧吧。”

听着立浪的声音，我更在意的是进藤并不在这里。因为我想到了此前被放在影研活动室的威胁信。

“我敲了门，进藤学长没开。”重元的目光一直不安地游移。

管野拨打了进藤房间的内线电话，过了一会儿，又满脸疑惑、默不作声地放下了听筒：

“他不接。”

不好的预感越来越强烈，比留子同学提议道：

“进藤学长应该在三楼 305 号房，总之我们先把二楼的人都叫醒，然后上去看看情况吧。”

我们很快就叫醒了高木和名张，大家一起从楼梯上了三楼。除我以外没有人拿着武器。果然枪还是太大太重了吧。

我敲了敲进藤的房门，里面没有回应。

“进藤学长，你醒了吗？”“进藤，快回答。”莫非在洗澡？

实在没办法，管野只好向名张伸出手：

“麻烦把昨天那张管家卡给我用一下。”

名张面无血色地点点头。

立浪说要把七宫叫醒，然后走向了南区。管野将管家卡插进卡槽，门锁“哔”的一声打开了。他缓缓推开房门。

那个瞬间，一股恶臭扑鼻而来。

“呜嗯……”

管野朝里看了一眼，发出一阵呻吟。我从他背后看到了谁也料想不到的光景。

地板上、天花板上，到处飞溅着血液和肉块。

敞开的落地窗外，进藤的尸体探出阳台，已经被啃噬得面目全非。

“怎么回事！”管野说着就要走进房间。

“小心！”比留子同学突然大喊，“丧尸有可能还在室内！”

管野慌忙往后退，我举起了手上的剑。高木高喊着：“我去拿武器！”与静原一起跑向了楼梯。

我从口袋里翻出昨天配发的口罩戴上，其他带了口罩的人也都拿出来戴上了，还有人用手帕或毛巾捂住了嘴。

我站在入口探头进去观察室内情况。这个房间的门卡还在卡槽里，虽然满房间都是血，但东西并不怎么凌乱。左边墙上靠着进藤拿进来的长剑。进藤可能为逃跑而打开了阳台的外开落地窗，一串形状模糊，但明显是什么人走过的血迹一直延伸到外面阳台，还印在了阳台扶手上。

“出什么事……呜哇！”

立浪跟七宫走回来，发现室内惨状，控制不住自己的惨叫。

唯一带着武器的我仗剑缓缓走进房间。里面没有任何动静。我小心翼翼地打开浴室门，里面果然没人。

“没问题，这里没人。”

高木等人拿着武器走了回来。他们虽然各自拿了防身用的枪剑，跟在我身后进来的却只有比留子同学和管野两人。

这也难怪，毕竟进藤的死状实在太惨烈了。他不仅是身上，连扭过来的脸都被啃得面目全非。

我一边注意不触碰尸体，一边顺着血迹走上阳台向下看去。没有绳索，也没有梯子，只有密密麻麻发出呻吟的丧尸群而已。在此期间，比留子同学检查了房门，也没有发现任何痕迹。

“这到底是……太可怜了。”

“不行！”重元在门外叫住了准备在尸体旁边蹲下的管野，“最好不要靠近他。”

“为什么？”

“我们不知道他被咬死多长时间了，搞不好马上就要变成丧尸动起来。”

听了他的话，我们全都吓得往远离进藤尸体的方向缩了缩。就在那时，七宫咕哝道：

“喂，那家伙刚才是不是动了？”

“啊？”

“我看见他指尖动了一下，绝对没错。那家伙还有气。”

怎么可能，受了这么重的伤竟然还没死？

“他怎么可能活着？”重元再次大喊，“看看伤口上血液的颜色吧！”

遍布进藤全身的啃噬痕迹都覆盖着已经凝固的黑血，有的地方甚至有些发绿。

“他倒在那里这么久，血液都凝固了，怎么可能还活着！他已经不是人，是丧尸了！要是不处理掉，我们都要遭殃！”

重元边说边剧烈颤抖起来。待在室内的管野和比留子同学都犹豫不决，连我也是。

虽然我觉得不太可能，但也一时无法舍弃进藤还活着的希望。如果他还有气，就必须尽快给他疗伤，就算他正在变成丧尸，也要趁现在斩草除根。是伸出救援之手，还是刺出灭绝之枪？憋闷的沉默降临在整个房间。

就在那时，一个人影从我身后走出来，毫不犹豫地一枪贯穿进藤的右眼，直刺后脑勺。“啪嗒”，进藤的身体抽搐一下，然后再也不动了。

“嘤！”刚才还叫我们痛下杀手的重元，自己却发出了没骨气的尖叫。

“——呼，——哈。”

“学姐……”静原喃喃道。

是高木下的手。她毫不犹豫地刺杀了同一个社团的人。

“我也没办法。”

高木把枪转了两圈，然后拔出来。眼珠和疑似大脑的软组织随着枪尖一同跑了出来。

“美冬，这家伙已经没救了，必须把他杀掉。”

我们全都被她安静的魄力镇住了。

后来，我们把进藤的尸体拖到房间角落，用床单盖了起来。周围全是他的血肉。这个房间已经无法恢复原状，我们也想尽快离开这里。

“这个季节尸体腐烂速度应该很快，至少把空调一直开着吧。”管野拿起了遥控器。

就在那时，站在房门附近的静原开口道：“那个……那是什么东西？”

我定睛一看，发现靠近房门的墙角掉落了一张折起来的纸。展开一看，上面是一串熟悉的笔迹：

我开动啦。

三

后来比留子同学提出，咬死进藤的丧尸可能还藏在山庄某个角落，于是我们分头搜查了二楼和三楼的空房间，以及天台等一切可能藏得下人的空间，但是并没有发现异常。袭击进藤的丧尸果然如血迹所示，从阳台掉下去了吧。

一群人再度聚集在休息室，每个人脸上都带着尚未接受事实、心中还有疑问的表情。那个疑问简单来说就是——

咬死进藤的丧尸从哪儿进来的？

我们纷纷提出自己的猜测和疑问，没过一会儿，就听见一声“各位”，然后所有人都安静下来。说话的人是比留子同学。

“不如我们来梳理一下线索，看昨晚进藤学长身上究竟发生了什么事吧？目前我们还不知道丧尸是何时、从何处跑进来的。首先我们轮流提供信息，说说自己昨晚发现了什么吧。”

“这种时候你要玩侦探游戏吗？”七宫前辈轻蔑地说着，又点起了眼药水。他今天敲脑袋和点眼药水的行为比昨天更频繁了，总之一刻都歇不住。

“有什么不好吗？反正大家都想知道这个，干脆交给她吧。”

说话的人是立浪。他暂时还保持着冷静。既然有了年长者的意见，我们最终决定配合比留子同学的调查取证。

“在此之前，能不能把音乐关掉啊？”

名张听着一大早就没歇过气的欢快曲子皱起了眉。

“我不想搞得气氛好像守夜一样嘛。”立浪耸耸肩，走回房间关掉了收录机。

音乐停下来后，比留子同学一边对照小册子上的分房表，一边说了起来：

“那么，我就先从进藤学长旁边那几间房的人开始询问吧。重元同学，请你说说昨晚回到房间后的行动，以及是否发现了什么异常。”

住在进藤隔壁 304 号房的重元抬起一张阴郁的脸：

“……昨晚，我跟进藤学长、静原和七宫前辈一起坐电梯上三楼，然后就分开了。后来我一直睡不着，就看起了自己带过来的 DVD。不过看到第二张时，我不知不觉就睡着了。当时应该快到凌晨一点吧。等我醒过来，已经五点五十分左右了。虽然有点早，但我有点担心外面的情况，就从房间出来了。一出来就发现，进藤学长房间门上夹着一张白纸……”

“夹在门上？”

“对，像这样。”他拿起那封信折成三折，“折出一定厚度，然后夹在门缝里。我以为那是谁搞的恶作剧，就敲了敲门，还喊了几声，可是进藤学长一直没有回应，我就把这张纸拿到休息室去了。”

“也就是说，这张纸是从房间外面塞进门缝里的？”

“对，你看看这张纸，多整洁啊。要是门夹着纸关上了，一定会形成皱褶。而且我把它取出来的时候，一点阻力都没有。”

“话说，进藤被咬成那样，你隔着一堵墙竟然什么动静都没听到吗？”

面对七宫的诘问，重元摇了摇头。管野在旁边解释道：

“房间隔墙使用了隔音建材，应该几乎听不见旁边房间的声音。”

“可是——”重元补充道，“昨晚我就一直能听到立浪前辈在楼下放歌的声音。我被吵得实在睡不着，又影响我看 DVD。”

我顿时感到很无奈。原来那音乐昨晚就一直在响吗？

“那可真是对不起了。”立浪毫无歉意地说。

我问了管野一个问题：

“既然墙壁是隔音的，不就听不见报警器的声音了？”

“不，我觉得那应该没问题。因为房门和天花板没有使用隔音建材，应该能听见走廊和休息室的声音。叶村先生房间所在的位置肯定能听到警报声，唯一听不到的只有隔壁房间的声音。”

重元的话到此为止，其中并没有值得参考的内容。接下来轮到进藤楼下 205 号房的名张。

“昨天晚上我过得很糟。我平时需要借助睡眠诱导剂入睡，但那些怪物随时都会闯进来，我哪里还敢吃药啊？所以我一夜都没睡。可是窗外只能看到怪物，我感觉自己快要疯了，就起来喝了一次水。我知道应该尽量避免离开房间，但开水间就在不远处。我出去时正好碰到管野先生巡视了。当时是几点来着？”

“那是我第二轮巡视，大概是凌晨两点。”

“对，就是那个时候。差不多十分钟后，我回到房间，然后就窝在被子里躺着了。那些东西的叫声一直在我脑子里回荡，我甚至以为早上再也不会来了。”

“你还发现其他事情了吗？”

“话说回来——”名张若有所思地喃喃道，“不记得什么时候，我好像听到上面传来一声震动。莫非那时候……”

进藤就被杀了。

“大约是几点呢？”比留子同学追问道。

“我不太记得了，但是在我出去喝水之后，有可能是两点半，也有可能更晚。不过我没听见惨叫。”

“原来如此。从溅到天花板的血迹来看，进藤学长应该瞬间就被咬断了喉咙，所以无法发出叫声。”

比留子同学点点头：

“那么接下来，我想请刚才提到的管野先生说说情况。”

“好。”管野略显紧张地说了起来，“昨晚我目送各位回到房间后，又检查了一遍逃生门和路障。当时我还见到了从三楼下来的剑崎小姐。收拾好屋子，做好各种检查后，我将近零点时回到了自己房间。

然后我决定，每隔一个小时就出去巡视一次。因为我做过各种兼职，早已习惯了不规则的作息，所以我小睡一会儿，一点钟起来巡视了一轮。当时我在休息室碰到进藤先生了，他乘坐的电梯也停在二楼。”

“他在干什么？”

“应该也是来喝水的。进藤先生还说，他满脑子想着星川小姐，实在睡不着。不过……”管野犹豫了片刻，“这可能是刚才出事后才从我脑子里冒出来的感觉，我觉得，当时的进藤先生有点奇怪。他看见我出现，好像有些手足无措，还匆忙乘坐电梯回三楼去了。”

“手足无措？”

“对，我觉得他可能跟谁约了在这里见面……”

“你没听见说话声吧？”

“没有。刚才只是我的想象，真对不起。”管野恭敬地道了歉，“第二轮巡视时，我碰到了名张小姐。后来我就再没见到任何人了。”

“你没听见名张同学说的那个动静吗？”

管野摇摇头。

“每次巡视，门窗情况都没有异常吧？”

“对，这点我可以保证。逃生门、路障、东区隔门，还有电梯，这些都没有异常。”

“那么，夹在进藤学长房间门上的那张纸呢？”

“这个……”

管野不好意思地顿了顿：

“第三轮巡视，也就是凌晨三点之前应该什么都没有。不过后来我就不太清楚了。我确实有经过房间门前，但可能已经习惯了巡视，心里只想着检查逃生门和路障，并没有怎么注意客房情况。”

山庄内虽然一直有照明，视野应该十分良好，但不去注意的话，可能真的发现不了。我昨晚回房间时也一样没去注意看其他房间的门。

后来问询一直继续下去了，但并没有人提出关于进藤被袭的有用信息。二楼的人自然不可能知道三楼进藤房间里发生了什么事，就算同在三楼，山庄的建筑结构也使得我和静原所在的东区，以及七宫所在的南区很难听到中央区传来的动静。因此，没有别人听到名张所说的声响。

问询结束后，比留子同学鞠了一躬说：

“谢谢各位配合。

“目前可能与犯罪相关的信息有三个。首先，进藤学长凌晨一点还活着，然后是名张同学两点半前后听到的声音，最后是疑为三点过后出现的字条。可是仅凭这些难以解释究竟发生了什么。”

此时我发现了一处矛盾：

“请等一等。假设进藤学长在两点半前后被杀害，那么三点钟管野先生巡视时，门上没有字条就显得有些奇怪了。犯人行凶后到底干了什么呢？”

比留子同学似乎不怎么在意这个细节：

“现在不能保证名张同学听到的声音是行凶时发出的，更何况她提供的时间也很含糊。我觉得应该不用纠结这点。”

然后高木说出了大家心中的疑问：

“话说回来，杀了进藤的到底是人还是丧尸？”

“你觉得除了丧尸还有谁能弄成那样？他身上还有牙印呢，绝对是被咬死的。应该是丧尸把进藤咬死后，从阳台掉下去了。”

重元激动地说完，遭到了立浪反驳：

“那你说丧尸是从哪儿进来的？我们已经查看过，逃生门和路障都没有异常。如果这么轻易就能突破那些障碍，这会儿我们都该变成丧尸了。”

确实，很难认为那些防御被突破了。

然而，我看了一眼停在三楼的电梯门，提出了一个可能性：

“电梯怎么样？管野先生说，凌晨一点左右进藤学长坐电梯下到了休息室。如果当时他没注意，让电梯跑到了一楼，正好有丧尸走了进去呢？”

我的说法很快被比留子同学否定了：

“那凶案现场就应该在电梯内部，可是电梯里看不到半点血迹。所以我认为，进藤学长一定是在房间遇害的。”

“嗯，确实。”

我本来也没多想，很快就赞同了她的说法。只是重元好像还在坚持丧尸是真凶，又提出了别的说法：

“那如果有丧尸在我们搭建路障前就藏在了某个地方呢？”

立浪一脸不赞同的表情：

“丧尸趁我们不注意跑到山庄里来？他们应该没那个空当吧。”

“不，还真的有！”高木大声说，“我们从试胆的地方逃回来后，管野先生拿着武器下到广场上了。那个时间山庄里应该没人。”

“可是，下到广场的应该只有管野先生和立浪前辈，其他成员都在玄关前，要是有丧尸想进去，肯定会发现啊。事实上，七宫前辈和进藤学长从山庄后面拐出来的一瞬间，我们全都发现了。”名张反驳道。

“那一定是从后门溜进来的。”

重元依旧不松口。一楼确实有个兼作吸烟区的露台，那里应该有通到外面的门。然而管野否定了从那里出入的可能性：

“那不可能。大家出门参加试胆大会时，我就把一楼门窗都检查了一遍。当时我把露台门上了锁，走廊窗户也装有限制开启的锁扣，连头都伸不进来。然后直到名张小姐跑进来，我一直都待在前台。另外，前台里还有玄关监控摄像头的实况监视器，如果有人溜进来，我应该马上会发现。”

“我一开始也想从露台门逃进山庄，但发现那里上了锁，才绕到玄关去的。”七宫给出证词，“再说了，你觉得丧尸闯进来之后会忍着不袭击我们，而是乖乖躲起来等到所有人都睡着吗？搭建路障时，我们在山庄里跑来跑去，没人看到可疑身影。最关键的是房间里面的字条。丧尸怎么可能写那种东西？”

接连遭到反驳，陷入颓势的重元不服气地问：

“那你们说，不是丧尸是谁啊？”

“是活人。虽然不知道是谁，但一定是对进藤心怀怨恨的人下手杀了他。”

“管野先生刚才不是说，没人能从外面溜进来吗？难道……”

“对，真凶就在我们中间。”

立浪的话让气氛顿时紧张起来，可重元还是不服气地哼了一声：

“哼，我可不这么认为。假设凶手是活人，那进藤学长身上的伤要怎么解释？那怎么看都不像刀伤，而是咬伤啊。”

对此，立浪提出了令人惊讶的说法：

“话是如此，不过，把人咬死难道是丧尸的特权吗？”

“……哈？”

“就算是人把他咬死的，那也说得通。因为那样一来，凶手就能把嫌疑转向丧尸，自己则不用受到怀疑。”

原来如此，现在确实不能断定那些咬伤是丧尸制造的。虽然高木刚才给了进藤致命一击，但他是否真的被“感染”了，我们谁也说不准。假设凶手作案时早已预料到我们会斩草除根，那么把丧尸伪装成真凶就正中他的下怀了。

不过，比留子同学对这个说法也摇了摇头：

“这个推理十分独特，但目前我很难表示赞同。”

“哦？”

立浪应该不知道她的来头，但好像对她淡定的态度产生了兴趣：

“能说说理由吗？”

“嗯，非常简单。进藤学长身上有数十处咬伤，还能看见穿透衣服深可见骨的伤口。若要一个活人制造那种伤口，绝对会弄伤牙齿和牙龈，导致满口是血。可是我简单看了一下，在场所有人好像口部都没受伤。”

大家慌忙看向身边人的嘴巴，并没有发现异状。

她那冷静的观察让我略感震惊。我们目睹尸体惨状时都忍不住闭上了眼，而她竟保持着如此冷静的思考。

“还有就是，立浪前辈说凶手想把嫌疑导向丧尸，可这样就无法解释他留下字条的行为了。因为照前辈的说法，不留字条反倒更好。”

立浪虽然被点破，表情却很是放松：

“被你这么一说还真有点道理。可是，如果你说得没错，凶手就是丧尸了。你说，丧尸究竟是从哪儿进来的？难道是沿着外墙爬上三楼，跳窗进来的？”

“不，那应该很困难。从昨天的情况来看，丧尸连上楼梯都有困难，我认为他们不可能完成攀爬梯子或是外墙的灵活动作。——另外，我还想确认一点，我们中间是否有人留下了那些字条？与进藤学长的死没有关系，仅仅为了故意使坏而留字条。如果有人这么做了，希望你能趁现在主动站出来。”

所有人的目光都集中到桌上的字条上。

两张字条：“我开动啦”“多谢款待”。无论是纸张还是写字的笔，基本上可以认为是一样的。可是，现场并没有人举手。

“没有吗？那么这果然是凶手留下的信息，也就是说，凶手是活人。而且两张字条中，还有一张像重元学长所说，是从外面塞到门缝里去的。换言之，凶手行凶后，先离开房间再把字条塞了进去。也就是说，凶手还在山庄里。”

可那样一来，凶手果然就在我们中间，而且那个人还不知从何处搞了个丧尸进来。这又回到了究竟从哪儿进来的问题——

“哼，真是莫名其妙。”

立浪叼起一根香烟点着，朝天吐出一股烟雾。

休息室里所有人都是那个心情。

“立浪，你优哉游哉地抽什么烟啊！”

七宫大喊一声，一拳砸向桌子：

“跟上回那封恐吓信一样，这两张字条绝对是写给我们看的！”

“你冷静点，七宫。”

“如果既不是丧尸也不是人，那答案不就只有一个吗？！这里有个拥有自我意识的丧尸！那家伙为了找我们寻仇——”

“七宫，你够了！”

被立浪一吼，七宫惴惴不安地反复摸着自己的脸，随后骂了句脏话站起来，从架子上拿了些应急食品和几瓶水。

“你要干什么？”

“我要躲在房间里。救援到达之前，谁也别靠近！”

说完，他就快步离开了休息室。没有一个人阻止他。

“大家别在意，少爷不太擅长对付这种逆境。”

立浪说着耸了耸肩。

“真是的，我们的食物本来就有限了。”

高木抱怨了一句，仿佛食物比七宫还要重要。

后来我们准备吃点简单的早餐，只是一大早就近距离目睹了同伴的尸体，几个人都没什么胃口。几乎所有人都只喝了一点速食汤，随后像老人院的老人一样聚在调大音量的电视机前，结果并没有得到新消息。

尽管谁也不说，但同伴在上锁的房间里惨遭杀害的事实，在所有人心中都埋下了深深的不安。

假若一步踏错，全身被撕咬得不成样子，又被同伴手持利刃搅碎大脑的人，就有可能是自己。

过了一会儿，立浪提议道：

“我想了想，干脆把那些没人住的房间门都打开比较好吧。只要用防盗栓卡住，保持在半开状态，不就不会自动上锁了吗？”

“那当然可以，可是为什么呢？”管野皱着眉问。

“假设我们没在房间时，路障被突破了，那就必须尽快逃进最近的房间里。要是房间都上了锁，我们就只能逃到自己房间。那样不是很糟糕吗？”

“我也觉得这个提议不错。既然是没人用的房间，那把门开着应该也没问题。”

比留子同学赞同道。看来我们这帮人说话的主导权渐渐由比留子同学、立浪和管野掌握了。由于没人反对，我们最终决定除了进藤尸体所在的房间，把所有空房间，以及下松和明智学长用的房间门都保持在半开启状态。

四

时间好不容易过了九点，早已厌倦了凑在休息室里的几个人开始分头行动。

立浪仿佛想改善沉闷的气氛，回到房间重新打开了收录机，让休息室里充满外国摇滚的节奏。重元闷声回到了自己房间，管野也说要去看看还能做点什么，然后走向了三楼仓库，立浪和比留子同学也跟了过去。名张可能因为昨晚没合眼，或是摇滚音乐实在太吵，扔下一句要躺下休息就回房了。

我也回了一趟自己房间，但并不怎么想休息。这当然是因为性命攸关的危机还在持续，但我满脑子都在思考在完全不可理解的状况下被杀害的进藤。要是换成明智学长，一定不会对这个摆在眼前的谜题坐视不管。于是我决定，再到进藤房间里看一眼。

还好进藤房间没上锁，因为里面已经有人了。

“比留子同学。”

今天一早因为尸体骚动，我没怎么顾得上这个，但心里一直惦记着昨晚那场尴尬的对话，于是我带着莫名的紧张说了句：“你来了啊。”

为尽量保全尸体，房间里一直开着空调，冷得让人想不到现在正是夏天。可尽管如此，死亡的气味还是无法消散。我又戴上了口罩。

“啊，哦，是叶村君啊。”

比留子同学看到我出现，目光慌张地游移起来，完全没有了刚才在休息室的冷静。看来她外表虽然很冷淡，却不擅长掩饰内心情绪。

“怎么说呢……昨天我说的那些话太过分了。对不起，请你原谅我。”

见她如此真诚地道歉，我又觉得自己也不是毫无过错，实在不知该如何是好。

“别这样，我当时也是心态出了问题。这件事就让它过去吧。”

比留子同学紧绷的肩膀一下松弛下来，于是我换了个话题：

“这件事实在太离奇了。”

“嗯，我也觉得。”

“丧尸包围下的紫湛庄，带有自动锁的房间，凶杀现场处在双重密室状态。凶手究竟要如何杀害身在其中的进藤学长？”

“啊？”

“嗯？”

由于比留子同学突然发出很奇怪的声音，我还以为自己说错话了，有点提心吊胆。

“那个，我是说，如何杀掉身处密室的进藤学长？”

“啊，是吗？原来叶村君习惯从那里开始思考啊。”

比留子同学一脸意外地拍了一下手。

“从那里开始？”

“其实我一般不怎么注意杀害方法。”

她的话让我吃了一惊。我本以为像她这种时常参与各种案件调查的人，应该对密室和不在场证据诡计之类的东西特别着迷。

比留子同学拈起一缕美丽的黑发，放在嘴边撩拨。

“不管这里是不是密室，进藤学长确实被杀害了。这种时候大叫‘这不可能’‘实现不了’什么的毫无意义。既然事情已经发生，证明确实有个聪明的办法可以实现。”

嗯，这么说也不无道理。

“那比留子同学更关心哪些方面？”

“应该是凶手的意图吧。”

“你是说动机吗？”

“跟动机有点不一样。我没必要纠结人为什么杀人。警方固然可以通过动机来展开调查，但那是为了在不特定多数的人群中缩小嫌疑人范围，而且只要凶手有心，动机完全可以是享乐甚至天启啊。我想说的是，凶手为何选择了这个方法，为何必须现在动手。”

“就是所谓的‘whydunit’[1]吗？”

“歪登泥？”

我把“whydunit”“whodunit”“howdunit”都给她解释了一遍。

那是何为、何人、何如的意思。“Whodunit”指凶手是谁，“howdunit”指作案手法，而“whydunit”则指凶手为何要使用那种作案手法。

“嗯，知道了。”

听完我的解释，比留子同学点点头，绕着房间缓缓转起了圈子，一边灵巧地躲开地毯染血和散落肉块的部分，一边说了起来：

“我不太熟悉推理小说。不过，真正的犯罪现场往往残留着昭示凶手想要什么、想做什么的证据，而我则对那些细节十分敏感。”

那种感觉对我这个只接触过小说和电视剧等虚构杀人现场的人来说，显得有点陌生。

“现实中的凶案，几乎全是出于怨恨的冲动犯罪。换言之，‘杀死对方’往往是凶手的首要目的，因此隐瞒犯罪的手段多数非常草率，现场很大概率会留下提示作案手段的证据。此时只要警方稍加调查，凶手很快就会露出马脚。另外，还有涉及遗产继承和保险金这种‘通过被害者的死获得利益’的凶杀。这种时候，犯罪现场会隐约透露出

1. 是“*why done it*”的简略写法，下同。三者分别为着眼点不同的推理小说类型名称。

凶手试图将犯罪伪装成事故或疾病，以排除他杀嫌疑的意图。

“换言之，我认为最不合理的就是密室杀人。制造密室的目的充其量只有伪装自杀吧。因此，在密室内以如此明显的手段杀人，实在是毫无意义。”

听到这里，我插了一句：

“比如说，为了把嫌疑转移到持有密室钥匙的人身上，这个理由怎么样？”

“不可能。持有钥匙的人怎么会费那个劲把现场做成密室呢？”

确实如此。如果凶手自己拥有进入密室的特权，反倒要在行凶后故意把现场改造成任何人都能进入的状态，否则自己必定遭到怀疑。

“更何况，试图靠密室诡计逃脱现代警察的调查手段，这种行为需要很大勇气。小说和电视剧里经常能看到‘完美犯罪’这个词，只是在我看来，只要发现了尸体，案子就算解决了一半。杀害方法、犯罪事件、犯罪动机……尸体其实是各种信息的宝库。真正的完美犯罪不是让警方放弃调查，而是丝毫不被人发现这是犯罪。不为人知地展开凶杀，不为人知地处理尸体，再不为人知地回到日常。

“啊，我们还是回到原来的话题吧。简而言之，我对那些精打细算的诡计没什么兴趣。

“我最在意的，是凶手为什么在这个节骨眼儿上杀死进藤学长。因为我们正被丧尸包围，处在极度慌乱的状态中，这里所有人都面临着生死攸关的困境，为何凶手一定要在密室中杀死进藤学长呢？”

我渐渐明白比留子同学的意思了。不管凶手对进藤抱有多么强烈的杀意，他都是我们对付丧尸威胁的重要战斗力。在所有人都面临危险的情况下，先把他杀死到底有什么好处呢？

“那么，比留子同学认为凶手不是丧尸，而是活人吗？”

“嗯。刚才我想尽量避免内部冲突，才会说出口部受伤那段话。”

我说出了闪过脑中的想法：

“是否因为凶手对进藤学长的恨意太强烈，希望亲手把他杀死呢？”

“我觉得那个理由最有可能。不过你看看犯罪现场，凶手如此希望亲自下手，最后却让丧尸袭击了进藤学长。这难道不奇怪吗？”

一点没错。正因为不想让进藤死于丧尸之口，凶手才实施了犯罪，结果却操纵丧尸袭击了他。这很明显有矛盾。

“凶手想把嫌疑转移到丧尸身上——刚才好像说过这个了。”

“对，那样一来就无法解释字条的存在了。那两张字条明显昭示着这是活人所为。”

确实，若没有那些字条，我们恐怕早就认定是丧尸所为了。

比留子同学一边拨动发梢，一边呢喃道：

“搞不好是那种情况先发生了，凶手才决定施行犯罪。”

“什么意思？”

“在这种极限状况下，就算以后上到法庭，也可以借口自己犯罪时处在异常精神状态。”

“你是说，凶手这么做是为了尽量减少刑罚吗？”

原来如此，我还真没想到这个。确实，身在被丧尸这种怪物包围的危险环境下，要保持冷静反倒不可能。谁也无法预料此时犯罪到最后会受到多少惩罚，搞不好还能获得精神错乱的认证，最终免予受罚。凶手之所以留下字条，可能也是为了证明自己丧失了冷静判断的能力。可是比留子同学似乎不太能接受自己的想法，而是继续呢喃道：

“即便如此，也无法说明凶手为何一定要操纵丧尸袭击进藤学长啊……”

事情越说越乱了。

不是出于强烈恨意，也不是为了将嫌疑转向丧尸，更加不是为了伪装自杀。正如比留子同学所说，凶手在这个节骨眼儿上跑到密室内杀害进藤，其真实意图太令人费解了。

“我说你们怎么不见了，果然在这里。”

我们正苦思冥想，却见高木从走廊探头进来：

“怎么，这就开始侦探游戏啦？你们还真敢待在这么吓人的房间里啊。”

“对不起，正好有点事情想不通。”

“我又没生气，只是受不了休息室的气氛才找过来了。——唉，可我还是不想走进去，你们出来吧。想到什么没？”

我向高木总结了我们刚才的谈话，比留子同学又提议道：

“看来用我的方法永远找不到真相啊。对了，叶村君刚才不是在考虑密室吗？我不太熟悉推理小说，能麻烦你介绍一下密室的概念吗？”

“这都是我从小说上看来的。”

“没关系。”

在她的要求下，我决定详细讲讲关于密室的知识。还好我们明智学长已经搞过无数次密室讲义，并没有让我费很大功夫。

“所谓密室，是指无法从内部或外部自由进出的空间。进藤学长的房间很难从外部进入，但酒店门锁，也就是门关上以后会自动上锁的装置使得外出十分简单，因此应该称之为半密室。另外，由于路障和挤满一楼的丧尸，人们无法自由来往于外部和山庄内部。因此，这座山庄本身也是个巨大密室，两者加在一起，就成了双重密室。

“接下来是密室杀人，如字面意思，就是发生在密室内的杀人案件。可是几乎所有推理小说讲到的，正确来说都只是‘伪装成密室杀人的凶杀’。”

“不是真正的密室吗？”

“嗯，这样的例子不胜枚举，我们就拿这次在密室内发现尸体的模式来说吧。最常用到的手段是从房间外部杀害房间内部的人，也就是狙击或毒气，或是应用了道具的绞杀。这样一来，凶手即使不进入房间，只要有一点缝隙就可能完成杀人。”

“不过这次从尸体的伤痕和出血情况来看，可以肯定是在室内咬死的吧。从外部攻击不会弄成这样。”

高木抬头看着溅到天花板上的血迹反驳道。当然，我也赞同她的说法。

“接下来是濒临死亡的被害者从外部跑到房间内部，最终力尽而亡的模式。那样一来，凶手一步都不用踏入房间就能完成密室杀人。不过这也能被刚才高木学姐那番话否决掉。因为进藤学长无疑是在这个房间里被杀害的。”

我做完自我否定后，又开始介绍下一种模式：

“接下来是伪装成杀人，实际为被害者自杀的模式，也就是自导自演。这次应该也对应不上。”

“除非有人能咬到自己的脸。”高木说。

可是比留子同学却打断了我的话：

“先等等。

“那半自杀是否有可能呢？”

“半自杀？”

“进藤学长故意把丧尸引入自己房间，让它袭击自己。”

那个解释对我这个推理迷来说确实很有吸引力，但这样还是有些问题：

“那就是同意杀人了。这个说法虽然能解释门锁状态和他的死状，但无法解释夹在门上的字条。因为很难想象是丧尸完成凶杀后来到走廊上塞进去的。另外我们依旧不知道他从哪里引来丧尸，又是如何让丧尸离开的。进藤学长一个人应该很难挪动路障，难道是从逃生门或电梯那里引过来的吗？”

比留子同学似乎也意识到了问题：

“不管怎么说，他都必须从‘外面的众多丧尸’中单独引出一个或少数几个带到房间里。那样做风险太大，很不现实。”

乘坐电梯下到一楼，再跟丧尸一块儿回来？打开逃生门，只放一个丧尸进来，然后把门关上？无论怎么做，他都有可能当场遭到丧尸袭击，而且要是有那么大的本事，早就可以逃离山庄了。这个说法虽然有新意，我们还是不得不驳回。

那么，假设从外部侵入的并非丧尸，而是活人呢？

“外部人员作案可行吗？在密室成立前，凶手已经侵入其中的模式。”

“那就是高木学姐刚才在休息室提出的说法吧。自从丧尸出现后，山庄入口一直有人看着，可是在此之前，比如凶手趁管野先生检查山庄内门窗情况时跑了进去。”

高木兴奋地点点头：

“只要那家伙知道前台存放房卡的位置，就能潜伏在某个空房间里。”

确实，那样就能突破“外侧密室”了。只是今早我们搜查山庄时，并没有发现其他人。

“如果凶手真的是外部人员，那就意味着，那个人在杀害进藤学长后，留下字条，像一阵烟一样从山庄里消失了。这话说起来有点困难，不过——”

“还是假设凶手就在我们中间，才能让问题变少一些。”

比留子同学接过了我的话头。假设凶手既不是丧尸也不是外部人员，而是我们中间的某个人，那么他从一开始就无须应付“外侧密室”。

我把密室讲义继续了下去：

“然后是物理性诡计。从山庄外墙爬进来，投掷绳索卡在阳台上，甚至把整个门拆掉，等等，就是乍一看很不可能，但实际却有可行性的模式。然后还有秘密通道之类。”

“嗯，要是怀疑到那个份儿上，就真的会没完没了。”

说着，比留子同学回到房间内，仔细检查了阳台扶手上有无摩擦痕迹，以及房间内部有无暗门密道。可是，里面找不到一丝使用过那些手段的痕迹。毕竟这不是绫辻行人馆系列里登场的“中村青司”[1]的馆啊。

“扶手的油漆比我想的更容易剥落呢。要是曾经挂过绳梯或绳索，绝对会留下痕迹。”

我还想到可以事先在阳台扶手上串起细缆绳圈，然后连上绳索，不过那好像也行不通。当然，山庄外墙并不存在可供攀爬的落脚点。得出这个结论后，我带着很不好意思的心情说道：

“那个，之前为了解释密室的概念，我特意把这个留到了最后……”

“怎么，竟然还有吗？”高木无可奈何地说。

“其实就算不用之前我们说的方法，也有办法从外面打开这种类型的酒店门锁。”

“什——”

“啊，确实是啊。”比留子同学也点点头。

“你果然也知道吗？”

“因为经常在失窃案中碰到那种手段。”

“喂，你们两个别自说自话啊。”被冷落在一旁的高木生气了。

比留子同学指着房门下方开始解说：

“首先要准备一根L形铁丝，长度大概等于门把手到地面的高度。然后把铁丝一头稍微扭弯，从底下的门缝塞进去。接着，把铁丝一

1. 天才建筑师，绫辻行人馆系列作品中那些“馆”的设计者。

转，使弯曲的那头挂在门把手上，再往下一拉，就无需钥匙也能开门了。网上还能看到这种视频呢。只要能打开门锁，链锁跟防盗栓都能轻易用绳子或橡皮筋从外面弄开。”

高木目瞪口呆地看着我们：

“喂喂，那我们之前说的算什么啊？原来只要有工具，这个房间就不再是密室了吗？”

她说得没错。说白了，就算不用这种麻烦手段，只要在门外劝进藤自己把门打开就行了。把这里称为密室实在有点夸大其词。

另外，还不得不补充最后一点：

“由于算不上谜题，我一直没说出口——名张学姐昨天拿到了管家卡，她随时都能进入房间。”

比留子同学理所当然地点头说了一声：“是啊。”而高木则大张着嘴愣了一会儿，然后一步一步走过来，一拳打向我腹部：

“浪费我表情。”

通过刚才的密室讲义，我们弄清楚了几件事：凶手是“无须应付外侧密室的人”，换言之，只要是我们中的某个人，就完全有可能侵入进藤房间。若真凶是名张，则更容易了。

不过，比留子同学还是心满意足地点了点头：

“托叶村君的福，我心里有点想法了。这果然是史无前例的密室杀人啊。”

“哪里是了？说到底门锁轻易就能被打开，不是吗？我只感觉刚才说那一大堆话全都白搭了。莫非这里只有我跟不上趟儿吗？”

“高木学姐，其实没必要想那么复杂。如果只是打破密室，之前说的那些方法都有可能，可是，若要实施凶杀，还需要另一个条件。”

“什么？”

比留子同学严肃地说：

“能够用这些方法突破密室的只有活人。托叶村君的福，我可以确定丧尸出于巧合或意外而突破双重密室的可能性为零了。同时，我们中间并没有人带有咬死进藤学长的痕迹。也就是说，我们虽然能够突破密室，却无法杀死他。相反，丧尸能够杀死他，却无法突破密室。这是一个必须同时满足两个条件，落实侵入方法和杀害方法才能实现的密室杀人。”

高木咯吱咯吱地挠了挠头：

“那是怎么说？不存在可能完成犯罪的人？难道没有其他可能的凶手吗？”

“刚才已经驳回了一个，就是活人利用逃生门或电梯将丧尸引进来。那样一来，凶手也要冒很大风险。”比留子同学说。

“还有像七宫前辈说的那种，拥有活人思维能力的丧尸。”

这话虽然是我亲口说的，但连我自己都不信。不过话说回来，丧尸本身就已经超越了我们的认知范围。因此，丧尸所具备的可能性，我们根本无法做出判断。这就像我以前跟明智学长猜女大学生中午吃什么一样。

当我们再次陷入困境时，比留子同学突然又拍了一下手：

“不如再换个角度想想吧。我觉得，我们应该对丧尸这种未知的怪物多收集一些信息。”

五

比留子同学从进藤房间出来，转身走向隔壁——重元的房间。她敲了敲门，没过一会儿，重元从门缝里露出了阴沉的脸：

“有事吗……”

他背后的房间里连灯都没开，还拉着窗帘，显得很昏暗。墙上那蓝莹莹的光应该是电视机发出来的吧。

“你忙吗？我想跟你打听打听那些可怕的丧尸。”

“为什么找我打听？”重元隔着眼镜眨了眨眼。

“重元同学昨天第一次见到丧尸，就知道唯有破坏大脑才能让他们完全停下来，今天早上又第一个指出进藤学长有可能复活成丧尸。所以我想，你会不会比较熟悉那种怪物？”

比留子同学微笑着对他说。虽然不知她是有心还是无意，但被这种美女夸奖，没有哪个男人会不受用。重元当然也不例外。

“其实也说不上熟悉啦——”他的语气里没有了刚才的戒备，“先进来吧，我只有可乐招待你们。”

室内冷气开得很足，让我感到穿短袖有点冷。我竖起耳朵仔细一听，确实听到立浪房间的音乐顺着地板传了过来。

可能重元平素不怎么爱干净，床单乱得让人很难相信他只在这里住了一天，床头柜上还放着喝到一半的可乐。垃圾箱旁边摆着五个空瓶，而这个可乐中毒患者又从冰箱里拿了几瓶可乐出来放在桌上：

“随便喝吧。”

房间配的电视机前连着一台小型 DVD 播放器，屏幕上放着暂停的电影。画面上的外国女演员有点眼熟，留着一头短短的金发，沾满泥灰的漂亮脸蛋上带着锐利的表情，两手端着枪。

“这不是《生化危机》吗？”

“嗯。”重元点点头。

不用说也知道，那是丧尸游戏改编成的电影。其实他要看 DVD 还是打游戏都无所谓，只是在这种环境下竟然还有观看丧尸电影的劲头，我真是不知说什么好。高木也皱着眉说：“真不知你在想什么。”

重元一屁股坐在房间中央的地毯上，我和比留子同学坐在床上，高木则反跨在了椅子上，把他围在中间。

“你平时经常看这种东西吗？”比留子同学问道。

“嗯，丧尸电影基本都看过了。不过虽说都是丧尸，但每部作品的设定都会不一样。现在甚至出版了现实中遇到丧尸该如何求生的手册呢。虽然我都读透了，只是在这个不能用枪的国家，能做的事实在有限啊。”

他飞快地说着，从包里不断拿出 DVD 盒子与相关的书籍摆在床上。

“你的热衷程度比我想象的还高呢。”

仿佛为了缓和重元的劲头，比留子同学柔声说：

“我们刚才在探讨进藤学长被杀时的情况，发现对那些怪物实在太不了解了。比如他们的身体机能究竟发达到什么程度，是否拥有足以愚弄我们的智能。于是，我们就想来问问你的意见。重元同学觉得，他们究竟是什么呢？”

只见重元收回了刚才的兴奋，凑到房间桌子旁拿起放在上面的几张活页纸。纸上写满了凌乱的文字，正中央用黑色粗线圈出了“丧尸是什么？”这个问题。看来这个丧尸狂人已经花一晚上时间总结好了自己的想法。

“丧尸——如果要称那些家伙为丧尸，首先应该确认他们成为丧尸的原因。为此，我做出了几点观察。

“第一，无论从状况还是外观来看，袭击山庄的丧尸应该都是参加萨贝亚摇滚音乐节的观众。也就是说，新闻报道的身体不适事件一定是制造丧尸的原因。从那则新闻看来，这件事有点生化武器恐怖袭击的味道。

“第二，仅凭双眼观察，他们身体上都受了伤，而他们又吃了我们的同伴。结合新闻给出的信息进行考虑，他们成为丧尸的原因极有可能是受了伤。换言之，可以断定他们是电影里常见的细菌或病毒感染者。

“第三，现在还不清楚详细的感染路径，不过通过撕咬造成的接触感染应该是主要原因。从我们目前平安无事这个事实来看，那个细菌或病毒应该不会通过空气传染，至于飞沫传染还不太好说。不管怎么说，我们都应该避免直接接触血液等体液。然后还有媒介传染。”

“媒介？”

“通过动物或昆虫进行传播。比如现在这个季节，最危险的就是蚊子。”

确实有道理。经常听说除了人类自己，杀人最多的动物就是蚊子。要是被吸了丧尸血的蚊子叮到……

“虽然吸到丧尸血的瞬间，蚊子自己就得死，不过最好还是尽可能穿长袖衫裤吧。”

重元虽然这么说，自己却穿着短袖。

“既然是传染病，那存在治疗的余地吗？”

他对这个提问摇了摇头，翻开刚才从包里取出的书递过来：

“根据《丧尸生存指南》所说，丧尸病毒一旦经由血流进入大脑，就会一边增殖一边破坏脑前叶，并让心脏停止跳动，令感染者‘死亡’。随后再让体内器官发生细胞级变异，重生为超越了各种极限的怪物。我虽然不知道书上写的东西有多少是对的，但其中有几点确实与我们现实中遇到的丧尸相符。”

说着，他又从包里拿出好像是昨天拍摄时用过的摄影机，动作灵巧地接到电视机上播放起来。画面上不是在废墟拍摄的灵异视频，而是挤满山庄周围的丧尸群。他什么时候拍了这种东西？

视频将镜头对准丧尸，一直拉到焦距极限，详细放映出了那些早已没了人样的感染者的样子。那个光景让人忍不住想转开目光，高木也烦躁地开口道：

“别给我们放恐怖画面了，你知道什么赶紧说。”

“接下来要说的这些全都是我的想象，所以我也想听听别人的意见。你们看了就知道，无论受了多重的伤，丧尸身上的血都止住了。我觉得那可能是因为经过一段时间，血液自行凝固。但有些部分却变成了绿色的固态物，所以我想，这会不会是因为大量出血，加之血液本身变质失去流动性，才最终形成这个状态。实际上，昨天立浪前辈对付丧尸时，对方无论被刺多少枪，都没有喷血出来。”

“那又怎么样？”

“还用说吗？丧尸体内没有血液循环，意味着他们不需要氧气。这样一来，就算心脏遭到破坏，他们也能动，就是名副其实的行尸走肉啊。”

重元机灵地切换着对高木和我们两人的说话态度，继续解释道：

“不过他们身体里的肌肉组织都已经僵硬了，因此可以认为，丧尸的敏捷度和行走速度都比活着的时候差很多。虽然大脑可能对身体发出了指令，但由于氧分不流通，手脚协调能力也随之变差，还可能无法进行复杂的思考。说白了，就是一帮脑子被病毒侵占，只能服从简单命令展开行动的东西。”

“简单命令？”我反问道。

“生存和繁衍。丧尸脑子里只有这两样东西。他们袭击我们，并不是为了把我们杀死，而是只想作为繁衍工具而已。”

听了他的想法，我一时不知该如何回应。不过比留子同学却感慨地喃喃道：“原来是这样啊。”

“其实我一直觉得很奇怪，为什么丧尸不会袭击丧尸。既然肚子饿了，与其追杀我们这几个人，还不如自相残杀更快啊。如果目的是繁衍，那就说得通了。”

“对，没错。”

可能得到赞同非常高兴，重元探出身子继续他激昂的演讲：

“这样想来，我们将他们的行动说成‘吃人’就不太恰当了。你们说对吗？如果他们攻击人只是为了填饱肚子，那么尸体就应该变成炸鸡骨头的状态才对。可是无论哪个丧尸都没有被啃到深入骨髓的感觉。换句话说，咬人不过是传染病毒的手段罢了。不知出于何种机制，他们能够分辨出没有感染病毒的人，并有针对性地发起攻击。”

我回想起曾几何时看过的一篇网络文章，讲的是巴西还是什么地方的蚂蚁。某种新型细菌会寄生在蚂蚁身上，控制其大脑使蚂蚁变成丧尸，将自身移动到最适合细菌孢子传播的地方。为了繁衍而控制动物大脑，这是现实存在的手段。丧尸之所以不会自相残杀，用这个说法或许能够解释得通。

由于对话内容越来越多，我干脆要来那几张活页纸，记下了关于丧尸可以确定的一些细节。

“……既然没有血液循环，消化器官自然也不会运作。进藤学长的肉块之所以掉得到处都是，应该也是这个原因。丧尸并没有吃掉他的肉……那么这样说来，只要多撑几天等肉体腐烂，我们说不定就能得救？”

听到比留子同学的提问，原本有点兴奋的重元语气一下变沉重了：

“不……或许会更麻烦。这也是我从书上看来的，通常尸体的腐烂需要微生物参与进来。若丧尸病毒能够瞬间杀死微生物，或者能够避免微生物靠近，那他们的肉体保质期有可能比我想象的要长。这话在大家面前我不太敢说，一个搞不好，说不定要好几个星期才会腐坏……”

“微生物吗？那确实是个盲点啊……”

比留子同学正忙着赞同，高木却生气地说：

“顺便告诉我，那群丧尸为什么会集中到这里来？摇滚音乐节会场在山的那一头，为什么他们要翻山越岭跑过来……”

“别对我生气呀。不过，摇滚音乐节每天的参加者接近五万人，假设恐怖袭击中有一成的人被感染，那也是五千个丧尸啊。从窗户看下去，建筑物周围可能顶多只有五百个丧尸。那真的只是一小撮。不过可以确定的是，他们远离明亮嘈杂的摇滚音乐节会场，跑到紫湛庄来了。这或许说明，他们能够运用五感之外的某种探查能力，感知到活人的存在。若非如此，他们不可能一直围在这里不走。”

“你觉得只有人会被传染吗？”

“……这可不好说啊，而且不同电影也有不同解释。不过世界上存在很多只对某种生物造成伤害的细菌和病毒，就算丧尸病毒只针对人类发起攻击也不算奇怪。”

那么，丧尸的行动力究竟有多大呢？我详细问了一番。

“既然大脑没有正常运作，他们是否无法使用道具打开房间门锁，或者用花言巧语引诱进藤学长开门呢？”

“应该没办法。”重元马上回答，“否则那种简陋的路障根本拦不住他们。你看见那些丧尸的动作没？直挺挺往架子上撞，因为反作用力失去平衡滚下楼梯，然后不断重复那样的动作。他们连婴儿级别的学习能力都没有。那可能是因为大脑只能发出简单指令，而且手脚不协调无法快速跑动。虽然有个优点，就是永远不知疲倦。我感觉电影里的丧尸比它们更灵巧、更难对付。”

“被咬之后多久会变成丧尸呢？”比留子同学问。

“这很难说，或许要看被咬的部位和程度，以及被害者的体格。这会儿政府机关应该在积极进行详细验证，只是不知道我们能否活到消息传出来的那一刻。”

重元悲观地说完，打开一瓶可乐，发出泄气的声音。

“搞什么，说来说去还是回到了仅靠丧尸无法进入进藤房间的结论嘛。”

高木叹息一声，觉得自己白费力气了。

六

离开重元房间后，我们仿佛从鬼屋走出来，长出了一口气。

总结下来的要点如下：

一、变成丧尸的原因有可能是细菌或病毒。一旦被咬就会感染，从而变成丧尸。变化所需时间和感染路径尚不明确。

二、丧尸不需要氧气，只要大脑不被破坏就能保持行动力，因此体力无穷无尽。但是学习能力和机动能力非常低。

三、咬人不是为了填饱肚子，而是为了繁衍。一旦将对方传染，便不会再咬。

四、对活人的气息十分敏感。

如此看来，他们确实是一群很难对付的怪物，好在他们的智力和机动力低下，这边应该能想到对付办法。

我刚想到这里，就看见立浪扛着枪从南区走廊走了过来：

“哟，侦探团，发现什么没？”

他的语气没有恶意，好像只是单纯的好奇。我摇了摇头。

“没有，还是陷入泥沼的感觉。”

“这件事最麻烦的是有活人参与啊。伪装成丧尸作案，肯定是为了吓唬我们。”

“是啊……这是目前最让我感到毛骨悚然的。”

立浪的意见也跟比留子同学一样。凶手留下了既不是单纯憎恨，也不是为了摆脱嫌疑的证据，从结果来说，这使得我们中间生出了困惑和恐惧。若这正是凶手的意图，那操纵犯罪的无疑是个活人。

我想起立浪刚才经过的南区，正是七宫的301号房所在地：

“你去找七宫前辈了吗？”

“嗯，我猜他一个人会寂寞。不过那个冷血的家伙，根本不愿意给我开门。所以说我最讨厌对付胆小鬼了。估计他现在还在房间里发抖呢。”说着，他做了个敲太阳穴的动作。没错，我一直很在意那个动作。

“话说回来，七宫前辈好像很喜欢敲脑袋，那到底是怎么回事？”

“他好像从上个月开始就头痛难忍，需要不断吃止痛药。”

高木闻言，大大咧咧地说：

“是不是因为隐形眼镜啊？”

“隐形眼镜？”

“那个人不是经常点眼药水吗？我见美冬也用过同样的眼药水，那是隐形眼镜专用的。我听美冬说，如果一直戴着过度矫正、度数太高的隐形眼镜，会导致眼球痉挛，影响血液流通，最终产生压力扰乱体内激素，造成头痛和恶心症状。”

“原来静原同学在用隐形眼镜啊。”我说。

立浪听了高木的话，露出若有所思的表情：

“这么说来，我确实听那家伙说，他在网上随便买了一副隐形眼镜。”

我们四个人乘坐电梯下到二楼。由于电梯厢很窄，就这么几个人已经挤得摩肩接踵了。

“如果重元进来了，三个人就得超重吧。”

我很担心立浪一边调侃一边错按一楼的按钮，整个人都紧张得不行。按错一个键，这就是丧尸地狱直通车了。好在他没有手抖，电梯把我们平安送到了二楼。我们还不忘用椅子挡住了电梯门。

静原还留在休息室里。立浪房间依旧流淌着热闹的摇滚旋律。仔细一看，他正对休息室的房门虽然卡着防盗栓保持在半开状态，房间主人却一脸淡然。看来他即使在这种状态下，也没有什么防范意识。

时间已至正午。

萨贝亚摇滚音乐节事件已经过去了一整天，电视上报道的内容开始出现少许变化。新闻依旧避而不谈死亡人数和危害扩大情况，但渐渐出现了一些暗示，警告人们注意这起生化危机，也就是人为造成的生物灾害。

“经观测，娑可安湖水质并未出现异常，但目前娑可安湖的水源供给已经暂停。请位于娑可安湖周边的人士注意安全，不要饮用湖水。万一湖水误入口眼，请勿用手接触，并尽快用净水冲洗。另外，昨天参加萨贝亚摇滚音乐节的人士请马上拨通屏幕下方的号码，与警方取得联系。”

“啊，我们要被停水啦？”高木焦急地说。

此时管野正好出现，我们围过去一问，原来屋顶有个蓄水池，暂时不用担心马上断水。

“就算客房满客，蓄水池也能撑上半天，山庄里还另外备有饮用水，因此足够我们过上两三天了。不过考虑到今后可能会停水，还是不能浪费啊。”

“这下感觉我们真的被抛在荒岛上了。”

高木叹息着说完，其他成员也纷纷表达了自己的不安。

“那我们暂时不能洗澡了。”

意外的是，比留子同学对我这句话反应最激烈。她习惯性地撩起一撮头发，像小狗一样嗅了嗅。

“不用那么在意吧。”

“真的吗？不过叶村君，要是你闻到奇怪的味道，请一定要告诉我哦。再怎么说我也是个女生。”

“你成了妹子的依靠啊。”立浪笑眯眯地调侃道。

我不知道该如何回答。

此时，一直没说话的静原突然开了口：

“那个……我们能想办法到停车场去吗？只要能坐上车，不就不用担心被丧尸抓住了？”

“停车场……”高木困惑地看了看周围。

整个山庄被丧尸围得水泄不通，尽管如此，静原还是不死心地说：

“丧尸们的注意力都在二楼和三楼，下层广场的停车场附近反倒比较空旷。如果我们能想办法突破这个包围圈……”

“就能坐到车上，撞开丧尸，一路逃出去了。不过管野先生，车钥匙在你身上吗？”立浪问道。

“在前台，真抱歉……”

“那就只能用剩下那两辆车了。我觉得可以啊，不知七宫看到宝贝 GT-R 沾满丧尸血时会是什么表情。”

“反正车本来就是红的，不是正好吗？”

静原也安静地说了句很吓人的话：

“可是我们怎么出去？从窗户跳出去根本跨越不了丧尸群。”

“用火。以前我看过用火把驱赶丧尸的电影。再不济，我们可以把这栋房子烧了……”

哦哦，越来越吓人了。然而，一名闯入者打断了静原的话：

“那可没用。”

原来是刚从三楼下来的丧尸专家，重元。

“我之前想找到他们的弱点，就把原本准备今天晚上放的烟花扔到那群东西中间去了。结果彻底失败。他们虽然对声音有反应，却不畏惧高温和火焰，根本不会逃开。”

汇报完结果，他就抓起一根用作应急食品的杂粮棒，转身回房间去了。

“……博士已经说了，所以还是别烧房子吧。”

立浪耸耸肩，静原遗憾地闭上了嘴。

吃过只有应急食品的午餐后，我们在休息室里无所事事地坐了一会儿，其间有几个人来来去去。一直闷在房间里的名张出来后，静原便说要回房，并在高木的护送下走向了东侧楼梯。没过一会儿，比留子同学说要休息一下，也回房去了。我实在没什么事情做，就玩起了放在休息室的积木——将几个零件组合成参考图上的样子。玩了一会儿，高木走了回来，在我旁边提起了建议。

与此同时，立浪站了起来，但没有回房间，而是乘电梯上了三楼。

“他这是到哪儿去啊？”

我咕哝了一句，管野回答道：

“应该是去屋顶吸烟了。刚才我没锁仓库门，他可以随意使用里面的楼梯。毕竟一直待在屋里实在太闷了。”

“吸烟啊。”

高木小声说着，抓起一个零件安到角落上。因为明显不对，她又把那块零件拿起来，换成了另外一块。结果她拿的全都不太对。这个人根本没在认真玩积木，而是在调侃我。

“高木学姐也吸烟吗？”

“被美冬说了，所以正在戒烟。”她苦着脸说。

“你们两个关系真好。”

“因为她刚加入社团时，是我教她化妆和各种事情的。她乍一看不怎么说话，但是特别注重健康，因为她是护理专业的。”

“她明明在医学系，还专门跑来加入影研？”

神红大学普通学科的教学楼在本部校区，而医学系却在医学校区，中间没有直通巴士，骑自行车要花三十分钟，因此医学系学生专门跑到本部来参加社团活动，是非常辛苦的一件事。

“因为大一新生有很多基础课程要在本部上。至于她升到大二了打算怎么办，我也不知道。”

我跟高木又聊了聊专业的话题，发现我们两人同属经济学系。缘分真是妙不可言啊。

名张拿着电视遥控器按了一会儿，就喃喃着“人都快疯了”，随后站了起来。我本以为她说的是我们所处的状况，不过从她瞪着门缝咬牙切齿的举动来看，似乎是针对立浪房间传出来的音乐。同时，管野也离开了休息室，只剩下我跟高木两个人。

“高木学姐，关于那封恐吓信，还有今早的字条……”我趁此机会问道，“七宫前辈害怕得有些异常了吧。那就是说，恐吓信上说的祭品，并不是去年拍视频的诅咒或鬼魂作祟，而是集训本身发生了什么事情吧？”

“……应该是吧。”

高木颓然垂下了目光，

“我去年也参加了集训，不过多亏了这种性格，没被那三人中任何一个人盯上，过得倒是轻松。可是，我记得是第二天吧，早上我一出来就发现气氛不对，去问前辈发生了什么事，也没人告诉我。不过后来听说，是出目那个浑蛋趁夜摸到一个女部员房间去了。”

真受不了。那家伙去年表现出那种丑态，昨晚还敢招惹名张吗？

“不过他还算好，因为失败了。”

“……其他两个人成功了？”

那就是七宫和立浪了。

“怎么说呢，他们在集训后确实跟自己看上的女部员交往了一段时间，不过暑假结束后好像都吹了。不，不是吹了那么简单，我听说是他们狠心抛弃了女生。跟立浪交往的那个人后来退学回老家了，再也没有人联系上她，想必真的发生了特别不好的事情。”

“那跟七宫交往的女生呢？”

“自杀了。”高木用手指弹开对不上号的零件，“在自己租的房子里服用大量安眠药自杀。那个学姐叫惠，当时也没少关照我。据说她还留下了遗书。”

……原来如此，她就是传说中的自杀者吗?

“原来连影研成员都不知道详情吗？”

“据说是因为七宫家请的律师做了不少打点，让两家人庭外和解，还有人被封了口。”

那样一来，我也能想象进藤为何被杀了。

“……进藤学长应该知道那件事吧，那他今年为什么还要搞集训？”

“高年级学生都知道，七宫对每一代影研部部长都会施加压力，让他们对自己言听计从。进藤表面上是个老实人，实际上明知大家会成为祭品，还是到处去找女生来参加集训。说死人坏话固然不好——可我认为，那个男人就算被杀了也不奇怪。”

七

我把拼到一半的积木塞给高木上了三楼。本来打算先回房去，但我发现仓库门开着，便出于好奇走进去看了一眼。

里面全是水泥墙面，比我们住的房间稍微大上一点。房间里摆着几个间隔一米左右的双层置物柜，塞满了备用的折叠椅和桌子，以及商用吸尘器和涂装工具等物品。房间最里面就是通往天台的楼梯，楼梯旁陈列着钓竿和滑雪板，应该是山庄主人或七宫的东西。

我走上楼梯推开铁门，来到一片乌云之下。外面雨势虽然小了点，但残渣一样的雨滴依旧随风飘动着。立浪站在风中吸着香烟。因为我不抽烟，所以很惊讶他嘴里的烟竟然不会熄灭。

“这上面很舒服，你过来吧。”立浪看见我，叫了一声。

天台风有点大，确实很舒服。只要别去在意楼下的丧尸，远处那片水汽氤氲的娑可安湖一直深入到森林深处，让人不禁想起现在正是暑假。

“来一根？”

立浪想给我发烟，我恭敬地推辞了。

不断下着小雨的空中升起一缕青烟，仿佛线香一样。

祖父生前曾对我说，线香的烟连着人世和彼世。

这真残酷。距离我们十几米的楼下，正有好几百人迷失了方向，无法前往彼世，而我甚至连为他们点一炷香都做不到。当然，阻止我为他们烧香的，正是他们自己。

天台南侧可以俯瞰到与每层楼逃生门相通的逃生梯。铁扶手内侧也挤满了爬上楼梯的丧尸，正不断敲打着每层楼的逃生门，发出一声声钝响。

楼梯中段的几个丧尸似乎察觉到我的气息，抬头与我对上了目光。我被那些浑浊的眸子吓了一跳，却看见群体外侧的一个中年男性丧尸目不转睛地看着我，整个身子都从扶手上探了出来。

啊，没等我惊叫出声，中年男丧尸就失去平衡从半空坠落，跌进地上的丧尸群里。让我惊讶的是，那些发现了我的丧尸一个接一个翻过逃生梯扶手，跌入空中坠落下去。

那个光景让我不由得作呕。

“它们好像百战小旅鼠一样。”

不知何时，立浪来到我身旁。

“百战小旅鼠？”

“那是个游戏，你没玩过吗？玩家要指挥一个个出现在界面上的小旅鼠，引导它们抵达终点。游戏界面上会有悬崖和洼地，若玩家不发出指示，小旅鼠就会排着队坠崖而死，或是陷在洼地里出不来。就像它们一样。”

我慌忙退到丧尸看不见的地方。虽是丧尸，可一想到有好几个人因为我而掉了下去，我心里就充满了与此前截然不同的恐惧。

“你别在意，这只能证明那帮东西一点思考能力都没有。”

说完，他又吐出了一缕吊唁的青烟。

沉默降临在两人之间。

虽然一直让比我年长的立浪说话，让我感到很不好意思，可我虽然顶着推理迷的头衔，实际性格阴沉，实在找不到善解人意的话题。我想来想去，只能抛出一个不痛不痒的疑问：

“立浪前辈喜欢摇滚吗？”

因为他一直在用收录机放那种音乐。

“我喜欢吵吵闹闹的东西，因为热闹起来就不需要思考多余的事。不过我刚才播放的那些确实来自我喜欢的歌手。”

“是什么人？”

“布鲁斯·斯普林斯汀。”

——糟糕，我听都没听过。

“那是七十年代出道的创作型歌手，可以说是美国最具代表性的摇滚歌手，虽然已经年近七十，但至今仍在活动。以前我偶尔在店里听到他的歌，发现歌词很合我胃口，就喜欢上了。不过那种事并不重要。”

立浪把变短的烟头扔到风中。底下的尸人大张着嘴仰视着风中坠落的小点。

“你觉得我们能活着回去吗？”

他重新点燃一根烟，这样问道。

“——不知道呢，我觉得机会五五开吧。”

“你不是应该说我们要齐心协力想办法吗？”

那倒是，这种时候老实巴交地分析概率有什么用。“对不起。”我向他道歉，却换来一声苦笑。

“没什么，我挺喜欢你说的话。至少比漂亮话和盲目乐观强多了。毕竟嘴上功夫再怎么厉害，对付丧尸也派不上用场。不过我看你很冷静啊，在你眼中，七宫的慌乱是不是特别愚蠢？这么大岁数的人了，还大叫大嚷，躲在房间里不出来。”

“不——没那种事。”为了掩饰刚才的迟疑，我又继续道，“其实我以前有过类似的经历。”

说完我心想，这下糟糕了，这不就好像在卖关子一样吗？

可是立浪并不在意，而是催我说下去：“如果可以的话，说来听听呗？”

“初中时我遇到了大地震，当时我就跟现在一样，在建筑物顶端俯瞰着缺乏现实感的光景，心里想，是不是一切都完了。现在的感觉跟当时很像。怎么说呢，我心里确实有恐惧，也不想死，还想去救大家。可是再怎么慌乱，再怎么吵闹，面对压倒性的力量，我都束手无策。”

若脚下攒动的丧尸一口气拥进来，我们区区十个人能做什么呢？意识到这点后，我心里就一直装着达观和冷静。

“是吗？”立浪咕哝了一句，再次陷入沉默，然后突然问我，

“叶村君，你跟剑崎同学在交往吗？”

我心里一惊。

并不单纯因为我的名字跟比留子同学那样的美人被一同提了出来，同时也因为他突然说起了关于女性的话题。我回答：“没有，我们不是那种关系。”然而他的反应却让我感到有些意外：

“她很喜欢你哦。”

那个语气仿佛在谈论天气。

“你说比留子同学？”怎么可能？

“你跟女生交往过吗？”

我很老实地摇了摇头，他露出微笑：

“是吗？原来你们都是新手。那可是最美好的时光啊。”

“对方可不一定是新手啊。”

“这是我的直觉——不过极有可能命中。要是她真的接触过男人，肯定不会这么没有戒心。”

我好像能明白他的意思，但还是想狡辩几句：

“比留子同学可能只是性格直率，爱亲近人而已。”

“确实，头一次看到她时，我也真心想追求。毕竟她脑子聪明，脸蛋漂亮，那种姿色可不常见啊。可我后来还是放弃了。因为她看起来深藏不露，其实单纯得很。跟那种女孩子相处很累人的，因为她们嗅不出一段关系的终结，非常棘手。”

他竟会在女性方面示弱，让我感到十分意外：

“不好意思……我还以为立浪前辈不是那种挑剔的人。”

“单说经验的数量我倒是有很多，可那些都是让我恨不得遗忘的回忆。刚认识那段时间固然很快乐，只是越熟悉对方，就越疑惑我们是否真的互相喜欢，然后越来越难以相信对方。一旦分手了，更是觉得之前的一切都是欺瞒。”

“如果连立浪前辈都这样，我更是一辈子都别想理解了。”

他把烟头扔在被雨水淋成黑色的水泥地面上，抬起大脚踩了下去：

“我觉得，这就像一种病。”

火都已经灭了，立浪还是不停地搓动鞋尖。

“你是说恋爱观吗？”

“我是说人类的爱情本身，就跟丧尸一样。你看看他们，完全不知道自己得病了。恋爱这种感情也一样。全世界的人都被感染了，还一个个都乐在其中，唯独我不能变成彻头彻尾的丧尸。我独自清醒着，却想模仿他们。不仅模仿表情、模仿行动，还试图发出同样的声音。我顶着一张跟大家都一样的脸，贪婪撕咬着血肉，最后却忍耐不住，打翻周围的丧尸逃出去。”

包围这座建筑物的丧尸，在他眼中竟如同追求爱情的人类吗？

我没有证据证明立浪刚才说的是真心话，说不定他只是沉醉于用故弄玄虚的话来装点自己。如果高木没有说谎，他去年是有前科的。尽管如此，我还是不由自主地认为，是眼前这种末日场面引出了他的自白。

然而遗憾的是，我无法为他的烦恼提供帮助。

我能做到的，只有不知趣地打探：

“立浪前辈觉得进藤学长为什么会被杀呢？”

立浪丝毫没有动摇，平静地说：

“不知道呢。七宫好像特别害怕，不过我想，任何人都有憎恨的理由。既然存在以神之名传唱慈悲的人，就一定有假托神的意志夺人性命的人。一个人的行动根源何在，谁也说不清楚。重要的是，自己能否存活下来。”

说完，立浪翻开了衬衫下摆。他腰间插着一把并非来自休息室陈列柜的匕首。可能是他的私人物品吧。

这是否说明他知道自己平时很招人恨呢？

“你也要尽量陪在剑崎同学身边哦。”

立浪又点燃一根香烟，与此同时，刚才应该回了房间的名张走了上来。

她看见我，说了句：“我上来呼吸点新鲜空气。”随后认出立浪的背影，皱着眉往我们的反方向走去。

我对立浪说：“我先回去了。”然后离开了天台。

八

回到房间看一眼时钟，现在是四点半。

擦干被雨淋湿的头发，我倒在床上睡了一觉。

睡了大约一个半小时，我醒了过来。手机依旧没信号。

我决定到比留子同学的房间看看。立浪的话让我多少有了点保护她的意识，而且我也不认为她还会像今早那样对谜题束手无策。

她住在 201 号房，房间位于二楼南区最深处，与逃生门相邻。出门时，我还专门带上了剑。

自从遭到丧尸袭击，我还是第一次来这个地方，眼前的情形让我哑口无言。那道逃生门由沉重的钢铁铸成，远比我们临时堆砌的路障让人安心。然而门后正不断传来丧尸的冲撞声，仿佛随时都能把门推倒。

咣!咣!咣!咣!

每一下巨响都伴随着金属门框的嘎吱声。经过半天多的冲撞，破坏正在累积。那根本不是人体的冲撞，而是比肉体更硬，却并非金属的东西。听起来仿佛有人在用木棒全力敲打。

——莫非，是脑袋吗?

我想象着不懂控制力道的丧尸以头撞门血肉横飞的情景，不禁浑身一颤。

或许我一直都想错了。我以为山庄防御最薄弱之处是临时拼凑的路障，还以为金属制成的逃生门应该坚如磐石。但实际上，丧尸似乎在这里更能发挥实力。

原因一定在于立足之处。比起正对狭窄楼梯的路障，这扇门后面却是相对较宽敞的楼梯平台。因此，丧尸们也能用较为稳定的姿势展开攻击。

不过话说回来，撞击声应该能传到比留子同学房间里。这样她肯定一刻都静不下心来。那么，她是不是也积攒了不少压力呢？

我敲了几下门，屋里传来一声回应。

“我是叶村，方便让我进去吗？”

“哎呀，那个，稍、稍微等我一下好吗？”

我听见一连串慌乱的声音，过了三四分钟，房门打开了：

“不好意思，久等了。”

“你刚才怎么了？”

比留子同学涨红了脸，回答说她在换衣服，然而她身上穿的好像跟今早没什么区别。

“不是那个意思。我睡午觉时换了一身轻便的衣服。”

她好像很在意睡翘的头发，一直在抚摩发丝。我昨天就发现，她好像家境教养都不错，比平常人更注意着装整洁。

“你是裸睡或穿着内裤睡的吗？”

“瞎说！我穿了 T 恤衫和短裤。”

“你就穿那样出来我也不介意啊。”

“可、可我介意啊！”

她脸涨得更红了。我突然想起刚才立浪说的话，顿时无法直视她。

“我想跟你说说话。”

“那正好，我也想找人听听我的话。”

我被请到屋里，坐在椅子上。

“好了，谁先开始说？”

我想了想，决定先请她听我说：

“我想到的还是 howdunit，也就是诡计。要是比留子同学先说了，我可能会发现漏洞，再也不好意思发表自己的意见。”

看到她点头，我便说了下去：

“这是今早那个密室讲义的后续。早上虽然谈论了几种密室形式，但实际上，很久以前人们就认为，推理小说中的密室诡计已经被发掘殆尽了。”

“那不是太糟糕了，书都卖不出去了呀。”

“对，可是依旧有人在创作推理小说，也依旧存在以密室为卖点的作品。最近作品的特征之一，就是将几种形式组合起来，使问题复杂化。”

就算诡计一共只有五个，只要把其中两种组合起来，那就是十种桥段了。单独诡计纵使简单，只要融入多种要素，也能够伪装成非常复杂的难题。

“所以在进藤学长的案子上，我也试着组合了几种诡计。”

“那真是太让人期待了。”

这么做仿佛主动提高了游戏难度，让我感到有点后悔，但一切为时已晚。我硬着头皮说了下去：

“首先，假设尸体身上的齿痕并非丧尸，而是人类留下的。”

“你是说，人类把他咬死了？”

“对，然而正如比留子同学所说，我们中间没有人做出过那种行动。换言之，就是外部人士侵入了进藤学长的房间。”

“这样一来，就关联到路障和自动锁的双重密室问题了。”

“没错，不过我们可以假设，是进藤学长主动打开了内侧密室，也就是请凶手进了房间。”

“那就是‘同意杀人’形式吗？外侧密室——进入山庄这个问题如何解决？”

“那个人——我们姑且称其为x，假设x早在丧尸侵袭前就进入了山庄。比如管野先生昨天不是到车站去接我们了吗？x完全有可能在此期间潜入山庄。尽管目的不详，但进藤学长可能一早就计划好背着我们把x领进紫湛庄。”

“不过他应该无法从前台借到门卡吧。”

真不愧是比留子同学，她果然记得分发门卡时前台上了锁。

“嗯，所以x并没有躲进客房，而是藏在了一楼某个角落。他一直藏到入夜后，丧尸把山庄团团围住了。”

“一开始就身处密室内部的形式。那么说，x一直困守在一楼。然后呢？”

“时至深夜，所有人都睡下了，x趁机逃到了二楼。而给他带路的应该就是进藤学长。”

“带路？可是手机打不通啊。”

“这里有内线电话。如果x从一开始就跟进藤学长串通好了，当然也会得知他住在哪个房间。于是，x从一楼某处拨通内线，跟进藤学长商量好了路线和时间。”

管野说他凌晨一点碰到了进藤。如果他当时正在协助 x 避难，完全有可能乘电梯下过一楼。

“不过电梯还是太危险了吧。万一丧尸走进去，不仅整个计划会失败，我们所有人都有危险。”

“那么是否能从通气管道进来呢？电影里不是经常能看到吗？”

“出现了‘秘密通道’形式。不过考虑到 x 行凶之后从二楼消失了，电梯应该更为现实。”

“x 被进藤请到房间里，将他咬死，留下字条后回到了一楼。”

听完我的推理，比留子同学抓起一束头发，像化妆刷一样扫着脸颊。

她当然不是想不到主意反驳我那完美的推理，反倒像是漏洞太多不知从何说起。不过她并没有用直白的话语抨击我，这是她的温柔之处。

“那个……假设 x 是活人，为什么要如此执拗地咬死进藤学长呢？我觉得只要直接杀死就好啊。”

“有道理。那这样如何？被杀死的其实是 x，凶手是进藤学长。为了隐瞒罪行，他必须将 x 的脸破坏到无法辨认的程度。于是他就假装丧尸咬死了他。也就是‘替身’形式。”

“可是那样一来，留字条的意义何在？更何况那还意味着，进藤学长目前正躲在一楼……”

比留子同学困惑地抱住了头。我真对不起她。单纯将推理小说的知识塞到一块儿，就成了这么个充满矛盾的东西。

“那个，请你不要把这当真了。就算面部再怎么损毁，从发型之类的特征来判断，那具尸体基本可以确定是进藤学长。我只是觉得，如果彻底忽视 whydunit，这种手法也是有可能的。先不说这个，轮到比留子同学发表看法了。”

在我的催促之下，她松开了抓着头发的手。

“我这其实不算推理，反倒像是怨言。我们思考了这么多可能性，而让一切变得如此复杂的，好像就是那两张字条。正因为那两张写着‘我开动啦’‘多谢款待’的字条，我们的推理方向都被扭曲了。也就是说，我们无法忽视‘活人参与了对进藤学长的杀害’和‘凶手仍在山庄内部’这两条线索。”

“对，我也是这么想的。”

一点没错。进藤被杀害的现场无论怎么看都是丧尸所为，但因为那两张字条，我们不得不否定掉这个可能性。

“或许字条的根本目的就是扰乱推理。而且真要说起来，留两张字条这个行为本身就很奇怪。如果想突出活人参与这点，只需要在室内留下‘我开动啦’即可。如果想突出凶手就在我们中间，那夹在门上的‘多谢款待’就足够了。凶手非要在两个地方留下字条，他这么做的理由或许就是谜题的本质。”

这么说来，静原发现写有‘我开动啦’那张字条时，有个细节让我非常在意。

“‘多谢款待’的字条被仔细夹在了门缝里，与之相比，放置‘我开动啦’那张字条的地方未免太随意了。既然要放，为何不干脆放在尸体旁边呢？于是我想了想，房间角落那张字条，一开始好像没人注意到吧。”

比留子同学马上理解了我的意思:

“也就是说，那有可能是我们进入房间后才被放下的。”

“没错。既然如此，那任何人都有机会做那件事。”

“如此一来，两张字条原本就都在屋外了。换言之，留下字条的人试图通过‘我开动啦’‘多谢款待’这两张内容具有连贯性的字条，让我们误以为进入房间的并非丧尸，而是活人。”

“然而实际上，进入房间的不是活人。”

我们你一言我一语地讨论着。

“是啊，确实有可能。那么留下字条的人，莫非是与杀害进藤学长无关的人吗？——”

谜题依旧无法解开。

后来我们问了管野，这座山庄的通气管道十分狭窄，还设有许多风门，正常人不可能通过。就这样，我那短命的诡计大杂烩被彻底否决了。

九

晚上七点半，昨天这个时候我们正在高兴地烧烤，如今回忆起来仿佛久远的往事。

晚餐只有七宫没来，管野说等会儿给他送到房间去。

这顿饭还是以应急食品为主，不过丹麦面包被切成了法棍那样的薄片，还认认真真地摆了盘，让我不禁笑了起来。向周围一问，原来是为了让餐桌气氛开朗一些，静原专门加工的。不过看着桌上那些可以常温食用的煮物和米饭，我忍不住感慨现在的应急食品也种类丰富。只是略经人手加工，这顿饭让人的心情顿时轻松了许多，这种感觉实在不可思议。

用餐时，我和比留子同学，还有立浪都说了不少话。因为若不这样，餐桌氛围就会特别沉闷。

名张脸色比白天更差了，精致的小脸笼罩着鬼魅般的阴影。她原本就容易神经衰弱，处在这种极端状态下，肯定身心都饱受折磨。静原听到坐在旁边的高木搭话，会回上一两个字，除此之外都一言不发地撕着面包。重元手边放着心爱的可乐，不与任何人对上目光，专心看着电视。然而导致我们沉默寡言的根本原因，其实是夜晚的降临。

“是谁——”

我一时没听清那是谁的声音，没想到竟是静原主动开了口，

“是谁制造了那些怪物呢？”

这是目前为止没有任何人提及，却最为本质的问题。根据新闻报道，这个病的传染源应该是萨贝亚摇滚音乐会上出现身体不适症状的观众。与此同时，虽然没有明言，但是整件事都散发着恐怖袭击的气息。至于谁是主谋者——

“是班目。”

语出惊人的是重元。那个陌生的单词让所有人都转过目光。

“那是什么人啊？”

“我不知道。不过我觉得这不是人名，而是什么组织或团体的名称。”

“新闻上提到那个了吗？”

白天在休息室待了很久的高木惊讶地说。每次出现关于娑可安湖周边的新闻报道，只要一听到地名，她就会扑过去死守着电视机等候新消息。由于网络连接尚未恢复，重元不可能掌握别人不知道的消息。

“昨天捡到的手札上写着。”

“手札？你是说酒店废墟那个吗？”

重元果然擅自翻看了别人的东西。我皱起了眉，但重元并未察觉，而是点了点头：

“不知是不是故意的，里面混着各种外国话。我很好奇，就用手机自带的词典尝试翻译，可是里面很多东西都不是连贯的句子，而是散乱的记录，我都看不太懂。另外还有很多看上去像专业术语的字眼，所以进展很慢。”

“那班目到底是什么东西？”高木问。

“在那些字母中，唯一看起来像日语的就是 MADARAME。另外还有些地方写着 MADARAME org，所以我觉得，那应该是‘organ’，也就是班目机构。只不过关于这个，手札里没有详细说明。我只看出那些记录好像跟病毒研究有关，里面还有‘长生不老’啊，‘死者’这样的字眼。要是能连上网，我应该可以一口气读通。”

“不过，那也不一定跟这次的事件有关……”

“不仅是这个。手札最后还写着昨天的日期，旁边跟着‘Pandemic’这个单词，这是‘病毒蔓延’的意思。”

所有人陷入一片死寂，唯独比留子同学喃喃道：

“酒店废墟内残留着生活痕迹，还掉落了注射器。说不定恐怖分子发起袭击前就潜伏在那里。”

“一群浑蛋。”名张恶狠狠地说，“全都疯了，竟然制造出丧尸来。”

然而，重元反驳了她的话：

“不对，制作病毒的可能是他们，但希望丧尸诞生却是全世界人的愿望。”

“我可没有那种愿望，谁会要那东西啊。”

只见重元带着前所未有的热情，滔滔不绝地说了起来：

“大家都理所当然地管那些怪物叫丧尸，其实那不正确。丧尸本来是伏都教巫师创造的奴隶。在海地，人们会用神经毒素让人进入假死状态，然后进行一次埋葬。然而过去的白人认为伏都教极为神秘，再结合各种臆测和想象，才生出了丧尸这种怪物。一九三二年上映的电影《白色丧尸》就是最早的丧尸影片，片中也将丧尸纳入了伏都教范畴，并不会袭击人甚至吃人，而是一些被魔法操纵的可怜受害者。

“现代丧尸的特征是袭击活人，不破坏大脑就无法阻止其行动，被咬伤的人也会变成丧尸。而打造出这种概念的影片是一九六八年乔治·A. 罗梅罗导演的电影《活死人之夜》。”

“我以前看过那部电影。”立浪点点头，仿佛被重元的气势震住了。

“那部影片给人的印象过于强烈，从那以后，人们就开始认为丧尸是一种通过袭击活人不断增殖的怪物，使其发展成了最具代表性的恐怖形象之一。不过我认为，给丧尸赋予那些特征，其实也是有一定依据的。”

“依据？”

“不死之身，从墓穴中苏醒袭击活人，被咬到的人会变成怪物。当时已经有一种人气极高的怪物拥有这些特征。”

“……吸血鬼吗？”

重元点点头，继续滔滔不绝：

“早在丧尸还是伏都教奴隶的时代，吸血鬼和弗兰肯斯坦这样的怪物拥有压倒性的人气。罗梅罗的丧尸就吸收了那些人气怪物的特征，摇身一变成了所谓现代丧尸。其证据就是，他的影片播出后，现代丧尸的电影如雨后春笋般出现，吸血鬼电影的制作却渐渐降温。”

比留子同学在我耳边低语：“他原先讲的是什么来着？”我不动声色地摇了摇头。现在最好让他尽情讲下去。

“从那以后，各种丧尸电影陆续出现，直到九十年代的第一次丧尸热潮结束。其间有帝王罗梅罗制作的续篇《活死人黎明》、引发暴力电影热潮的《鬼玩人》、喜剧风格的《活死人归来》。光是名作就数不胜数。后来，丧尸电影一度被恐怖电影主流变态杀手所取代，不过千禧年后，《生化危机》的大热使得丧尸电影重获新生。代表作品有《惊变 28 天》和《活死人黎明》的翻拍版。帝王罗梅罗也先后发表了新作品《活死人之地》和《死亡日记》等等。除此之外还有丧尸喜剧杰作《丧尸肖恩》和以第一人称叙事手法拍摄的西班牙电影《死亡录像》，其表现手法也都丰富多彩。

“不过我最关注的一点在于，丧尸电影不仅是单纯的恐怖片，还极大反映了对每个时代的社会讽刺和人们内心的变化。《活死人黎明》中，困守在商场的主人公们在丧尸包围的绝望情况下，过着所有商品任吃任用的充裕生活，这就融入了对物质文化的讽刺。《死亡日记》以信息社会和舆论功过为一大主题。美国遭遇恐怖袭击第二年上映的《生化危机》之后，成为丧尸的原因逐渐以新型病毒蔓延为主流，让人印象十分深刻。过去制作方并不注重产生丧尸的原因，单纯让它们从墓地爬出来，或受到特殊辐射。但是到后来，丧尸不再是纯粹的恐怖和惊悚，反倒成了能够表现人类罪孽深重、贫富悬殊歧视和弱肉强食、友情亲情、伙伴转眼变成敌人这些悲剧性要素的载体。人们开始在丧尸身上投射自身的傲慢和心像了。”

真是一场雄辩。我决定不再叫他丧尸狂人，而是改口叫丧尸大师了。

我对丧尸大师问道：

“那您说，孕育了这些丧尸的傲慢是什么？”

“只要看看现今的医学和生物学就明白了。人工繁殖和基因操作、动物克隆……人类正在渐渐丧失伦理。如果在这个过程中产生了丧尸这种副产品，也丝毫不值得惊奇。学者想必会说，技术本身无罪，并坚持只要用法正确就毫无问题。可是要托付那些技术，人类难道不是最不可靠的吗？我认为，那种自负的代价就是这个。”

重元吐出一口气。

按他的说法，丧尸出现是种必然。就算不在这里，总有一天世界上也会有另一小撮思想扭曲的人制造同等事件。

而我只是运气不好被卷进来了，就像那场地震一样。

十

电视机画面左上角显示现在是晚上十点。

结果我们连杀害进藤的凶手用了什么手段都没查出来。这里没有一个人能保证，今晚一定能从凶手手掌中逃脱。

我正心不在焉地听高木对静原暗示晚上要关好门，立浪在旁边说道：

“老是说关好门上好锁，不过我觉得，连待在房间外面时也要把门锁上，实在有点本末倒置了。”

“我不知道你是什么意思。”高木冷冷地回了一句。

立浪并没有往心里去，反倒异常详细地解释起来：

“我的意思是，处在这种无法逃到建筑物外部的情况下，一般的防范意识其实不起作用。现在最重要的是，丧尸到来时我们要怎样迅速躲藏起来。要是丧尸在后面追，你却还得掏钥匙开锁，那不是浪费了性命攸关的时间吗？既然如此，干脆像空房间那样，我们在外面时也把自己房间用防盗栓撑开更好啊。只须在自己进入室内后上锁即可。”

立浪白天一直敞着房间门，我觉得他的看法确实很有道理。然而几位女生似乎很不喜欢他的意见。

“绝对不要。”高木马上回答。

“托你的福，我听了一整天下流音乐，感觉自己像在接受洗脑呢。”名张抱怨道。

“我也认为那是紧急情况下的最佳做法，只是一想到自己脏乱的生活痕迹要被人看见，我就感到毛骨悚然。”比留子同学也表现出了断然拒绝的态势。

这种时候女孩子会特别团结。

“哎呀哎呀，你们的防御如此坚固，看来今晚凶手要受苦了。”

看着苦笑的轻浮男人，高木警告道：

“不过大侦探好像说过，房间门锁从外面轻易就能打开。”

“啊？真的吗？”

我接下高木甩过来的话题，把今早说的铁丝开门法又介绍了一遍。

“原来如此，看来自动锁也不是万无一失啊。”

我感觉说这种话好像加重了大家的不安情绪，心里暗自后悔，不过立浪本人马上替我圆了回来：

“不过今早讨论的结果，应该是咬死进藤的凶手不在我们中间吧。”

“——对，是这样。”

把进藤撕咬成那个样子，还能保证口部无伤，实在不太可能。

“那我们就先把注意力集中在防范外部人员入侵上吧。杀死进藤的凶手身上应该染了不少血，可是走廊上却不见任何血迹。也就是说，凶手正如现场血迹所示，从阳台逃到外面去了。”

对，刚才我跟比留子同学也得出了这个结论。我们猜测，留下字条的可能是另外一个人。

重元问道：

“你想说的是，窗户比门更重要对吧？”

“一点没错。虽然用常识很难想象，如果凶手是消防员，不就能乘着消防车的升降梯从阳台入侵了吗？”

“那也太离谱了吧。”我忍不住吐槽。

“如果你喜欢，大可以写到小说里去。总而言之，我们要把窗户锁好。”

为了让大家放心，管野也说：

“我也尽量保证巡视次数，请各位放心休息。”

“不过管野先生昨天也没怎么睡吧，请你不要勉强自己。”静原出言劝告后，不知为何名张也慌忙同意道：

“是啊，你没必要因为自己是管理人，就独自背负责任。”

“谢谢两位。不过我现在想尽自己的一份力。”

其后，话题就转到了管野来到紫湛庄之前都做过什么。他曾在东京一家企业工作，后来公司破产，他当了一段时间社会闲散人员，然后在熟人介绍下结识七宫父亲，成了这里的管理人。高木问他老家在哪儿，却被他敷衍过去了：

“我父母早亡，最近妹妹也因为事故去世了，现在是独身一人，无依无靠。”

随后，管野又像昨晚一样给大家倒了咖啡。喝完咖啡，我们又闲聊了一会儿，深夜十一点左右，立浪第一个站起来说自己困了：

“我先去睡了，希望明天还能见到所有人。”

说完他就拉开了半开的房门。重元慌忙对他的背影说：

“今晚麻烦你关掉收录机再睡！”

关门前的瞬间，他抬起一只手表示知道了，没过一会儿，音乐声果然停了下来。让人奇怪的是，周围一安静下来，沉默又变得无比沉重，所有人同时决定退场了。

“叶村君，我送你上去吧。”

跟昨天一样，比留子同学打算跟过来，但我发现她好像也很困。

“今天换我送你吧。”

“啊，为什么？”

“因为比留子同学的房间更吓人，不是吗？如果你愿意，我可以跟你交换房间。”

“嗯？——啊，你是说逃生门吧。其实待在房间里会因为空调等噪声听不见外面的动静。不过难得你说要送我，我们就来一场短暂的约会吧。”

因为三言两语就内心动摇，我果然是个单纯的人吗？

比留子同学憋住一个哈欠，含糊地说：

“到最后都没有好想法啊。”

她是说进藤被害一事吧。

“没办法，毕竟线索太少了。没有可疑人员，没有全员的不在场证据，甚至不知道行凶时间，又想不到行凶手段，我们怎么可能找到凶手呢？”

“嗯——其实我不是……算了。”

比留子同学说完那句神秘兮兮的话，打了个大哈欠，然后走到房间门前插入门卡，

“叶村君，晚安啦。你千万要锁好门，还要关好窗，记得把武器

放在手边。”

她一直对我挥手，直到把门关上。

我返回休息室的途中，又碰到了准备回房的高木。她耷拉着眼皮，好像也挺累的。

“啊……叶村。美冬说要帮管野先生收拾东西，你过会儿能替我送她回房间吗？”她对我说。

我感到有些意外。此前我见高木送过静原好几次，而且把这种事交给男性，实在不像她的风格。她似乎看出了我的想法，这样说道：

“美冬好像有话要对你说，你顺便听她说说吧。”

说完，她就准备插门卡，可是动作有点奇怪，一直插不进去。

“你弄反了。”

她已经快睡着了吧。我帮她把门卡反过来，终于把门打开，她留下一句“抱歉”就进屋去了。

回到休息室，那里只剩下管野和静原两个人。

“这边已经没问题了，请你回去休息吧。”

我和静原在管野目送下往房间走去。经过电梯时，我注意到三楼指示灯亮着。应该是重元乘电梯上去了吧。这样一来就无法把电梯降到二楼，我们便与揉着眼睛犯困的管野道别，走向了东侧楼梯。

静原一路都低着头，来到我房间门前才总算开了口：

“其实我应该早点道歉才对。”

她的呢喃宛如陈旧的录音磁带。

“道歉？”

“我能活到现在，多亏了明智学长。”

原来她想说这个吗？我明明昨天才刚失去明智学长，却感觉已经好久没有听到他的名字，险些控制不住泪腺。

“试胆时我们被丧尸包围，是他拼命拉着我的手。而在此之前，他根本不认识我。”

“啊。”我点点头，“他就是那样的男人。”

“要是没有他，我可能早就放弃了。可是——跑上楼梯看见紫湛庄时，我真的很高兴，一下就把他忘记了。结果他就成了丧尸的牺牲品。我没有救他，而是自己逃了，逃向大家背后。”

我脑中闪过那个瞬间的光景，缓缓倒向楼梯下方的明智学长、他脸上无奈的表情、在空中划过的修长手臂。

我做了个深呼吸，将那些画面甩到脑后。

“对不起，是我害死了你重要的学长。我觉得就算道歉也不会得到你的原谅，但是只要是我能做到的补偿，请你尽管说出来，无论是金钱还是身体。”

也不知她是否明白自己说了什么，总之静原深深低下了头。

我感到一丝安慰，因为眼前这个人铭记着明智学长那鲁莽的壮举。

啊，对了。那个著名的夏洛克·福尔摩斯也曾在与宿敌的决斗中坠落瀑布，让所有人以为他死了。不仅是故事里的华生，全世界的读者都哀悼他的死亡，并为他服丧。然而，他最后不是奇迹般归来了吗？

我尚未亲眼看见明智学长的尸体，难道他不会像平时乱闯案发现场那样，若无其事地回到我身边吗？如果他真的回来了，看到自己的

“华生”如此沮丧，一定会对我幻灭吧。

我请静原把头抬起来。

“你没必要道歉，明智学长也不会恨你。只要你今后能毫不气馁，按照自己的意志活下去就好了。”

静原咬着嘴唇，再次深深鞠了一躬。

在她的目送下，我回到房间，拉开窗帘看向楼下。

山庄的灯光映出底下黑压压的丧尸群。我试着凝神查看，却没有在里面发现熟悉的面孔。松了一口气的同时，我又忍不住想象，那些消失的同伴，如今是否还在某处等待救援呢？

想到这里，我突然发现右边斜前方的房间窗户里漏出了一点亮光。那是进藤的房间，好像是桌上台灯忘记关了。

对了，是开关的位置。顶灯和床头灯都可以从床头柜边那一排开关直接操作，而桌灯却只能从桌面镜子下方的开关进行操作，所以才会忘了关上吧。

算了，那又不是什么大事。还是睡觉吧。

然而当时我并不知道。

凶手的魔爪已经伸向了第二个目标。

Chap· 5

第五章

侵袭

侵

攻

一

世上总有一些无药可救的渣滓。

为了满足自身欲望、轻易放弃人性的邪魔外道。

那家伙也是其中一人。是那些可恨男人的同类。

所以，我下手了。机会只有现在。

总算——达成了目的。

只是——有点对不起她。

因为我知道她正为解决事件拼命奔走，却面不改色地试图撒谎。

二

当时天还没亮。

我醒来后，正忙着翻找床边的包，突然抬起头，竖起了耳朵。

因为我听到门外远处传来了喊声。

我反射性地以为那是惨叫，马上屏住气息，但发现并非如此。短短几秒后，那个声音就出现在了更近的距离。

男人的声音。对，那是管野的叫声。

我看了一眼时间，快到凌晨四点半了。

“不好了！丧尸来了！二楼逃生门被冲开了！”

声音渐行渐远。

二楼逃生门！

我脑中闪过比留子同学的脸。

抓住门把手前的一瞬间，我阻止了自己，将手抽回来挂上防盗栓，仔细探听到外面没有丧尸动静后，小心翼翼打开了门。走廊灯光顿时灼烧到眼底。

与此同时，隔壁房门打开，细小的门缝中露出了静原惊恐的脸。

我与陷入恐惧的她无声对视一眼。

可以确定的是，刚才发生了不好的事。

管野跑向了三楼南区，也就是七宫房间的方向。

“兼光先生，请你开门！楼下房间出大事了！”

我跟静原随后赶去，看见管野失去了平素的冷静，不断拍打七宫的房门。我见他手上拿着绳梯，总算理解了事态。

丧尸冲破二楼逃生门拥入走廊，住在南区的比留子同学和高木被困在了房间里。房门虽是朝外开启的，质地却比逃生门脆弱得多，恐怕不太经受得住丧尸攻击。我们必须尽快把她们救出来。

重元从我们身后走来，七宫的房门几乎同时打开了：

“什么啊，操，楼下失守了？”

七宫可能喜欢只穿内裤睡觉，此时身上只有一条短裤，脸上戴着口罩，造型很是奇特。

我们跟着管野走进房间，把绳梯的金属搭扣固定在阳台扶手上。我探出身体向下张望，发现有个人正从阳台往上看。

“比留子同学!”

她听见我的喊声，安慰似的挥了挥手，随后踩上垂下去的绳梯。她的重量坠得扶手发出了嘎吱声。

“喂，这扶手怎么会发出声音啊？”

“它能承受住人体重量吧？”

“不知道!我以前从未这样用过。”

我与管野、七宫走到狭窄的阳台上撑住扶手，重元和静原则在里面紧张地看着。扶手在比留子同学的重量下稍微变了点形，但好歹保持了强度。比留子同学每爬一级，绳梯就会剧烈晃动，我拼命将其稳住，同时叫道：

“你可以慢慢来!别掉下去了。”

不一会儿，她的上半身来到伸手可及的范围，我跟管野两人将比留子同学拽了上来。

“——呼，我平时都用不到这个，花了好多时间。”

比留子同学整个人倚靠在我身上，长出了一口气。我根本来不及思考，就用力抱了她一下。

“接下来是高木小姐。”

管野拿着收回来的绳梯跑向屋外。高木楼上的房间是曾经分给下松的 302 号房，现在应该空着。完成一出营救场面后，我的视野总算慢慢张开了。

虽然七宫昨天一直闷在这里，但他的房间还算整洁。话说回来，他好像有洁癖症啊。只见房间桌上整齐摆放着单独包装的口罩、应急食品和没开封的饮用水，另外还有可能用于头痛的市售止痛药和隐形眼镜用的眼药水。

“高木学姐应该没事吧？”

“嗯，刚才我在阳台看到她了。”

比留子同学一边凝视着粘在手上的白色扶手油漆，一边点点头。

我们跑进 302 号房，高木正沿着垂下去的绳梯一口气爬上来。太好了，她也没事。

“其他人呢？”

“我把二楼南区大门封锁了，丧尸都被挡在外面。它们目前还没侵入到休息室里……”

管野说到这里，突然踌躇起来。我有不好的预感。

“那个，立浪前辈和名张呢？”

重元举出了不在场成员的名字。

“我还没到名张小姐房间去打招呼，因为——立浪先生在休息室被杀害了。”

听了他的话，七宫两腿一软坐倒在地。

三

立浪的尸体跟进藤一样，不，甚至比进藤的状态还要惨烈。

他的身体从停在二楼的电梯厢探出来，上半身横亘在休息室地板上。杀害现场应该是电梯厢内部，因为里面已经化作一片血海，血液顺着休息室地板与电梯的缝隙滑落，坠入黑暗的深渊。电梯地板上留下了拖拽尸体的痕迹，墙上溅满了血。最引人注目的，是立浪身体上的伤痕。

跟进藤一样，他全身上下都残留着数量惊人的啃噬痕迹，然而这次不光是啃噬。

“不成人形”这个形容用在这里最贴切不过了。立浪头部被砸穿，头发混着碎骨嵌进了脑子里，生前端正的容貌早已看不出分毫。尸体旁边掉落着疑似凶器的锤矛，上面还沾着碎肉。锤矛长有七八十厘米，是木柄一端装有金属头部的击打类武器。若用尽全力挥舞，恐怕能制造超过金属球棒的破坏力。

总而言之，立浪成了这么一具不成人形的尸体，倒是再也不用担心他化作丧尸动起来。另外，又有一张字条插在了破碎头盖骨的缝隙间，上面写着：

“还有一个人。必定上门享用。”

可以说，管野没叫名张真是明智之举。她昨晚已经十分憔悴，若目睹发生在自己房间门口的惨状，恐怕会当即晕倒。

然而管野犯了个错误。不，不仅是他，包含我在内，在场所有人都不知不觉间，对一名女性产生了盲信。

“喂！剑崎！”

高木在后面喊了一声。我转过头，发现比留子同学瘫倒在她怀里。她看到立浪的尸体后，竟失去了意识。

咚!咚!

不断传到休息室里的撞击声，仿佛连我的心都要击碎了。

我们把比留子同学抬到离休息室最近的203号房，让她睡在管野床上。大约十五分钟后，她总算恢复了意识，只是脸色十分苍白。她看见守在一旁的我，露出坚强的笑容，用令我难以忍受的轻松语调这样说道:

“呜啊，不行不行。我才松了一口气就看到尸体，眼前一下就黑了。不过现在没事啦，赶紧去查看情况吧。”

“这怎么行，你再多休息一会儿。”

我低声下气地想扶她重新躺下，却被比留子同学冰凉的手拒绝了:

“二楼随时可能被丧尸占据，在此之前我们必须完成现场勘验。”

我们认为必须把生活据点从休息室转移到三楼，管野他们也已经对名张说明了情况，并开始转移食物和饮用水。丧尸目前被挡在二楼南区之外，但各区大门不如应急门坚固，应该坚持不了多长时间。

然而，我还是不忍心让比留子同学再次面对那个惨状。她解决过不少案件，解谜和逮捕杀人犯的使命感可能比常人要强。只是此时没有刑警，也没有痕检队员，就算抓住凶手，我们也没有手铐和拘留所，仅凭她一人之力，究竟能做什么?这不是推理小说，而是现实。我不能让她再勉强自己了。

“请你听我说啊，比留子同学。”

我握住她冰凉的手，凝视着她的眼睛,

“这确实是一起残忍的案子，然而我们现在更应该专注于生存。解决案件不是你的义务，究竟是什么让你做出这种行动？难道是因为凶手不可原谅吗？还是不能放着解不开的谜题不管？但是，现在请你保重自己的身体。比留子同学也是一名女性啊。要是有人胆敢抱怨，我会替你教训他。”

比留子同学似乎吃了一惊，眨着大大的眼睛看了我一会儿，随后小声笑了起来：

“啊哈哈，我一直觉得你是不是误会了什么，原来是这样啊。你觉得，我一直以来都是出于义务感和正义感去解决那些案子的吗？”

“——你这是什么意思？”

“真是的，我才没那么帅呢。呵呵。”

比留子同学顾不上我的困惑，兀自笑了一会儿，然后叹息一声，

“唉，没想到我在旁人眼中是这种形象，真是太害臊了。我啊，其实根本就不是你想象的那种大侦探。”

“可是我听说，比留子同学以前解决了不少疑难案件。”

“有些案子确实因为我的建议最终被破解了，如今警方也有不少跟我熟识的人。可是呢，我一点都不喜欢充当那种角色，反倒十分讨厌案子。”

“那你为什么参与了这么多案件呢？还获得了警察荣誉奖，甚至被唤作名侦探。”

“那你错了。我从未接受过他人邀请，或自己主动参与到哪个案件中。叶村君啊，这只是我的体质。我拥有一种类似诅咒的体质，会不断被卷入危险而诡异的事件中。在这个意义上，我与你所憧憬的那

些侦探完全不同。

“我既没有接到委托，也并非出于好奇心，对犯罪者没有恨意，也不是法律的守护者，更加不想知道真相。我只是被卷入事件，为了活下去而不得不拼命找到真相。”

我一时不知如何回应。原来她并没有主动追逐事件，而是在仓皇躲避毫无理由就降落在自己身上的火花啊。

“这种体质头一次遭到质疑，是我十二岁的时候。”

比留子同学说，她自打降生，家人、亲戚和集团内部就开始频繁出事。由于跟警方打交道的次数实在太多，有一段时间甚至被公安盯上了。其间，渐渐有人传闻跟比留子同学待在一起就会遭遇不幸，她父母一开始并未当真，可等她上到初中，还是让她远离家中了。那好像是为了防止继承家业的两位兄长遭遇意外。不过她家毕竟富裕，并未让她一个人的生活出现什么困难。

“我第一次被卷入杀人案时，只有十四岁。当时我参加初中修学旅行，有两个人被杀了，最后查出凶手是班主任老师。从那以后，我每年都会被卷入事件两到三次，而且频率不断增加，现在基本每三个月就要见一次尸体。不仅频率增加，案件的凶恶程度也不断加剧。一起案件中往往要死好几个人。甚至有好几次，连我都差点成为受害者。

“我实在太害怕了。跟你喜欢的推理小说侦探不一样，我并没有被安排到那样的特等席位。只要走错一步，我就会变成案件的目击者、阻碍凶手作案的人、方便下手的猎物、不走运的附加伤害者，从而丢掉自己的小命。既然如此，我就只能在自己送命前查出真凶啊。”

比留子同学一口气说完这些话，语气突然变柔和了，

“不过啊，有一次我在大学里听到了‘神红的福尔摩斯’，也就是明智学长的事迹。一开始我只是想，还有那种不嫌事多的人啊。他竟然自己主动出去寻找事件，我真是难以理解。不过他的事迹并非到此为止。我还听说，那个叫明智的人有个助手。那对我来说简直如同晴天霹雳，为什么我就没有发现如此简单的事实呢？我完全没必要独自面对那些案子，要是身边有个人帮我，我活下去的概率不就更大了吗？是不是很好笑？这就是我想要你当助手的原因。这对你来说可能只有麻烦，但我竟然心生期待，觉得你这么喜欢推理，应该能接受我这种体质。最后事情就成了现在这样。真的很对不起。”

她那自嘲的告白，给我的打击甚至比锤矛还要沉重。

我一直误以为比留子同学是跟推理世界中超凡脱俗的侦探一模一样的存在。她理所当然地具备了我跟明智学长苦求而不得的天赋，显得如此耀眼，甚至让人心生忌妒。她提出把我挖走当助手时，我甚至觉得她神经有点大条。

经过这两天相处，我已经意识到，她根本不是那种人。

她会像个孩子般纯真，让我大吃一惊，又不擅长隐瞒心声，在让人意想不到的地方表露羞愧，又时常表现出她这个年龄应有的女性魅力。

说不定在她眼中，我们显得更为滑稽吧。什么推理侦探，什么密室诡计，愚蠢至极。真是太大不敬了。比留子同学通过案件面对的，可是危及自身性命的东西啊。

就像现在，她也为了从困境中求生，向谜题发起了挑战。

“让我去吧，叶村君。我们没什么时间了。”

可是，尽管如此——我也不希望她勉强自己。

几经烦恼过后，我提出一个退让方案：

“不如我们先对照全员证词，理顺昨晚发生了什么吧。现在就算去看现场，也只会陷入混乱。为避免白跑一趟，我认为首先要把握情况。”

“……嗯。”比留子同学沉默片刻后点了点头，“真不愧是神红的华生。你说得没错，我们先找大家问话吧。”

将她说服后，我暂时放下心来，同时又有种复杂的心情。

我可不是华生。

四

三楼电梯厅。我们在直至昨晚还空荡荡的地方摆上了简易桌和对应人数的椅子，围坐在一起。

二楼被丧尸占据只是时间问题，现在我们只剩下三楼和屋顶的空间。若丧尸突破东侧楼梯路障，或从三楼应急门侵入，我们就不得不从仓库逃往屋顶。因为这样，离仓库最近的电梯厅就成了我们的新据点。

立浪死后，推动对话的人成了比留子同学。由于她从房间逃出来时穿着睡衣，便借了静原的外套披在身上。

“在向大家问话之前，我想先确认一件事。昨晚我回房时，突然感到强烈的睡意，最后像晕倒一样睡着了。我一直熟睡到刚才，甚至没听见丧尸冲破逃生门拥入走廊。另外我醒来后，还感觉双手很难发力，走起路来摇摇晃晃。现在回想起来，那实在太反常了。恐怕大家都有这种感觉吧？”

众人闻言纷纷肯定了她的说法。

“对啊，我也双手无法发力，还以为自己要从绳梯上掉下去了。”

高木说完，管野也说：

“是的，昨晚我也想每小时出来巡视一次，可是稍微一合眼我就睡死了，连手机闹钟都听不到……就这样一直睡到出事。”

连静原和失眠的名张都遇到了几乎相同的状况。

“这莫非是……”

“嗯，我们被下了安眠药。”

所有人脸上都闪过紧张神色，因为那无疑表示，凶手就在我们中间。

“终于搞清楚了。我一直待在房间里，什么事都没有。也就是说，你们昨天吃的食物里被下了药。你们中间有个人是杀人魔!”

“不要乱说话!”

七宫瞪着遍布血丝、充满恐惧和愤怒的眼睛看向我们，名张立刻回击。

“那个，能听我说句话吗？”重元小心翼翼地开口道，“其实我也什么事都没有。”

高木皱起了眉：

“什么意思？难道还有没被下药的盘子？”

重元摇摇头。

“不，我只有一样东西没碰，那就是餐后咖啡。因为我平时只喝可乐，昨天端上来的咖啡我一口没喝。”

我也附议道：

“我也没喝咖啡，昨晚并没有感到奇怪的睡意。”

只见七宫一脸狐疑地看向我：

“竟然有两个人吃了饭却没喝咖啡吗？”

“其实我对咖啡过敏。”

“咖啡过敏？那是什么鬼？”

“我听说过。”护理专业的静原出言相助了，“那是一种迟发性过敏，摄取后数小时，长的时候数日才会出现身体不适。由于症状相似，很难将其与咖啡因中毒进行区别。”

“我喝绿茶或红茶都没事。当然可以验证一下，不过可能会给各位添麻烦哦。”

“不，那倒不至于。”比留子同学说，“我记得跟你在咖啡厅第一次见面时，明智学长点了咖啡，而你喝的却是奶油苏打。”

真不愧是比留子同学，连那种事都记得。

“总之，如果是咖啡被下安眠药，那就说得通了。我记得管野先生前天也冲了咖啡吧？”

“对，是冲了。”

“换言之，我们可以根据情况预料到昨天一样会有咖啡。就算没有，只要表现出想喝的样子，管野先生可能也会去冲吧。那台咖啡机是用胶囊和壶中热水冲制的机型，只要将安眠药混入热水就可以了。我们中间任何一个人都有可能在入夜前靠近咖啡机。如果把药混入其他地方，比如饮水机，那我们不一定全都会喝。所以混入咖啡是个聪明的选择。”

没想到凶手在吃晚饭时已经做好了准备。不，更重要的是，这下可以肯定凶手就在我们中间了。

“总之，虽然出现了几个例外，但凶手还是成功给我们下药，限制了夜间行动。我们先从每个人回房后的事情开始整理吧。由我先来。”

比留子同学的声音有种不容反驳的魄力。七宫开始抖腿，又不停地敲太阳穴。管野似乎在总结思绪，一下一下地点头。名张则抱住了脑袋，仿佛在抗拒现实。

“昨晚我被叶村君送回房间，因为感到强烈睡意，大概十一点半就上床睡觉了。然后我一直熟睡，没有醒来过。后来就被电话铃声惊醒了。”

“电话？”我反问道。

“是内线电话，我不知道是从哪个房间打来的，因为那部电话机上没有显示屏。总之电话应该响了很长时间。我醒来后，晃了晃沉重的脑袋拿起听筒，结果听见里面传来奇怪的声音。”

跟昨天截然不同的情况，让所有人露出了困惑表情。

“就好像那些丧尸发出的叫声。分不清男女，只听到‘呜呜’‘啊啊’的声音，持续了大约十秒后，电话挂断了。一开始我以为是恶作剧，然后才发现有人在敲门。不，那不是敲门，而是喝醉酒的人往门上撞的感觉，声音很不规则。我把耳朵贴在门上，发现走廊好像被挤满了。此时我才意识到，丧尸突破了逃生门，便马上打电话给 203 号房的管野先生。打电话时，我看了一眼时钟，记得是四点二十五分。可能管野先生还没摆脱安眠药的影响，过了好久才接电话。”

被提到名字的管野不好意思地点了点头：

“是的，因为睡得太熟，根本没听见。”

“大约过了三十秒，管野先生接了电话，我首先向他传达了丧尸进入南区的事情，随后请他确认山庄内的情况。如果丧尸已经进入休息室，那管野先生也出不去了。然后我请他在条件允许的情况下从楼上放绳梯下来，说完便挂了电话。通话时间大约有两分钟吧。”

目前看来，除凶手外，最早醒来的是比留子同学。

“接着我又给睡在隔壁的高木学姐打了电话，因为我担心她毫无防备地打开房门。学姐应该不到十秒就接了电话。”

“我当时也睡死了，没发现走廊的情况。”

“向高木学姐说明完情况后，没过一会儿管野先生等人就从七宫前辈房间把绳梯放了下来，帮助我逃离了房间。我的情况就是这样。”

接下来开口的是管野：

“昨晚最后一个离开休息室的人是我。我目送叶村先生和静原小姐走向东侧楼梯后，像平时那样巡视了二楼和三楼，随后锁上东区大门。当时电梯停在三楼。然后我回到房间，像头天晚上那样设好手机闹钟便躺下了。然而如剑崎小姐所说，我一觉睡到了她给我打电话的时辰。我记得当时是四点二十五分，通话时变成了二十六分。听到丧尸入侵的消息，挂断电话后，我小心翼翼地走出房间，发现丧尸还没进入休息室，不过立浪先生却变成了那个样子。尽管陷入慌乱，我还是确定了他的死亡，还检查了周遭情况。结果我发现，昨天锁上的东区大门竟然打开了，而原本敞开的南区大门反倒关了起来。”

确实，我们决定每天上锁的只有距离路障较近的二楼东区大门。

“那么关闭南区大门阻挡丧尸的人，就不是管野先生了？”

“我醒来时门已经关上了。不过南区大门没有上锁，只是把门关了起来，只要转动门把就能打开。”

“钥匙在哪里？”

“跟平时一样放在电视柜上。我认清情况后，慌忙锁上了南区大门。好在丧尸不知道门要拉开，救了我们一命。可是一步踏错，休息室就会被占据，把我们也困在房间里。”

我一边感慨这个情节发展着实诡异，一边认真听了下去。

“随后我做出了判断。当时只能暂时放下立浪先生的尸体不管，当务之急是解救被困在南区的剑崎小姐和高木小姐。然而尸体状况实在太惨烈，可能会给名张小姐造成巨大打击，我就没有叫醒她，而是直接去了三楼。由于没时间一个个去叫，我就一边大喊一边到电梯厅拿起绳梯，直接走向兼光先生的房间了。”

就是那时，我在房间里听见了叫声。

“接下来的行动，大家都看到了。排除因为熟睡没听见的情况，打电话到我房间来的只有剑崎小姐，没有其他可疑电话。”

接下来是高木，她基本上佐证了前面两人的发言，但有一点很奇怪。

“我昨晚在休息室与管野先生和美冬道别后，在走廊上遇到叶村，跟他说了几句话就回了房。当时我已经很困，连门卡都拿不稳了……

应该是十一点多，我就上床睡觉了，中间一次都没醒，直到最后被剑崎打来的电话吵醒。不过……接到剑崎的电话前，我感觉电话铃声响了好久。不是十秒二十秒，恐怕响了一分多钟吧。当时我脑子昏昏沉沉，没有接到电话。那阵铃声停下后，马上又有电话打进来了。我总算清醒过来接了电话，发现是剑崎打来的。剑崎，你打了好几次电话吗？”

“没有，只打了一次。”

“这样啊……总之，听到剑崎打来的电话，我看了一眼时钟，正好四点二十八分。她在电话里嘱咐我千万不要出走廊。不过听到外面的撞门声，我连靠都不想靠过去。后来就被大家救出来了，并没有其他发现。”

最重要的三个人说完，比留子同学看了看周围的人，我决定给出我的证词：

“就像刚才学姐说的那样，昨晚我送比留子同学回房后，还目送高木学姐进了房间。随后我到休息室找到静原同学，跟她一起上了三楼，说了一会儿话，最后在房间门前道了别。我没喝下安眠药，昨晚应该挺晚睡觉的。其实我也没做什么，就是无所事事地躺在床上，不太确定几点睡着了，应该是一点或一点半左右吧。早上我突然醒来，听见走廊传来管野先生的叫声。喊的好像是二楼逃生门被突破了，对吧？当时还差一点就到四点半了。”

我看向管野，他对我点了点头。

“我吓了一跳，就挂上防盗栓看了一眼走廊。当时隔壁房间的静原同学正好探头出来，跟我对上了目光。随后我们两人就跟在了管野先生后面。今早没人打电话到我房间来。”

“这样一来，凶手可能只给我和高木学姐打了电话。”

比留子同学陷入思考时，习惯性地撩起发梢扫着嘴唇，同时请静原发言。

静原的证词基本跟我一样。她受到安眠药影响，如同晕厥般睡了过去，但是被管野的叫声惊醒了。至于时间，她并没有清楚的记忆。

后来名张、重元和七宫的证词都没有提供新线索。名张一直睡到了骚动结束，重元和七宫则跟静原一样，在被管野吵醒前根本没发现二楼异常，也没接到电话。

问完话后，比留子同学提出再去凶杀现场查看一次。

“因为二楼随时都可能被占领。”

“我也一起去吧，万一丧尸冲进来就麻烦了。”

说完，管野提起了剑。

“我也去。”“……那我也一起。”“——嗯。”

意外的是，除了静原和高木，其他人都跟了过来。他们或许都受不了凶手身份不明的状态吧。

五

来到休息室，管野在南区门前摆好架势，随时准备迎击丧尸。门后依旧传来不依不饶的撞击声。

比留子同学戴上口罩，径直走向夹在电梯门中间的立浪尸体。损伤严重的头部虽然用布盖上了，可我担心她又晕过去，便尽量待在离她近的地方。

“真可怕，头部完全被破坏了。不过这很奇怪，进藤学长那次，凶手并没有下这个狠手啊。”

确实如此，为何这次要斩草除根呢？莫非咬死进藤的并不是丧尸，所以不需要这样做吗？

“你看这里。”

比留子同学指着立浪的手腕，上面残留着带状淤血痕迹，

“一定是用绳子或什么东西捆住了吧。他口部也有这个痕迹，恐怕还被堵住了嘴。”

立浪昨天还在屋顶谈论了爱情，叫我保护好比留子同学，还希望大家能够齐齐整整地在早上重聚，结果仅仅几小时后，他就成了这副样子。

“他一定是睡着时遭到了袭击吧。”

“嗯，这样一来……”

接着，我们开始调查立浪房间的门。那里已经被管家卡打开，用防盗栓顶住了。他应该因为安眠药陷入了沉眠，所以凶手只能自己闯入房间。那么，凶手究竟是怎么把门打开的？

她蹲在地上，发出一声疑惑。原来室内那一侧的门把手底下贴着一个纸巾盒。

“这一定是为了应付昨天叶村君说的铁丝开锁诡计吧。”

“嗯，很棒的主意。这样纸巾盒就会挡在中间，无法用铁丝钩到门把了。”

换言之，昨晚凶手不可能使用铁丝诡计。

“你能帮我把椅子拿过来吗？”

比留子同学又开始调查门顶端。

“这里有灰尘被扫掉的不自然痕迹。叶村君，你也来看看吧。”

她说得没错。由于不经常打扫，门顶积了一层薄灰，然而边缘那几十厘米却好像被扫过了。

“你怎么看这个？”

“应该是使用绳子卸下防盗栓的痕迹吧。凶手通过某种方法打开门锁后，又从门缝里伸进绳子挂在防盗栓上，将绳子绕至门顶，重新关门。在那个状态下，只要把绳子往旁边一拉，防盗栓就会松开了。”

“那么可以肯定，凶手就是从房门入侵的了。”

随后我们又一起把房门和周围的地面仔细检查了一遍，并没有发现其他可疑痕迹。房间里也检查过了，不过由于昏睡期间无法自由移动身体，里面找不到打斗痕迹。他常用的收录机放在进门左手边的角落里，连着电源藏在门后。

此时，一直站在屋外看我们行动的名张疑惑地说：

“你们说，现在就算凶手真的侵入了房间，还把睡着的立浪前辈控制住了，能把他拽到电梯那边的，应该只有男人吧？毕竟立浪前辈在这里是个子最高的那个，虽然体形修长，可至少也有七十公斤吧。”

这确实是十分现实的问题。推理小说中通常会忽视这种情况，可实际上，要靠自身力量搬运尸体需要一定体能。再加上休息室的地毯还起到了防滑效果，就算拖过去也要费一番功夫。

“啊，那个应该不打紧。”比留子同学竟很干脆地回答了她，随后指着地板说，“叶村君，你应该也有六十好几公斤吧，能伸长双腿坐在这里吗？”

我照她说的姿势坐下，却见她绕到了我身后。

“把人抬起来其实有一定诀窍。”

说着，她双手兜住我两侧腋下，想直接拉起来，当然，这对小个子的她来说实在太困难了。

“一般人会试图把手伸到腋下，像拥抱一样将人抬起来。但是这个动作其实很难完成。因为自己与对方的重心相差太远，并且行动者只能用腰来发力。所以，只要这样——”

我背后的比留子同学突然把胸部贴了上来。

比留子同学！你个子这么小，为何竟拥有如此“胸器”！

“尽量贴近对方，将两者重心靠近。”

她的气息吹到了我耳边。然而比留子同学丝毫不在乎我那正在经历直下型地震的纯情，还把双手从我腋下伸了出来。与刚才不同的是，她伸长手臂，让双手来到了我前方。随后，她右手弯曲，与地面平行，抓住自己左臂，有点像集体操里骑马动作的下面那半截。她的上臂贴在我双侧腋下，还用大腿紧紧夹住了我的身体。

“我要抬咯。”

一阵行云流水的动作过后，我竟被比留子同学拉得站了起来。那种感觉就像被吊车吊起来一样。

“你瞧，成功了。窍门在于不要用腰，而用双腿的力量笔直向上发力。这是古武术和看护职业经常用到的技法。就连个子最小、体形跟我差不多的静原同学也能做到。所以只要用这种方法，任何人都有可能把他拖到电梯里去。”

嗯，好厉害。虽然很厉害，但那只是在说所有人都有作案可能而已。

比留子同学应该没有恶意，然而我也很难真心诚意地为她感叹。

七宫见状，突然像打开了话匣子，滔滔不绝地说了起来：

“其实仔细一想，就知道凶手是谁了。不管是进藤那次，还是这次，我们中间都有手持管家卡的人。如果是那家伙，就能不被任何人打扰，轻易进出房门。你说对不对，名张？”

名张抬起幽鬼般深陷的双目看向七宫：

“你怀疑我是凶手？”

“没错，昨天早上你还说过，平时一直都有服用睡眠诱导剂的习惯。被混进咖啡里的，就是你的药吧？”

其实两起事件的被害人都全身布满撕咬痕迹，并非仅仅进入房间就行的单纯犯罪，然而七宫好像已经失去了深入思考的能力。

只见名张低头看着膝盖，肩膀震颤起来。我本以为那是屈辱或愤怒，然而我错了。

她突然摇乱一头长发把脸抬起来，发出划破空气的大笑：

“啊——哈哈哈哈！哈哈哈哈！”

她的笑声带着一股鬼魅气息，如同演绎狂人。连七宫都被她震住了，看着她大气都不敢出。

名张笑过一阵便转向管野，换上了平稳的语气：

“你瞧，管野先生。这不正是我害怕的情况吗？果然有蠢货要因为那张门卡把罪名强加在我头上了。”

可怜的管理人极为尴尬地对我们坦白道：

“很抱歉，我一直向大家隐瞒了一件事，实在是对不起。”

“怎么回事？”

“其实昨晚各位回房后，名张小姐来到休息室，把她的管家卡跟我的门卡换过来了。”

这回不仅是七宫，连我们都吃了一惊。

此前，管野手上的门卡是名张原来的房间，也就是现在空出来的206号房门卡。只见名张果然从口袋里掏出了印有206字样的卡。

“别怪这个人，是我请他不要告诉大家的。”

随后，名张加强了语气，仿佛要报复刚才的质疑，

“发现进藤学长被杀时，我就想到了。今后如果再发生同样的事，持有管家卡的人必定首先遭到怀疑。更何况三更半夜不可能有不在场证据，一旦被怀疑，几乎不可能澄清！所以我就瞒着所有人把管家卡还给管野先生了。”

原来如此，这样一来名张昨晚就无法进入立浪房间了。

比留子同学插话进来：

“名张同学，能把你平时服用的睡眠诱导剂给我看看吗？”

“当然可以。”

管野用管家卡打开205号房，名张很快就把药拿出来了。比留子同学看着她手上的药点点头。

“昨天用来辅助行凶的不是这种药。”

“你怎么知道？”七宫马上追问道。

“以前我参与过使用睡眠诱导剂案件的调查。”

比留子同学面不改色地迎击，

“睡眠诱导剂跟安眠药其实差不多。主要用来辅助入睡，生效时间较快的就被称为睡眠诱导剂。根据种类不同，生效时间和持续时间都会出现差异，但名张同学使用的药物被称为超快生效型，一般会开给睡眠障碍较轻微的人服用。用药后生效快，失效也快。这只是一种让人更容易入睡的药而已，应该不可能导致我们起床时感受到的眩晕和肌肉松弛作用。”

“既然如此，凶手就是管野！因为管家卡在这家伙手上。”

七宫有点破罐破摔的主张被名张一举驳回了：

“把门卡还给他是我的意思，你觉得他能预料到吗？更何况，我是因为不想遭到怀疑才把门卡还了回去，你觉得管野先生还会老实不客气地用它来行凶吗？你一直在这里吹嘘自己毫无根据的推理，可这里不是你父母的房子吗？大少爷，难道你手上就没这么一两张管家卡？听说你去年很调皮嘛。”

名张可能也听到了传闻。被她这么一回击，七宫的脸色红了又绿，爆发出一串怪鸟般的嚎叫：

“啊啊啊啊啊啊啊啊啊！去你妈的！谁要跟你们这些杀人犯待在一起！”

说完，他扑向挂在墙上的弓枪，所有人顿时紧张起来。

“你想干什么？！”

“谁也别靠近我房间，来者必死！我可警告过你们了！”

扔下这句话，他便提着弓枪冲上三楼。

六

管野低声咕哝的“……真不好意思”让现场陷入尴尬的沉默，随后比留子同学淡淡地说：“我们继续调查吧，没有时间了。”

重元也耸耸肩，说起了七宫的坏话：“反正只有一支箭，别管他就是了。一上来就选远程武器的都是外行。”

名张脸色比刚才好了一些，只见她说：

“那个人不会找高木学姐她们的麻烦吧？我去看看。”

说完，便走向了三楼。

比留子同学回到休息室，绕着桌子走了几圈寻找线索，但并没有什么发现，便回头看向管野：

“管野先生，你觉得这里有没有跟平时不一样的地方？”

管野走向端坐电视机旁的九座铜像。那是亚瑟王、大卫等九伟人的全身像，有半人高。

“其实只有一点……这几个家伙的朝向好像不同了。”

“朝向？”

“铜像的排列顺序都一样，只是我感觉脸的方向有点微妙不同。平时我都会让它们的视线对准桌子，可现在右边那两座感觉有点看向旁边了。”

我们虽然完全看不出差别，可管野因为要负责保养，接触铜像的机会更多。

“不过有可能是我看过之后有人碰过铜像，并不一定是凶手所为。”

我走向其中一座铜像，掂了掂重量。

……非常沉重。尽管只有一米高，但它恐怕得有四五十公斤重。我能勉强把它抬起来，可就算是男性，也无法把它当成武器使用。

我如实向比留子同学汇报了一番，她点头表示知道，再次走向立浪的尸体：

“还有一点很奇怪，就是这些咬痕。跟进藤学长情况一样，衣服纤维都被撕裂，有的地方甚至咬碎了骨头。”

“那凶手果然是丧尸！”重元略显兴奋地高声说，

“不一定所有丧尸都不具备智力。《活死人之地》中就有一个丧尸学会了用枪，并指挥其他丧尸与人类作战；而且只要丧尸化的原因是细菌或病毒，那么就不能否定可能有人拥有抗体或具有适应性。”

听到丧尸王的主张，管野拧起了一张脸：

“拥有人类智力的丧尸，你是说真的吗？”

“管野先生，你可别忘了！他们本来就是人类啊！那家伙一定是跟着其他丧尸一起拥进了逃生门，然后他杀了立浪前辈，又从南区门出去了。所以那道门才没有上锁。”

“那打给剑崎小姐和高木小姐的电话怎么解释？”

“就是丧尸打的！”

丧尸王的解释确实有道理。他的推理虽然超出常识，但假设真的有那种东西，这次行凶也并非不可能。

比留子同学接受了他的说法，然后开始反驳：

“对。可是尽管如此，在立浪前辈遭到杀害这件事上还是会产生矛盾。如果像你刚才所说，冲破逃生门进来的丧尸是真凶，那么它就无法给我们下安眠药。”

丧尸王沉寂了。

确实，昨天早上山庄内只有我们这几个人。如果此时咖啡机已经被混入安眠药，那么这一时间点后无论什么人使用咖啡机，都要睡过去才对。然而并没有人陷入不自然的失眠。

这样一来，下安眠药的时间应该就是晚饭前，作案人是我们中的某个人。

可恶，又是跟进藤那次一样的情况。只有人类能完成的举动与丧尸导致的杀害痕迹同时存在，难道重元说的智能丧尸跟我们这里某个人联手了?

——不过这样确实能解释很多疑点。

凶手给大家下了安眠药，入夜后将立浪带出房间，然后把智能丧尸引入逃生门。智能丧尸咬死立浪，最后只需乖乖离开休息室就可完成凶杀。

进藤那时也一样。凶手跟他从逃生门引进来的智能丧尸一起来到进藤房间，劝说进藤打开房门，然后冲入房间，让智能丧尸将他咬死，最后凶手只须留下字条就完事了。

——那怎么可能!

我脑中现实与幻想的界限正濒临崩溃。

就在此时，前往三楼查看情况的名张回来了:

“他好像真的躲到房间里去了，两个女生都没事。”

以此为契机，比留子同学拍了一下手，仿佛要转变气氛似的看了看其余四人:

“现在先别纠结诡计，还是专注于现场残留的客观事实吧。首先，立浪前辈被带离了密室状态的房间。他在电梯内被丧尸咬死了。这就是这里发生的事。先让我们暂时忘掉凶手的字条和走廊上的丧尸，这样一来，就会发现奇怪之处。”

比留子同学迅速舍弃了让我们脑子陷入混乱的因素，将问题单纯化。

“奇怪之处？”我问道。

“那就是，为什么凶手选择了电梯作为杀害现场？不管凶手是丧尸还是人，他为什么没像进藤学长那次一样，在室内将其杀害呢？”

其余三人都露出了彻底没主意的表情。

我则把脑中冒出的想法说了一遍：

“……凶手执着于让丧尸咬死自己的目标，为此，把他带出房间显得更方便。”

“没错。”她指着我说，“那么假设凶手为了让丧尸咬死立浪前辈，特意把他带出了房间。可是还有更简单的方法让丧尸咬死立浪前辈啊。

“比如先把立浪前辈捆好放到南区走廊，然后打开逃生门，自己则迅速冲进休息室躲避，同时锁上南区大门。这样一来，丧尸就只会咬到被扔在走廊的立浪前辈。顺利搞定。

“怎么样？这样其实更不费功夫吧，如果是我肯定会这么做。”

她说得确实有道理。我还是过于执着于 howdunit 的诡计，忘了考虑 whydunit，凶手为何一定要这么做。不过这个杀害方法真是太妙了，干脆命名为“比留子法”吧。

比留子同学继续道:

“尽管如此，凶手还是要将原本停在三楼的电梯放下来，再把立浪前辈推进去，这个行为一定含有重大意图。”

重大意图。用比留子同学提出的杀害方法还不够，而是要完成某种目的。

就在那时，凝视着电梯血海的比留子仿佛发现了什么:

“——糟糕。看来我还没清醒过来啊。”

说着，她走向尸体，却略显踌躇地停在了近在咫尺的地方。

“叶村君。”她的声音突然变尖了。

“啊，什么？”

“我们做个交易吧。”

真是久违了。那句话正是我们来到这里的契机。

“我要做什么？”

“我想让你移动立浪前辈的尸体，如果你愿意，我就亲你一下。”

“呃——”我发出了让人难为情的声音。

让我对尸体，而且是如此支离破碎的尸体做什么？说这种话可能对立浪不太礼貌，只是，这具尸体到处都露着不能看的东西，根本不能碰啊。电视上不也一直在说不可触碰血液吗?

“我不是让你把他搬到很远的地方，至少移动到电梯厢外面，拜托了。”

我很想帮比留子同学，她提出的奖品也极具魅力，然而这事比摸科莫多龙或狼蛛难度高太多了。

见我不敢上前，充满责任感的管理人犹犹豫豫地开口道:

“那个，不如我来吧？”

名张立刻做出了反应：

“管野先生，你竟然要骗吻，太不要脸了！”

“不、不、不是这样的。我只是想尽到身为年长者的责任。”

最后，我们三个男人把立浪抬到从他房间拿来的被子上，合力将其搬走了。当然，交易算是谈崩了。不过话说回来，名张何时对管野如此上心了？

“——那么，这样能看出什么？”

比留子同学没有走向移动过的尸体，而是靠近了变成一片血海的电梯：

“叶村君，做交易吧。”

“够了，我到底要做什么？”

我自暴自弃地问了一句，结果她又派了个难度特高的任务过来：

“我想请你走进电梯厢，把门关上。”

等等，那里面都是血，没地方下脚啊。

我只能往里面扔了张床单，含泪站了上去。为了防止电梯门彻底关上，我先在中间放了一块障碍物，然后按下关门键。电梯门缓缓关闭，碰到障碍物又打开了。

此时，我已经完全理解了比留子同学的意图。

“怎么样？”

“……几乎没有。明明墙上都是血。这就意味着——”

“杀死立浪前辈的应该是一楼那些丧尸吧？”

比留子同学的喃喃让管野等人一脸惊诧。

“到底发现什么了？”

“应该说没有发现什么——那就是血迹。请各位看看电梯前的地毯。”

比留子同学指向电梯口的地毯，除了立浪倒下的地方，周围几乎没有溅到血液。

“不太脏，对不对？所以刚才我在想，立浪前辈遭到杀害时，电梯门是否关上了。然而请叶村君进去一看，却发现电梯门内侧没有血迹。换言之，立浪前辈被杀害时，门处在敞开状态。”

重元疑惑地说：

“欸，那血应该溅到地毯上……啊，欸？”

他好像也意识到了。

“对，二楼和三楼都没有飞溅的血迹。也就是说，立浪前辈是在一楼遭到了杀害。”

管野等人脸上顿时失去血色，纷纷提出否定：

“那要怎么操作，难道凶手一起乘电梯下去了？”

“太乱来了，凶手也会遭到丧尸袭击啊。”

不过，我倒是稍微理解了她的意思：

“如果只让电梯往返，凶手其实没必要进去。只要把立浪前辈放进去，在里面按下一楼按钮，凶手就能走出来看着电梯下楼。然后，只要随便按一个上楼或者下楼，把电梯叫回来就好了。”

这样凶手就无须乘坐电梯，可以只把立浪交给一楼那些丧尸。但这里有个问题，名张也指了出来：

“那个想法挺不错，但非常危险。如果电梯门在丧尸围着立浪前辈的瞬间关上了，那不就连丧尸也跑上来了吗？”

没错，丧尸不会像纸巾盒那样一直卡着门，万一正好都进去了，电梯门就会关上，直到上楼前都不会开启。这样一来，等在二楼的凶手也会陷入危险。既然如此，还不如放弃如此麻烦的手段，直接用“比留子法”将其杀死即可。

“更何况，如果凶手使用了这个方法，那将丧尸引入逃生门又有什么意义呢？莫非他想杀死比留子同学和高木学姐吗？”

“我感觉应该不是。多亏凶手特意打来的电话，我们才得救了。单纯考虑下来，应该是逃生门正巧被突破，或者走廊上有什么不能让人看见的东西……这个问题也只能暂时搁置了。”

她说的是搁置，也就是说，不打算放弃。

我的心仿佛又多了一块大石，变得越发沉重了。

七

接下来，比留子经管野同意后，走进了他的203号房。

我在旁边看着，正奇怪她要干什么，却见她拿起了电话听筒。

“管野先生，这部电话机有重拨功能吗？”她问。

“只要按右下角的小按键，就能打到最近联系过的房间。”

听了管野的回答，她点点头，然后看向我：

“叶村君，我想麻烦你到三楼去，就是高木学姐顶上，以前分给下松学姐的302号房。”

“啊，你是要我听高木学姐房间的电话会不会响吗？”

“回答正确。我一分钟后拨过去，麻烦你了。”

高木的202号房已经被丧尸包围，无法进入，我们只能从顶上的302号房探听动静。来到三楼，只见高木和静原正在电梯厅闲坐，见我出现也跟了过来。

“这回要干什么？”

“测试回拨功能。”

我走进七宫房间隔壁，把高木拽上来的302号房，然后走上阳台。雨停了，天终于亮了起来。对，现在还是清晨六点多。

我对两人解释了接下来要做的实验：

“今天早上，比留子同学和高木学姐接到了疑似凶手打来的可疑电话。假设凶手只给两位打过电话，那他使用的电话机上应该留有高木学姐或比留子同学的拨号记录。比留子同学打算利用这个，调查凶手究竟是从哪个房间打的电话。”

一分钟差不多该到了。我从阳台探出身子，仔细倾听楼下发出的声音。可无论我等多久，都没听到电话铃声。换言之，管野的电话没有用来拨过那个房间的号码。

我顺便又试了试302号房的电话，楼下还是没有声音，也没人接电话。应该是打到一楼前台之类的地方去了。

“不过啊——”高木走出房间说，“电话机上也有可能留着很久以前的拨号记录吧。就算真的打到了我房间去，也无法证明那是刚拨过去的呀。”

她说得确实有道理。然而现在手机如此普及，就算找其他房间的朋友有事，也几乎用不上内线电话。顶多会用来联系前台吧。要是检查过所有房间只有一部电话能拨通，那凶手使用那部电话的可能性应该相当高。

对，一个搞不好——错了，如果顺利的话，这次调查说不定能确定凶手身份。不知何时，我背上已经满是汗水。

回到二楼，我向比留子同学汇报测试不成功的消息，然后我们换了房间不断重复实验。我被要求在 302 号房等待，直到听见电话铃声。大约十分钟后——

楼下高木的房间传来微弱的铃声，我赶紧跑下二楼，发现比留子同学等人正在 206 号房，也就是一开始分给名张的东区空房间。

“打通了！”

听到我的报告，名张脸色一下就变了。

“这不是我一开始住的房间吗？太奇怪了。我第一天刚到达这里，发现墙上时钟没电，马上用这部电话打给了前台呀。对吧，管野先生？”

“对，我确实接到电话，把电池更换了。”

这样一来，重拨若没有打到前台，就绝对有问题。出于意想不到的巧合，证实这个拨号发生在第一天之后，也就是说，电话几小时前被凶手使用过的嫌疑更大了。

“最后只要给前台之类的地方随便打个电话就能抹掉通话记录了，难道凶手没有考虑到重拨功能吗？”

我的疑问让比留子同学面露难色。

“这很难说啊。有可能凶手觉得反正不是自己房间，就算暴露了也无所谓。也有可能他当时并没有考虑这些的余地。”

“余地？”

“丧尸突破逃生门，对凶手来说也可能是突发事件。凶手想极力避免被自己下药睡着的我和高木学姐成为牺牲品，所以就到最近的空房间 206 号房拨打电话，以期引起我的注意。然而我一发现异变，就迅速联系众人展开行动。凶手为了从 206 号房回到自己房间，同时不被任何人发现，也就没有余地去考虑回拨功能了。”

我也感觉那样确实能说通。

“那个……剑崎同学。”

名张吞吞吐吐地说，

“我把管家卡还给管野先生……是不是让他陷入了尴尬局面？因为那样他就能自由进出立浪前辈的房间。”

说完，她开始打量我们的脸色。她本来是为了避免怀疑，才把管家卡还给管野。但她现在可能很担心这个举动会让他遭到怀疑。

“关于你说的这点，目前我觉得，管野先生是凶手的可能性极低。”

“真的吗？”

管野本人吃惊地提高了音量。看来他已经做好了遭到怀疑的准备。

“尽管只是估算，不过将时间线整理一遍，就会发现他有不在场证据。高木学姐刚才做出证言，她在接到我打的电话前，电话机曾经连续响了一分多钟。假设那是凶手打的电话，并在此基础上对时间进行梳理，就能得出以下流程：

“一、凶手给我打电话。

“二、我给管野先生打电话。说明情况外加请求救援，至少花了两分钟时间。

“三、其后，我马上给高木学姐打电话。她不到十秒就接了。

“四、但是高木学姐在此之前曾经听到凶手打来的一分多钟电话铃声。”

果真如此。凶手在206号房给高木打一分多钟电话的时间里，管野应该正在跟比留子同学通话。管野房间的电话听筒不可能一直拉到206号房，就算可能，万一高木接了凶手打过去的电话，他就不得不同时跟两个人通话了。虽然仅有几十秒时间，但管野确实拥有正在通电话的不在场证据。

“既然管野先生的嫌疑被打消，那就没事了。”

名张也换上了松了一口气的表情，

“顺带一提，虽然这种话自己说感觉不太好，不过，当时正在跟管野先生通话的我也就有了同样的不在场证据。”

此时，我又想到另一个可能拥有不在场证据的人：

“既然如此，高木学姐也能摆脱嫌疑了吧？因为凶手使用206号房电话时，南区走廊已经被丧尸占据了，这样她无法回到房间啊。”

“其实也不能这么说。”

比留子同学为难地摇了摇头，

“打到她房间响了一分多钟的电话可以是谎言，这个拨号记录也有可能是圈套。比如，杀害立浪前辈后，高木同学可以从206号房拨通自己房间的电话，留下拨号记录。然后打开逃生门引入丧尸，再跑进自己房间躲避。最后，只要用自己房间的电话给我拨打可疑电话就好了。”

对高木说谎的说法，我忍不住反驳回去：

“如果高木学姐的证词有假，那管野先生的不在场证据也就不成立了呀。”

“假设如此，那管野先生就无法留下拨号记录。因为他无法预料高木学姐会说谎。”

我毫无反击之词。这个不在场证据本来就是因比留子同学碰巧给高木和管野打了电话才得以成立，因为不存在人为操作的可能性，才值得相信。

高木一脸不太懂地挠着头：

“好复杂啊!总而言之，我还是犯罪嫌疑人啦？”

“对。因为南区大门的钥匙放在电视柜上，若南区大门上锁了，就证明凶手在休息室一侧锁了门，高木学姐也就能大手一挥坚持自己的清白了。”

原来如此，只因为一扇门没上锁，她就无法摆脱嫌疑。搞不好凶手也知道这个，才故意把锁打开了。

“但是——”比留子同学继续道，“我认为高木学姐是凶手的可能性应该很低。因为管野先生和我的不在场证据之所以成立，多亏了高木学姐那句‘接到剑崎的电话前，有个可疑电话响了一分多钟’。我觉得，高木学姐不会专门编造让我们处在有利地位，反而对自己没什么好处的谎言。”

确实，刚才在电梯厅询问所有人今早的行动时，高木是在比留子同学和管野之后发言的。如果她是凶手，应该能利用这个顺序编造出有利于自己的证词。

总而言之，现在假设凶手使用过 206 号房的电话，于是我们便在周围找起了线索。

“快看！”走上阳台的重元大声说，“那不是紫湛庄的浴衣吗？”

他手指着阳台正下方，只见丧尸群集的地面上，露出了看似白色的布。虽然被踩在丧尸脚下难以分辨，但好像不止一件。

“为什么会在那种地方？”

“应该是凶手干的。他一定事先换上了浴衣，为了将立浪前辈的尸体从电梯拽出来，或防止殴打头部时溅到血液。只要做个 DNA 鉴定，就能查出是谁穿过那件衣服，只是现在无法将浴衣搞回来啊。”比留子同学推测道。

除此之外，我们再没有值得一提的发现，只得结束现场勘验。

回到休息室，南区大门另一头依旧不断传来凌乱的撞击声，但好像尚能支撑住。保险起见，我们离开休息室时，把东区大门也上了锁。

八

回到三楼，比留子同学提出想再看一遍进藤住的 305 号房。

我们向管野借来管家卡，里面冷气依旧很足，像冬天一样冷。多亏如此，尸体腐烂似乎被延缓了一些，但里面令人窒息的血腥气却无从消散。

“咦？”

我很快便知道了比留子同学那声疑问的理由，因为书桌上的台灯一直开着。

“是我们昨天忘了关吗？”

“是吧，昨晚我在房间里也看见了这里的亮光。我想是因为床头柜没有连接此处的开关，所以才漏了。”

我走向书桌，关掉了位于镜子下方的开关。

“叶村君房间能看到305号房？”

“从这里看过去，左边斜前方最边上就是我的房间，前面那间是静原同学的。”

我绕过粘在地毯上的血迹和肉块走到床边，指着斜前方静原的房间说。

“嗯……”

比留子同学卷着自己的头发玩了一会儿，又重新开始勘查室内。我默契地走向阳台，检查扶手上是否残留痕迹，是否存在爬到屋顶或其他房间的落脚点，但并无收获。

比留子同学又像刚才那样检查了房门上堆积的灰尘，但似乎没有发现任何使用工具的痕迹。

“话说回来，当时阳台窗户开着，进藤学长向外倒下，是不是说他企图向外面逃跑呢？”

“对啊，换言之，丧尸就是从门的方向，也就是走廊进来的。然而我却一点痕迹都找不到……”

“还有一件事我一直很在意，他拿进来的剑就立在门边墙上。也就是说，进藤学长对凶手毫无戒心。”

“那突破密室的果然就是我们中的某个人……”

比留子同学用手指绕着长发沉吟片刻，然后对我招招手：

“叶村君，头！”

“啊？”

“我的头发摸起来不是那种感觉，让我揉揉你的头？”

“呃，不要啦，好羞耻。”

“我们做个交易吧，你躺到床上去，我膝盖给你枕。”

“等会儿，床上都是血啊！”

就算没有血，我也不会躺上去。

连膝枕交易都失败的比留子同学被彻底激怒了，她泄愤似的用力扯开满是血点子的被子。我们昨天已经确认过里面没有东西。

“——欸？”

她发出了困惑的声音。

比留子同学盯着被子内侧，也就是一直贴着床的那面。

“这上面有血。”

正如她所说，上面有一块血色污渍。但那与表面的飞溅痕迹不同，反倒像伤口蹭到留下的痕迹。

比留子同学很快将被子翻过来看了一眼表面，当然那一面也有血。

“太奇怪了，为什么被子两面同时沾上了血？”

我们对比了两侧血迹，附着位置并不对应。看来那不是表面血液渗进去的痕迹。莫非进藤曾经把被子扔向丧尸，试图当挡箭牌使？不，被子一开始就铺在床上，并没有极端凌乱的痕迹。

“这到底——”

我转过头想征求意见，却发现比留子同学瞪大眼睛一动不动。

她目光的焦点不在手中的被子，而是集中在远处。

“比留子同学？”

“原来是这样。这样一来，它跟我感到的异样也对上号了。原来感到异样才正常。”

比留子同学有点兴奋地说了起来，

“我也真是说不了别人什么，原来这种异样感应该格外重视才对啊。我思考时应该把视野再拓宽一些才对。”

“你发现什么了吧？”

“关于进藤被杀害事件，我已经有所发现。接下来只剩下立浪被杀害事件，不过在此之前——”她转向我，“你带手机了吗？我的没电了。”

“有是有，不过没信号哦。”

我交出手机，比留子同学摇了摇头：

“不对，我想拍照。”

原来如此。于是我对准被子上的血迹按了快门。

“我还想请你拍张别的照片。”

“可以啊，哪里？”

“——包里。”

九

外面又下起了淅淅沥沥的小雨，我们在三楼有限的空间里打发时间。由于大家都很注意节约用水，蓄水罐里还剩不少，现在问题是食物。我们把休息室里能搬的都搬上来了，可是若要应付一日三餐，这些食物不到两天就要见底。来这里的第一天，比留子同学预计丧尸肉体腐烂的时间不到一周，可现在连一半都没过去，重元认为可能还要更多时间，所以不得不说，等待丧尸自生自灭的希望非常渺茫。

加之生活空间也很成问题。由于人数已经多于能用的房间，现在除七宫和进藤的房间，所有房间全都用防盗栓撑住，保持在自由进出的状态。尽管如此，一楼和二楼大部分区域已被占据，我们几乎要被逼到连屋顶都没有的天台上，这个事实还是给我们造成了极大压力。

而且在这有限的空间内，还潜伏着杀了两个人的凶手。

不过剩余成员看起来都格外平静。除躲在房间的七宫以外，没有人自暴自弃，公开质疑所有人。那一定是因为丧尸这个绝对劲敌的存在吧。所有人都知道，一旦落单绝对无法逃脱骇人的“尸者”。

食物危机、丧尸和杀人犯，几道浪涛彼此消弭，使我们得以维持异常的平静。虽然我们都知道，这只是暴风雨前短暂的平静。

度过漫长的上午，终于来到中午时分。

“喂，上新闻了！”

重元从房间里探头出来大叫一声。除七宫以外的七个人全都挤到了房间电视机前。

画面上显示着短短几天就跃居日本关注度榜首的地名，除娑可安以外，还可看见“杀人病毒恐怖袭击”“爆发性感染嫌疑”等露骨而具有冲击性的文字。图像是一排长桌，以及被长枪短炮和闪光灯包围的男人。最中心是官房长官。既然由他出面亲自说明情况，可见这个新闻有多重要。

“一到正午就出现了。”重元飞快地说，“所有电视台都在播这个。”

秃顶的官房长官对着稿件，用政治家特有的冗长委婉措辞介绍了事件概要和现状。这场节奏缓慢的新闻发布会把正处在事件最中心的我们几个急得脑子都要沸腾，最后得到的新情况如下：

目前怀疑凶手是最近被列入公安监视对象的某大学准教授及数名同伙。他们潜入萨贝亚摇滚音乐节会场，将某种未知病毒散播开来。该病毒感染力极强，一经感染，毫无例外会致死，同时令感染者陷入某种错乱状态（官方果然不至于使用丧尸这种说法）。目前娑可安湖周边已经确认了超过一千名感染者。

恐怕光是紫湛庄周围就聚集了超过五百个丧尸，那个摇滚音乐节每年都有数万人参加，因此新闻上说的数字很可疑。

但不管怎么说，这也是政府头一次公开承认了这起类似生化危机的恐怖袭击事件。

官房长官又一本正经地说，为防止信息混乱，目前娑可安湖周边实施了通信管制，感染者的隔离也已完成，情况已经得到控制。

白痴，那你们赶紧把这里的丧尸赶走啊。

造成灾难的杀人病毒目前正由感染症研究所和理化学研究所带领专家组进行解析。

“针对被困在封锁地区内的人士，自卫队将依次展开救援。请封锁地区内的人士寻找安全建筑物躲避，冷静等待救援，同时注意不可让感染者的血液等体液接触眼、口部位。一旦附着请迅速冲洗，并向警方或消防机关申报。”

高木已经出离愤怒，无可奈何了。

“等有什么用？救援队那些蠢货的速度还赶不上丧尸。”

“而且跟政府不同，丧尸还很积极呢。”连静原也吐露不满了。

接着，镜头打向研究机关高层人士，他们开始说明目前对病毒的见解，中间冒出很多晦涩难懂的专业词汇，但最让我关心的是这个：

“病毒经皮肤或黏膜传染后，通常要三到五小时才会出现脑功能被破坏导致的错乱状态。”

“脑功能被破坏。看来重元同学的推论很正确呢。”

被比留子同学夸奖，丧尸专家咧嘴笑了起来，看来很是受用。

“那也只是直觉而已。”

发布会持续了一小时左右，唯一有用的信息就是，当地蚊虫吸了感染者的血会被毒死，因此无须担心媒介传染。

画面切换到各电视台的主持人和记者，就在这时，管野站了起来：

“总之，现在我们知道可能得到救援，不如到屋顶上画个 sos，以期救援队尽早发现吧。有人愿意来帮忙吗？”

“我跟你去。有涂料吗？”

“仓库里应该剩了一些油漆。”

重元似乎打算继续追踪新闻。

于是，我与管野两人来到了不断洒落烟雨的铅灰色天空下。

十

“这样总算能结束了。”

管野弓着腰，在尽量拭去水汽的水泥地面上涂抹油漆，中途叹息一声，

“我负责管理这座山庄，却让将近半数人死去了。现在至少要让剩下的人全都获救才行。”

“这不是管野先生的错，毕竟连政府都应付不了这个事态。”

我一边涂抹歪歪斜斜的 s，一边安慰管理人。此时我突然想，他面对这起连续杀人案，态度未免过于冷静了吧。我们这些参加集训的人，多少都能猜到进藤和立浪被杀的理由，七宫则更不必说了。

然而管野这个老好人去年秋天才来到这里，应该不清楚那些背景。自己的邻人被莫名残杀，真的能如此冷静吗?

想着想着，我听见管野一边涂油漆一边喃喃道:

“——我真不希望立浪先生死。”

“你们关系很好吗？”

“不，这回我也是头一次见他。我来这里工作后，兼光先生来过好几次，立浪先生与出目先生好像只有夏天会一起来。可是——他们之所以被杀，恐怕是因为去年的集训吧？”

原来他知道啊。我转过头去，他仿佛辩解一般说道:

“因为兼光先生每次来都会带一位女士，所以我猜想，他们应该也差不多吧。”

“莫非之前那位管理人辞职也是因为去年的集训？”

管野摇摇头：

“单纯因为兼光先生经常向他提无理取闹的要求。比如突然要他取消其他客人的预约，空出一间房来，或是立刻点比萨外卖到这个偏僻的地方来。这些小事累积起来，就让他决定辞职了。关于去年那件事，我只听说是跟女性有关的矛盾。”

管野直起身子，一边查看o的效果一边继续道，

“不过有一次，兼光先生趁着酒醉对女性朋友说了些话，让我给听到了。他说，立浪先生之所以频繁对女性出手，却从来不能持久，是因为他有恋母情结。”

“恋母情结？”

“听说立浪先生上小学时，他的父母就离婚了。原因是母亲出轨，他是被父亲带大的。而实际上，他母亲好像已经不止一次出轨了。”

原来如此，所以他才会对女性怀有那种扭曲的想法啊。我想到这里，却听到管野还有话说：

“几年后，他父亲因为一起奇怪的事故去世，于是他又被母亲领走——结果没过多久，他母亲被逮捕了。”

“——为什么？”

“原来他父亲的事故是母亲和出轨对象刻意安排的。杀死他父亲，保险金和遗产就会由儿子立浪先生继承，然后只须领养年轻的立浪先生，他们就能拿到那笔钱了。据说，当时他母亲背负了巨额债务。”

受不了——这段往事实在太让人痛心了。

我回忆起立浪昨天在这里说的话：

“刚认识那段时间固然很快乐，只是越熟悉对方，就越疑惑我们

是否真的互相喜欢，然后越来越难以相信对方。一旦分手了，更是觉得之前的一切都是欺瞒。”

当时，立浪心里或许在诅咒来自母亲的那部分血统。

为否定母亲而去向女性寻求爱情，最后却将母亲重叠在对方身上，因此产生抗拒——简直就像没有正反面的莫比乌斯环。

SOS。

或许，他一直在那端整的面具之下向别人求救。

“尽管他的行为引发了许多矛盾……可我还是希望他能活下来。”

没错，我也没法真心讨厌他。

自从那年小学放学，我跟班上那帮男生带着莫名兴奋跑到操场上涂鸦，被老师痛骂一顿以后，我就没有画过这么大的 SOS。想必，今后也不会出现这种机会了。

虽说是夏天，但被细雨淋湿的身体还是很容易着凉。我很想洗个澡暖和暖和，但必须珍惜仅剩的水，如此想着，我们走下了天台。

走出仓库，我接到了电梯厅里女性成员的问候。但比留子同学不在这里。她和高木没有房间可回，刚才应该一直都在这里。我猜她又去查看现场了，便回到被防盗栓撑住门的房间，结果却看见了她。

“辛苦了，都淋湿了吧。”她递给我一块毛巾。

我接过毛巾，心里略微吃了一惊。毛巾是热的，莫非是她先用吹风机吹热了？

换件 T 恤吧。原本打算三天两晚，可能室外活动也很多，我就多准备了换洗衣物，因此现在还剩几件干净的。

“不如我出去吧？”

“不用了。”

我没让深谙礼数的比留子同学有机会争辩，瞬间就换掉了被淋湿的上衣。

“那么请到这边来。”

她又让我坐到书桌前的椅子上，然后拿起吹风机为我吹起了头发。真是太周到了，参与劳动真是太好了。

吹风机的嗡嗡声和指尖的温柔触感掠过头皮，头发一下就吹干了。但是比留子同学关掉吹风机后，依旧把手指留在我的发间，低声喃喃道：

“没时间了呢。”

三楼要被丧尸袭击了？

不，不对。我得学会读懂她的想法。比留子同学是那个活到最后，为了拯救所有人而解开谜题的人。立浪尸体上的字条写了什么来着？

“还有一个人。必定上门享用。”

刚才的新闻让我们得到救助的可能性变大了，凶手必定会趁外部人员开始调查前，想方设法杀害最后的目标。比留子同学怕的就是那个。

“我们都快被丧尸逼上绝路了，凶手还要坚持实施计划吗？”

“……不知道呢。不过疑似目标的七宫前辈彻底躲在了房间里，我们又在外面看着。可以肯定的是，凶手想出手并没有那么容易。更何况，入夜前我们有可能获得援助啊。只是，凶手被卷入这种紧急事态之后，依旧连续实施了杀人计划，我觉得他不会轻易放弃。”

比留子同学梳理头发的动作，不知不觉变成了好似享受头发触感的官能举动，她的指尖轻轻抚弄头皮，让我感觉是不是下一刻就要溜进头盖骨里去了。我不得不拼命忍住背后通电的感觉。

“可是怎么说呢。我既能感到他对目标的强烈憎恨，又能从打给我们通知危险的电话中感到人情味。本来，我对凶手来说应该是阻碍才对。莫非是迷惘？不，不对。凶手心中怀有高度理性，他能区分自己要杀的人，以及就算为了达到目的也不能胡乱下手的人。然而与此同时，他又对自己的目标无比残酷。这就好像……”

此时，她似乎总算注意到我凌乱的头发了。比留子同学“哇”了一声，开始帮我整理头发。

“抱歉抱歉，好像别人的头发更能让我集中精神。”

“没什么。对了，关于凶手的行凶动机——”

我把高木告诉我的去年集训之事说了出来，也就是三个前辈都与影研女部员发生问题的事。出目夜袭失败，其他两人虽然走到了交往阶段，最终却分手了。这件事导致一个人退学，另一个人失去了生命。

“进藤学长知道去年发生过那样的矛盾，今年依旧搞了这个活动，所以有理由被憎恨啊。”

“也对。另外，凶手使用‘祭品’‘享用’这些字眼，有可能是为了表达对男性玩弄女性的愤怒。假设真的这样，那最后一人当然就是七宫前辈了。”

等等，比留子同学，你手指头又出现莫名举动了。

“不过这样想来，又会出现新的疑问。七宫前辈对他人怀有强烈戒心，从一开始就躲在自己房间里。要是再用‘还有一个人’来吓唬他，那他肯定更不会出来了呀。这种情况下，侦探小说里会如何发展？”

“七宫前辈会留下自己就是凶手的自白遗书，然后自杀。当然，那也是真凶所为。”

“原来如此，果然有趣。不过这次可能不太可行。他昨天中午以后就没在休息室露过脸，因为没机会下安眠药，所以不可能是真凶。不过先不说这个，其实我在犹豫到底该让七宫前辈如何行动。我感觉留他一个人在房间里太危险了，又感觉现在所有成员时刻都在监视，他躲在房间里反倒会更安全。”

这么说虽然很不好，但其实这在推理小说中又是一种特殊发展。

一般的封闭空间杀人案，往往不知道谁是下一个牺牲者，导致登场人物都陷入疑神疑鬼的状态。这次虽然不确定，但我们基本都认为下一个人是七宫，他本人似乎也这么想。然而正因为七宫有想法，才会把自己武装起来躲到房间里，可是凶手又要趁救援到来前实施杀害，双方一定都坐立不安。

就在此时，我突然想起了比留子同学的特殊体质：

“若不想被凶手敌视，还是别管七宫前辈比较好吧？”

可比留子同学却斩钉截铁地否定了我的提议：“那可不行。”

果然是个认真负责的人啊！我忍不住感慨道。

“我们面临的最大威胁是丧尸。为了在这个越来越严峻的状况下生存，他也是非常宝贵的战斗力，怎么能让他死了呢？”

她又补充了淡漠而正确的观点。原来如此，这就是比留子主义吗?

“不过话说回来，一旦出什么事，这间308号房肯定首当其冲啊。”

她总算放开了我的脑袋，坐在床上说，

“这里离楼梯最近，又离屋顶最远。我可不想再用一次绳梯。那东西真应该设计成更方便实用的款式，否则摇摇晃晃的容易踩空，又要用到平时不用的肌肉，简直太累人了。”

“天台没有扶手，可能挂不住绳梯哦。”

“那万一我们被关在这里怎么办？”

“不知道。这里又没有绳索，只能请他们把床单系成绳子垂下来了。”

“那不比绳梯更难爬吗？算了，反正我会要你背上去。”

“超重啦。”

我随口说了回去，但比留子同学并没有回应。

我感到背后冷汗直冒。不好，对女性谈论体重是禁忌吧?

可是比留子同学突然站起来说：“对，就是这个。”

“等等，你要到哪儿去？”

“休息室!你果然是最棒的!”

十一

找管野借来区域间隔门的钥匙，我们来到二楼休息室。我感觉这里血腥味比早上更重了，忍不住捂住口鼻。口罩，口罩。

“比留子同学，你看门。”

我指着把丧尸阻隔在外的南区大门说。从今早开始，那扇门一直遭受丧尸冲撞，已经开始吱嘎作响。这样下去随时都可能被撞坏。

“没时间了，我们抓紧吧。”

比留子同学打开照明，我还以为她要检查电梯，没想到她却认真打量起了电视机两侧的一米高九伟人铜像。我仗剑站在她与门之间，时刻准备对付拥进来的丧尸。

也不知是不是错觉，大门晃动的声音好像越来越大了。我环视休息室，却找不到任何可用作阻拦的家具。这样下去太危险了，我想尽快离开这里，却不能打断比留子同学的调查。她到休息室来肯定有什么目的，在此之前我必须尽量拖延时间。

漫长得仿佛永恒的几分钟过后，我听到有人叫我：

“你能拍张照片吗？”

“拍铜像？”

“拍脚下。”

我仔细一看，发现铜像靠近地面的部分附着着一点红黑色痕迹。为防止漏拍细节，我不断变换角度拍了好几张。

“——那是血吗？为什么会在这种地方？”

“这就是杀害立浪前辈诡计的关键。”

她这句话来得太突然、太干脆，让我险些跟不上节奏。

“——啊，那你找到杀害立浪前辈的方法了？”

“嗯，这样一来，基本上可以完全复原出这种状况。不过我还是不明白，凶手为什么选择这个方法？”

比留子同学似乎还在纠结 whydunit。

就在此时。

咔嚓！

旁边传来木片剥落的声音，阻挡丧尸的大门朝里倾斜了几分。裂开的缝隙里，可以看到浑身血污的丧尸。

糟糕！从门的角度看，我们处在休息室最深处。这样恐怕来不及逃走。我刚做出判断，便朝丧尸群举起了剑。

“比留子同学！快逃！”

我用力砸向从门后探出半个身子的丧尸头部，但力道太浅了。那个头盖骨塌陷的丧尸朝这边伸出了指甲剥落的双手。

“可恶，浑蛋！”

下一个斩击，总算把当头那个丧尸打倒了。然而第三个、第四个丧尸陆续挤进了休息室。真正对上手，我才见识了团体这种原始又终极的暴力形态。刚打倒一个，下一个已经围过来了。

“叶村君！”

比留子同学连连后退，我也一边驱赶丧尸，一边逃出了休息室。

可就在我们关上东区大门的前一刻，丧尸手指卡在了门缝里。另一头传来的猛烈压力险些把小个子的比留子同学撞飞，我慌忙撞向门板，好不容易把门顶了回去，却因为丧尸手指卡在中间无法把门关上。我们两个人只能勉强撑住大门。

“快来人啊！帮帮忙！”

听到声音，高木、静原和名张拿着武器从三楼跑了下来。

“怎么回事？！”

看到隔着一扇大门的死斗，名张尖声叫道。

敌人的力量瞬时占了上风，门缝开到两拳宽，一个丧尸把头挤了过来。高木见状大喊一声：

“出、出目——！”

我感到全身汗毛直竖，因为我也看到了那张脸。

那就是在试胆大会上失踪的出目。虽然他左半边脸被咬掉一大块，但仿佛鱼类的面孔和发型绝不可能认错。目光失焦的出目口吐白沫，死死盯着我们。

“呀啊啊啊啊——！”

静原气势十足地大喊一声，从吓得浑身僵硬的我们背后挥舞长枪冲了上来。那一击完美贯穿出目右眼，把他推回了休息室内。高木等人回过神来上前帮忙，我们好不容易把门关上，然后上了锁。

“谢、谢谢你。得救了。”

静原盯着沾血的枪尖软倒在地，我和比留子同学则靠在墙上调整呼吸。

“那个人果然变成了丧尸，连我们都认不出来了……”

名张的声音在颤抖。尽管她对出目应该没什么好印象，只是目睹了他那非人的面孔，恐怕难免心生怜悯。

明智学长是否也成了那副样子呢？说不定他也早已失去自我，连我都认不出来，正在山庄周围漫无目的地游荡。

若他出现在我面前，我，能否把他杀死呢——？

十二

我们虽然勉强逃脱了新一轮丧尸入侵，在精神方面却被逼上了绝路。原因在于象征休憩的休息室被攻陷，随后又目睹了完全沦为丧尸模样的同伴。两者足以将绝望深深镌刻在我们心中。

管野和重元正在房间里看电视，并未察觉二楼骚动，但听到消息后，两人都忍不住发出了沉重的叹息。

我看着众人筋疲力尽的面孔，心中突然冒出疑问。话说回来，出目虽然全身是伤，但从脸却足够辨认出他是谁。其他丧尸也一样，受伤程度虽然各有不同，但并没有哪个认不出长相。

那么，为何只有进藤的脸被咬成那个样子呢？莫非袭击他的并非丧尸，而是持有某种明确目的的活人？

下午两点，七个人集中在电梯厅，慢吞吞地嚼着已经吃腻的应急食品。

没有人还能保持交谈的热情。

“七宫前辈还是不愿意出来吗？”

比留子同学仿佛突然想起什么，看了看周围的人。管野点点头：

“上午我跟重元先生去叫过，可他丝毫不理睬。”

“应该说，他直接威胁我们，谁敢开门就射死谁。说不定他一直端着弓枪坐在里面。他还把电话线拔了，打都打不通，看来是真的打算在房间里躲到救援到来那一刻。”重元耸耸肩说。

“随他去呗。”高木恶狠狠地说，“我们主动关心他，万一被箭射到就太亏了。干脆让他自己待着。”

她话音落下，我们又陷入了尴尬的沉默。

重元的可乐好像喝完了，正在一脸不爽地喝速溶咖啡；高木抱着双臂靠在椅背上闭目养神；静原则盯着纸杯里面一动不动；名张一言不发，看起来比所有人都憔悴。

我看了一眼比留子同学。她究竟有多接近真相？究竟带着什么心情看着他们的脸？

“现在听不到那个音乐，感觉好像少了点什么呢。”

管野说的应该是立浪之前放的摇滚乐吧，

“以前觉得它太吵，现在突然安静下来，反倒有点不习惯。”

几个人略显踌躇地点了点头，随后重元又低声喃喃道：

“哦，你是说布鲁斯·斯普林斯汀啊。”

我抬起头。他竟知道那位艺术家的名字，让我感到有些意外：

“你知道那个人吗？”

“只是稍有了解。他放的曲子里有一首《渴求的心》，曾经被用在丧尸电影里。”

高木和静原突然向我射来“别让这家伙谈论丧尸话题”的视线。等等啊，刚才那种情况无论怎么想都是不可抗力吧。

丧尸大师对此毫无察觉，把讲义继续了下去。

“那部电影叫《血肉之躯》，要看吗？”

说着，他已经从包里拿出了笔记本电脑和 DVD。

“这种时候看丧尸电影？放过我们吧。”名张谴责道。

“没关系，这不是惊悚片，里面也有很多恋爱喜剧元素。”

在重元的劝说下，我们围坐在小小的屏幕旁。

电影讲了一个变成丧尸的青年与人类少女谈恋爱。他在感情驱使下将少女抢到了自己住处，可因为是死人，无法与她交流。后来，少女逃离他的藏身之处，被其他丧尸袭击，他挺身而出保护了她，两人因此心意相通。接下来的场景是青年拿出自己收藏的光碟，跟少女一起倾听。那个场景使用了我们都听过的曲子。通过字幕，我第一次了解了已经反复听过好多次的歌词的意思。

歌唱心中空虚的歌词，仿佛讲述着立浪的生活。

屏幕上的两人一定得到了美好的结局，然而立浪——

算了，现在想这些也没用。

故事进入转折点时，重元开口了：

“啊，说起收录机，你们昨天傍晚有没有听到音乐很不自然地停了一回？”

“停了一回？”我一点都不记得了。

“就短短几秒钟。然后又从第一首曲子开始播了。当时管野先生正好来收垃圾，跟我在房间里聊起了电影。对吧，管野先生？”

管野接过话头，很干脆地肯定了他的说法：

“嗯，确实停过一次。一定是他想换首曲子，最后又决定不换了吧。”

只见比留子同学加强语气问道：

“当时大概几点？”

“准确时间……我也说不清楚，因为没看钟。”

“我知道，当时正好看完一张九十分钟的 DVD。我三点钟开始看，所以应该是四点半。中间我没有快进，而且这部片子已经看过好几回了，不会有错。”

此时，我脑中渐渐回忆起那个时刻。那是我在天台与立浪说完话，回到自己房间的时间。当时正好四点半。

“请等一等。当时立浪前辈应该还在天台吸烟，我记得名张学姐也在一起。”

“你说的在一起有点语病了。”名张略显气愤地说，“他确实在天台吸烟，我大约二十五分前后离开房间上天台，所以不会有错。倒是重元同学，你们两位会不会弄错时间了？”

重元不高兴地反驳道：

“那不可能，开始播放前我确认过时间。另外，DVD 的时长我们现在就能查看啊。”

他对时间好像也有绝对自信，丝毫不见退缩的样子。这就奇怪了。紫湛庄的钟基本都是数字电波钟，就算没电了，也只是数字显示变淡而已，走时不可能变慢。

“这到底是怎么回事？莫非有人觉得音乐太吵，就趁立浪前辈不在跑去关掉了吗？”

高木疑惑地说完，静原小心翼翼地插嘴道：

“可后来不是又响了……”

“是不是听错了呀？”

“怎么可能听错？我们两个人都听到了。”重元马上回击道。

此时，比留子同学突然说起了别的话题。

“管野先生，你说昨晚睡觉前巡视过一次，对吧？当时你看了 305 号进藤学长的房间吗？”

管野闻言，困惑地点了点头：

“看了，因为还不知道进藤先生是怎么去世的，我就想，最好还是确认一下房间里真的没人。”

因为昨晚名张跟他换了管家卡，所以他能进入进藤的房间。

“当时房间里的灯是什么情况？”

她好像在问我昨晚看到的台灯。当然，管野也跟我做了同样的证词：

“书桌上亮着一盏小台灯，可能是谁忘记关了。我觉得让屋子黑漆漆的也不好，就没去管它。”

“这样——啊。”

比留子同学心不在焉地咕哝道。

我正要问她怎么了，却听到比留子同学说：

“叶村君，来一下。”

她站起来拽着我的袖子。

我们在所有人的目光中离开电梯厅，她把我拉到了我的房间。

“怎么回事？突然拉过我来。”

“除了 whydunit，其他谜题都解开了。”

刚进屋就听到她如此肯定的话，让我愣了好几秒才理解到意思。

她说她已经明白了 howdunit 和 whodunit，也就是凶手和诡计。

可是，应该剩下一些没有进展的谜题才对。

“但是我们还不知道，杀害立浪时凶手是怎么开门的啊。”

只见比留子同学干脆地点了点头，让我吃了一惊：

“啊，你说那个吗？其实我已经有一些预想了，要不现在就试试？”

“啊，现在？”

“嗯，这个诡计真的很简单。”

比留子同学说着，转身走向房门，

“你来演立浪前辈好吗？本来还要加上防盗栓，但我们已经知道怎么破解那个了，所以这次就省略掉。”

我留在室内，她走到走廊上，把门彻底关闭了。我查看了一遍，门上锁了，房卡也插在卡槽里。

她究竟要给我看什么呢？我满怀期待地看着房门。

然而下一个瞬间，门锁“咔嗒”一声打开，比留子同学若无其事地开门走了进来。

整个过程实在太平淡，让我忍不住瞪大了眼睛。

再看比留子同学手上，她竟拿着一张门卡。

“什么啊？原来是管家卡。”我大失所望。可是——

“不对，这是这个房间的卡。”

比留子同学坏笑着把门卡翻过来给我看，那上面赫然印着 308 几个数字。此时我总算理解了：她不知何时把卡槽里的卡调了包。

不，根本没必要考虑时间。因为房间一直处在能够自由进出的状态，她恐怕是趁我在天台画 sos 的时候调包的吧。我一直把卡槽里的卡认定为这个房间的门卡，懵懵懂懂地过了这么久。

我脑中突然闪过一道灵光，忍不住“啊”了一声。

“看来你也发现了。刚才的你跟立浪前辈采取了完全相同的行动。白天把门开着保证随时都能躲进去，处在室内时则把门关上，以为自己这样就安全了。因为一直都能用电，所以根本没发现门卡早就被调包。”

对房间里的人来说，门卡就是“一直插在那里”的东西，所以很难发现。

立浪昨天确实说过，自己在房间外面时把门锁上实在是本末倒置。实际上，他离开房间时，房门一直都处在半开状态，所以收录机的声音才会一直传到休息室去。

“那就是说，昨晚之前有人把立浪前辈的房卡调包了。”

“对，立浪前辈很少在房间，他会跑到天台吸烟，或是去跟七宫前辈说话，因此也经常离开休息室。凶手只要有独自待在休息室的几秒钟空隙，就能完成门卡调包。然后只要在侵入房间时，把门卡换回来就好了。”

也就是说，任何人都可能掉包门卡。

可是——仅仅这样不就无法确定真凶了吗?

就在那时。

七宫房间的方向传来东西噼里啪啦被打倒的声音，以及震耳欲聋的警报声。

Chap· 6

第六章

冰冷长枪

冷たい槍

一

发生了什么事再明显不过。

三楼逃生门被丧尸冲破了。考虑到二楼逃生门只撑到凌晨，它已算十分坚强。

我和管野最先拾起剑冲向南区。若不赶快，七宫就会被困在房间里。那样一来，由于屋顶无法悬挂绳梯，很难将他救出来。

我边跑边拉上口罩，可是刚来到通往七宫房间的转角，就看见对面现出人影。是丧尸！

“呜啊啊啊啊！”

我大吼着给自己壮胆，对准最前面的丧尸脑袋全力挥剑。

伴随着震人肺腑的钝响，丧尸太阳穴开裂，撕碎的肉片四处飞溅。被我击中的男性丧尸狠狠撞在墙上，然后倒下了。

我正犹豫着是该彻底解决掉这个丧尸，还是冲向七宫房间，但两者都不成功。因为丧尸一个接一个现出身形。看这个样子，七宫房间恐怕已经被包围了。

方才休息室的苦战重新闪过脑海，我立刻决定撤退。

“无法前进了，我们回去吧!”

“兼光先生!千万不要到走廊上来!”

对房间里的七宫大喊一声，我和管野迅速退了回去。

一离开南区，管野就锁上了门。其他成员都集中在电梯厅，比留子同学急切地问道：

“七宫前辈呢？”

我摇了摇头：

“不行，那边已经被丧尸占领了。”

“那家伙竟然没发现吗？”高木说。

“外面这么吵，不可能没发现吧。”

除了丧尸们的呻吟声和砸门声，还有震耳欲聋的警报声。就连隔着拐角和大门的电梯厅都能听到，逃生门隔壁的七宫不可能听不到。

“能否从其他房间营救？”

听了比留子同学的问题，管野表情苦涩地回答道：

“从房屋结构上看，这边看不到南区阳台。我们已经过不去了。”

尽管如此，她还是没有放弃：

“没办法，那我们从屋顶上看看情况吧。”

我们分头展开行动。幸运的是，即使南区大门被突破，丧尸要拥上天台还得经过仓库那道门。高木、名张和静原把需要用到的物资都搬进了仓库，比留子同学和管野从天台呼叫七宫，我和重元则负责警备，万一大门被突破，我们就要挡住丧尸的攻势。

“没想到路障没有坏，两扇逃生门反倒被突破了。”

重元用生疏的手势摆弄长枪，嘴里咕哝道，

“从强度来说，逃生门应该结实多了呀。”

“对那些家伙来说，有个稳定的落脚处更重要。丧尸不知道疲倦，也没有痛感，若只是单纯破坏，速度比我们快多了。”

二楼南区大门不到半天就被突破了，我们被逼到天台前，究竟还剩下多少时间呢？在此期间，凶手又打算如何杀死七宫呢？

过了一会儿，两人从天台走了下来，脸上都带着困惑的神色。

“太奇怪了，无论我们怎么叫，他都不到阳台上去。”

从那焦躁的口吻判断，比留子同学已经预料到了最糟糕的事态。

最糟糕的事态——就是凶手已经达成了目的。

我忍不住瞥向窗外，然而救援队并没有如我所愿那般出现。

我们开始绞尽脑汁，思考如何下到七宫的房间去。

天台没有可以悬挂绳梯的扶手，我想的那个连接床单把七宫拉上来的办法也太危险了。

放弃让人爬上爬下后，我们只得用床单一角捆住重元的数码相机，从天台上垂下去查看七宫的情况。

“不行，无论怎么弄相机都会乱转。”

“没关系，哪怕只能短时间看到室内也足够了。”

几分钟的拍摄结束后，我们把相机拽上来，到仓库播放了录像。

在不断旋转的景色中，有短短三秒时间照到了室内。

“停下。”

将画面暂停，上面确实拍到了七宫的身影。比留子同学喃喃道：

“七宫前辈……”

“——倒下了。”

管野的话让整个仓库充满了悲怆。

七宫房间的门尚未被突破，室内看起来跟今早没什么区别。七宫打横倒在房门前，身体不自然地扭曲着，双手抱头，似乎曾经极度痛苦。

我们重看了好几遍录像，七宫好像一动不动。

“——被抢先了。”

比留子同学不甘心地喃喃着，她的意思很明确。

凶手终于达成最后目标，夺走了七宫的性命。

“唉……”管野肩膀耷拉下来，“怎么连他也……”

那是因为保护不了同伴而感到悲愤吗，还是作为一名管理人的不甘？也有可能是没保住雇主儿子的自责。

高木和静原坐立不安地移开视线，最终并没有说出悲悯的话语。

今早刚与七宫发生过冲突的名张仿佛泄了气一般坐在地上，重元则一言不发地关掉了相机电源。

我凝视着比留子同学。不仅七宫在被认为是绝对安全的情况下遭到凶手杀害，而且此时我们面前又多出了“密室杀人”这个谜题。自从今早他躲进房间后，就没有人进去过，我们又都处在彼此看得见的地方。无论怎么想，都不可能有行凶的机会。

她也束手无策了吗，还是藏有起死回生的手段？

出乎我意料的是，她无比平静地说起话来：

“各位，现在开始，让我们专心生存，直到救援前来吧。我们最大的敌人是丧尸，而三楼迟早要沦陷。我们应该将据点移到仓库，加强防御。”

管野此时也回过神来，赞同了她的话。

“说不定还要升起狼烟，请各位把剩下的床单布料收集过来，另外，有谁身上带了打火机吗？”

“我有。虽然在戒烟，不过我还是随身带着火机。”高木说。

于是，我们便各自转换心情动了起来。然而——

“请等一等。”

叫住我们的竟是静原。她在众人面前从不主动开口，所以大家都惊讶地看着她。

“美冬，怎么了？”高木问。

“剑崎学姐，莫非——你已经知道凶手是谁了？”

她的话让我心里一颤。

我转头看向比留子同学，只见她安静地叹了口气。

——原来如此，她早就看破了。她知道了一切真相，却没有说出来。

“果然。”静原用前所未有的坚定目光看着她，“我刚才一直觉得你很奇怪。剑崎学姐，能告诉我们吗？这三天来把我们逼上绝路的究竟是谁？”

“凶手的目的已经达成了。”

比留子同学说着，缓缓摇起了头，

“此时揭露罪状、点明凶手有什么用呢？我们还要齐心协力活下去啊。等我们被救助之后，警方自然会揪出凶手。”

“不，我们应该也有知情权，有谴责的权利。不管出于什么理由，凶手夺走了三个人的性命啊。”

静原毫不退让。高木和其他成员则在一旁看着她们说话，所有人脸上都带着困惑。

这也难怪。现场所有成员都是三天来患难与共的伙伴，此时此刻揭露罪行，是否对剩余时间不多的合作关系有必要，他们都难以做出判断。

或许——心中明确反对解谜的人，只有我一个吧。

“——我知道了。虽然我的推理已经毫无意义，还是请大家听一听吧。”

比留子同学用力闭上眼睛，然后开始了审判。

二

“在逐一解开谜题前，我想先讲讲这一连串事件反映出的凶手形象。我认为，行凶的动机应该是去年集训时七宫前辈、立浪前辈和出目前辈引发的男女关系纠纷。详细情况我不了解，但从携带强效安眠药这点来看，凶手一开始就对三名毕业生前辈，以及策划了这次集训的进藤学长抱有杀意。然而因为丧尸骚动，我们不得不面对可能遭受袭击的紧急事态。尽管如此，凶手还是利用了微不足道的偶然，以堪称恶魔的灵感完美达成了目的。

“这一连串行凶，存在许多我无法理解的地方。在全员性命攸关的时候，凶手为何要以身犯险、亲自下手呢？这让我从中感觉到了凶手对那四个人超绝想象的恨意。然而与此同时，凶手又用电话通知我们外面的危机，展现出了富有人性的一面。强烈的恨意与人性的理智，我始终无法想象兼具两者的凶手心理，一直被愚弄到了最后。

“铺垫有点长，接下来我们开始解谜吧。

“首先是第一起凶案——进藤遇害。

“进藤学长在上锁的房间中被咬死，全身遍布伤口。从尸体和现场情况来看，可以认定他是在室内被咬死的。然而这个情况十分异常。那天晚上，我们为了防止丧尸入侵，专门堆砌了路障，还限制了电梯运行。逃生门无法从外部开启，外墙也不存在可供攀爬的落脚点，内部亦不存在悬挂绳梯的痕迹。简而言之，没有任何可供外部人员潜入的路线。

“换句话说，我们中间某个人可能通过巧妙话术骗进藤学长开门，从而进入室内。但是所有人口部都不存在行凶痕迹。反之，丧尸虽然可能行凶，却无法侵入。另外，还有人在走廊上塞进了写有信息的字条，也就是说，现场情况让我们只能认为凶手逃向了山庄内部。这些矛盾让我十分烦恼。”

一口气说到这里，比留子同学做了个深呼吸，

“进一步说，两起凶案之间的不同之处也很异常。进藤学长在室内遭到杀害，而立浪前辈却被专门拖到室外杀害。此外，进藤学长被发现时，处在单纯被咬死的状态，而立浪前辈却被人以执拗的残暴砸碎了头部。

“但是这些都理所当然。因为两起杀人案分别由不同的凶手施行。”

“你说什么？！”管野惊叫一声，“我们中间竟有两个杀人犯吗？”

比留子同学否定了他的话：

“不对。我们中间只有其中一名凶手，因为另一名凶手已经不是人类了。”

“不是人类？”

“叶村君，照片。”

我掏出手机，展示了进藤房间被子上的血迹。

“各位看到这个，不觉得奇怪吗？进藤遭到杀害时飞溅的血液附着在被子表面，与此同时，被子内侧竟然出现了并非浸染的血迹。”

“确实，不可能两面都沾到血。”

“那这到底是怎么回事？”高木问。

“事情是这样的：进藤学长遭到袭击前，有个受伤的人躺在他床上。进藤学长把那个人带到自己房间照顾，可是那个人深夜症状加重，变成丧尸咬死了进藤学长。”

“莫非……”

“能让进藤学长瞒着所有人带到房间里救助的人，除了他的恋人星川学姐以外不可能有第二个。进藤学长被化作丧尸的星川学姐杀死了。”

所有人发出了惨叫般的声音。

“那怎么可能？！”

“对啊，那天晚上进藤学长是一个人从试胆大会回来的，我们全都在玄关门前看到了呀。周围根本不见星川学姐的身影。”

重元回想起试胆大会后发生的事。

“请仔细回忆一下，当时进藤学长是不是从山庄背后出现的？然后他对我们说了星川学姐先行逃走的事，并进入山庄寻找她。当时星川学姐恐怕就躲在山庄后面，被进藤学长打开逃生门放了进去。只要使用逃生梯，就能掩人耳目地进入山庄，然后他就悄悄走到后门，把等在那里的星川学姐放进来了。”

高木提出质疑：

“等等，为什么进藤不向大家求助？当时不是还没有人了解丧尸的特性吗？”

比留子同学一开始有点犹豫，但很快又说了起来：

“请大家回忆进藤学长出现前不久的事情。我们被丧尸追赶，从广场逃到了山庄门前。立浪前辈与从广场走上来的丧尸一番苦斗过后，用长枪将其解决。当时站在一旁的重元同学曾经喊过一句话：‘被丧尸咬到就没救了！那些东西不是人，得把它们都杀了！’”

“啊——”

重元愕然惊叹一声。

“进藤前辈两人可能从山庄后面窥见了那个光景。且不说重元同学的话真实与否，进藤学长恐怕是这样想的：若把被咬伤的星川学姐带出去，必然会被当成丧尸杀掉。”

结果证明重元的话没错，星川终究没能躲过变成丧尸的命运。然而因为他的发言，进藤决定藏匿恋人，最终才导致了自己惨遭杀害。

比留子同学似乎并不想深究下去，而是继续道：

“进藤学长疯狂寻找星川学姐的表演着实精彩，没有一个人发现星川学姐已经回到了山庄内部。所以在后来的谈话中，他才会表现出不愿意扎堆过夜的态度。结果尽管有他悉心照料，星川学姐还是变成了丧尸。新闻上不是说从感染到发作需要三到五个小时吗？附着在被子内侧的血很少，星川学姐受的伤应该不大，恐怕花了五个小时才完全化为丧尸。试胆大会九点钟开始，假设星川学姐被感染的时间是九点半，那么可以认为，名张同学凌晨两点半前后听到的动静，就是进藤学长遭到的袭击。详细情况虽然不明，但从阳台残留的血迹来看，星川学姐应该在与进藤学长的缠斗中，越过扶手落到了楼下。只要大脑不遭到破坏，丧尸就会一直行动。她现在恐怕还在底下的群集中。”

“可是剑崎同学——”名张似乎有点为难地问道，“那只是剑崎同学的推测吧？我们无法断定星川学姐是否真的变成丧尸杀了他——”

“我有证据。”

她再次展示手机上的照片，

“虽然知道这样不好，我还是检查了星川学姐放在进藤学长房间里的包。”

照片里的东西让人们发出了惊叹：

“是鞋子！”“莫非是星川学姐的？”

没错，那正是星川的白色便鞋。

“是的，第一天前往废墟前，星川学姐曾说过她没带替换的鞋子。那么，已经行踪不明的她，包里为何装着鞋子呢？答案只有一个：星川学姐其实从试胆大会上逃回来了。她脱掉鞋子躺在床上，而进藤学长则把她的鞋藏在了包里。只有这个可能。”

没想到那天晚上，星川竟躺在进藤房间里，深陷被感染的恐惧……

名张听到朋友遭遇的惨状，忍不住低下了头。

“凶手出于某种原因，知道了进藤学长房间发生的事情。进藤学长被丧尸咬死，房间里只剩下他的尸体。此时凶手想到，他可以利用这个情况。换言之，他要将其伪装成我们中间某个人实施的凶杀。那样一来，即便后来杀害立浪前辈和七宫前辈时凶手遭到怀疑，他也可以抓住进藤学长的被害谜题进行反驳。我一直都只能想到那是将人类的罪行嫁祸给丧尸，没想到事实竟然反了过来。

“为了制造这一假象，就有必要在现场留下提示凶手是人类的痕迹。于是凶手便准备了两张字条，一张夹在门上，等到第二天早晨，趁所有人都在注意尸体时，再趁机把第二张扔到房间角落。结果正如凶手所料，那两张字条让我们难以分辨凶案究竟是活人还是丧尸所为，使调查陷入了困境。”

此时我发出了一个疑问：

“凶手为何要留下两张字条？难道一张不够吗？”

“如果只在门上夹一张，难以给人留下活人曾经进入室内的印象。然而，若在室内和室外留下两张字条，就能制造‘凶手从走廊进入房间，又从房间里走了出来’的印象。”

“既然如此，只在室内放一张也足够了，不是吗？”

只见比留子同学用力摇了摇头：

“不，夹在门上的字条另有重要用途。请大家注意，凶手知道星川学姐变成了丧尸。也就是说，他早在新闻播放前，就知道人类大概多久会变成丧尸了。若进藤学长变成丧尸，就能认定他是被丧尸所杀。那样一来，就会暴露字条为他人所留的事实。凶手并不希望看到那种情况。若不让别人误以为是人类杀害了进藤学长，他就得不到任何好处。所以，凶手希望在进藤变成丧尸之前，有人能发现尸体。为了实现这个目的，他才在门上夹了纸条。因为他希望每小时巡视一次的管野先生能发现异状。”

被点到名字的管野铁青着脸喃喃道：

“可是我好几次都错过了那张字条……”

“对，所以凶手应该也很焦虑。再这样下去，进藤学长就要变成丧尸了。好在重元同学发现了那张字条，还通知了大家。”

所有人齐齐看向重元。他们都在想，是不是凶手等不下去，亲自上阵扮演了发现字条的人。

“不、不对！我……”

“是的，仅凭这点就把重元同学当成凶手实在过于冲动了。鉴于他就住在进藤学长隔壁，成为发现人毫不奇怪。总而言之，看过字条后，我们走进进藤学长的房间，并发现了他的尸体。当时应该是六点刚过不久吧？”

名张听到动静的时间是两点半以后。假设当时星川咬了进藤，那我们发现进藤的时间就是大约四小时以后——

“……好险啊。”

光是想想就教人背后一凉。

“没错，我们正好在他欲变未变的时间点走进了房间。更何况跟星川学姐不一样，他全身都被咬伤，症状可能发作得更快。”

那时七宫看到倒地的进藤，还大惊小怪地说过“他指尖动了一下”。莫非那并非看错，而是进藤变成丧尸站起来的前一刻吗？

“以上就是进藤遇害的全过程。接下来讲立浪遇害。”

三

面对谁也料想不到的进藤遇害真相，所有人都呆住了。然而此时尚未出现能够推定凶手的信息，问题在这之后。我按捺着狂乱的心跳，仔细倾听。

“立浪遇害主要有两个谜题，一是凶手如何进入立浪前辈的房间，二是凶手如何让丧尸袭击立浪前辈。先让我就这两个谜题进行解答。正如今早叶村君所说，只须将被束缚的立浪前辈拖进电梯送到一楼让丧尸袭击，然后凶手再像平时那样随便按一个按钮，让电梯升上二楼即可。

“然而这里有个问题：万一电梯在一楼开启，丧尸走了进去，一同来到二楼怎么办？”

“没错，那可是个大问题。”早上就指出这点的名张点头道。

“所以，凶手就做了个机关。”

比留子同学又用手机展示了另一张照片——那是陈列在电视两边的铜像。

“这东西怎么了？”管野不可思议地问。

“因为地毯是胭脂色的，可能很难分辨，不过请大家注意看铜像脚下的接地部分。不知各位是否看到上面附着了一点血迹？”

她放大了那个部分给我们看，果不其然，上面附着了跟地毯不一样的红色。

“确实。可是为什么？铜像离尸体应该很远啊。”

“那是因为，这尊铜像跟立浪前辈一起被装进了电梯。”

管野闻言很是惊愕：

“那又是为了什么？”

“是为了不让丧尸有机会乘上电梯。”

我内心惊叹，竟然来这一招啊。

“电梯载重量有限，凶手通过堆积其他物品，使丧尸一进入轿厢，电梯就会超重。

“我还可以具体计算一下。这里的电梯狭窄，一次站不下几个人。实际上，轿厢里就写着限乘四人。因为一个人按照六十五公斤计算，电梯的设计载重量就只有二百六十公斤。一般来说，超过载重量1.1倍，电梯就会报警，因此最大能够承载二百九十公斤。假设立浪前辈体重七十公斤，这座铜像高约一米，重量至少也有四十公斤。要把它抬起来可能稍嫌沉重——不过大家还记得吗？有人往206号房窗外丢弃了许多浴衣。若将铜像放倒在摊开的浴衣上，然后包起来拖动的话，无论谁都可以做到。那么假设将五座铜像搬进了电梯，跟立浪前辈加在一起就是二百七十公斤。怎么样？这样一来，体重超过二十公斤的丧尸一走进去，电梯就会报警，门也就关不上了。然而电梯的真实载重量可能会更大，搬运进去的铜像也可能会少一尊。若算上丧尸被咬掉皮肉的部分，凶手的计算要更精确才行。不过他可以通过留在休息室的武器进行微调，只要像使用天平砝码一样，电梯一报警就抽出一样武器即可。

“将这个状态的电梯送到一楼，丧尸处在内部时，电梯就绝对上不来。而那些丧尸并非为了进食，而是为了传染病毒而咬人，因此对立浪前辈发动袭击到一定程度后目的就会达成，他们也会离开轿厢。

此时电梯门就会关闭，将立浪前辈的尸体送回楼上。”

“但那样不就不知道电梯何时回来了吗？凶手就无法计算丧尸离开立浪前辈的时间。”

“没错，所以凶手并没有只给立浪前辈下药，而是让所有人都喝下了强效安眠药。顺序是这样的：首先，凶手看准安眠药生效时间来到休息室，为了减少遭到目击的风险，他使用电视柜上的钥匙将区域间的大门全部锁死。然后他将几尊铜像搬运到电梯里，再到立浪前辈房里将其捆绑，从里面拖出来。此时若立浪前辈醒来，凶手或许会通过击打头部等手段令其昏迷。将立浪前辈拖进电梯后，再用枪剑等小件物品对重量进行微调，直到报警上限。最后，凶手就把电梯送到了一楼。然而只进行一轮操作，丧尸可能不会发起袭击，说不定中间还重复了几次。立浪前辈被丧尸咬死后，凶手就把电梯升上来，卸下重物，擦拭血迹。完成这些操作后，他又击碎尸体头部，留下字条。如此一来，凶手的计划就顺利完成了。

“然而在最后阶段，凶手发现二楼逃生门竟被突破，丧尸开始撞击南区大门了。

“他应该很烦恼。目的已经达成，接下来只要若无其事回到房间，自己就不会遭到怀疑。可是若置之不顾，服下安眠药的我和高木学姐就会来不及逃走。于是，凶手就跑进空置的 206 号房间给我们打了电话。或许他一开始就准备在那个房间清洗身体和衣服上沾到的血液。然后，凶手就趁管野先生和大家行动之时，混进了我们中间。”

“可是，凶手为什么要把南区大门的锁打开呢？”管野问。

“应该是为了留下我和高木自导自演这场闹剧的可能性。仅凭一个小小的门锁，就能让两个人成为嫌疑人，简直太划算了。”

我一直在脑中描绘比留子同学讲述的犯罪经过，然后开口问道：

“假设那是事实，杀死立浪应该花了不少时间啊？”

因为凶手应该是计划完成后没多久打的电话。

“是啊，可能因为丧尸迟迟没有去咬电梯里的立浪前辈，也可能收拾铜像、武器花了很多时间。”

这也解释了为何电梯内存在立浪前辈被来回拖动的痕迹。虽说铜像很小，但毕竟装了四到五尊，飞溅的血液会被铜像遮挡，在地面上留下不自然的痕迹。凶手想必是为了遮盖那些痕迹，才四处拖动尸体。

“可是剑崎学姐——”静原开口道，“你的解说证实这个杀害方法确实可行，但还没有给出凶手身份的线索啊。”

比留子同学点点头：

“你说得没错。毕竟人已经被杀了，光证明方法可行没有任何意义。从这里开始，我终于要指出凶手身份了。为此，首先要解释另外一个谜题——凶手如何进入了立浪前辈的房间。”

随后，比留子同学说明了他房间门上装有让铁丝开锁诡计无效的机关，门顶上用绳子打开防盗栓的痕迹，以及刚才向我演示的门卡调包。

“调包门卡，这虽然是非常简单的诡计，但有好几样因素对凶手有利。首先，立浪前辈平时都会半开着门，几乎没有触碰门卡的机会。其次，立浪前辈频频离开房间。有了这些因素，凶手轻易就能调包门卡。”

说到这里都还算好，可是仅凭门卡调包就能指出凶手是谁吗？

休息室白天不断有人出入，难以确定什么人什么时候独自待在那里。除了一直躲在房间里的七宫，任何人都有机会调包门卡。

比留子同学环视所有人：

“各位听好了，凶手调包了立浪前辈的门卡。也就是说，他只能将自己房间的门卡换上去。紫湛庄的门卡系统十分精密，将名片或驾驶证这些卡片插进卡槽无法通电。为了避免被人发现调包，凶手就只能留下自己的门卡。”

“等等。”

重元提出了异议，

“不是也有可能把其他房间的门卡搞到手吗？我知道这种时候说这种话不太好，不过管野先生完全可以谎称自己只带了管家卡，实际从一开始身上就装着好几张门卡呀。”

“我为什么要说那种谎呢？”突然被指控的管野慌了手脚。

“我说的只是可能性。既然现在要指出凶手，自然不能忽略一切可能性啊。”

此时名张发起了反驳：

“只怀疑管野先生太不公平了。像下松学姐和明智学长那样丢失房卡的房间也就算了，进藤学长房间里应该还有房卡，因为我们把空调一直开着呀。凶手完全可以用那个铁丝诡计进入室内，把他的房卡拿出来。”

比留子同学对每一个假说都点点头，然后语气平静地开始说明：

“首先，我无法否定管野先生一开始就持有多张门卡的可能性，但我有理由排除他的嫌疑。立浪遇害后，高木接到疑似凶手电话的时间，正好跟我与管野先生的通话时间重叠。由此可证，管野先生不是凶手。”

那是她在二楼对我们解释的不在场证据。

“就是啊。”名张点点头，管野松了口气。

“接下来讲讲到进藤学长房间拿走门卡的可能性。这是不可能的。昨天晚饭开始后，始终有人待在休息室里，而立浪前辈又是第一个回房间的人。也就是说，凶手应该在晚餐开始前就完成了门卡调包。然而解散后，叶村君在自己房间目击到进藤学长房间有一盏灯没有熄灭，管野先生也在巡视时确认房里亮着灯。刚才也说了，要让房间通电，只能使用山庄门卡。这就说明彼时进藤学长房间的门卡插在卡槽里没有动过。”

好几个人把视线转了过来，我便点点头肯定了比留子同学的话。

“由此可知，我们各自身上都只可能有一张门卡，而吃晚饭时，凶手身上只有立浪前辈的门卡。我们喝过混入安眠药的咖啡，在立浪前辈首先回房后就解散了。但是在那之后，发生了一场我们都不知道的对话。”

说着，比留子同学看向名张，

“名张同学，你回房睡觉前是否找到了留在休息室收拾东西的管野先生，将门卡做了交换？”

“因为我不想拿着管家卡。要是别人被杀时，我手上拿着那张卡，搞不好会第一个遭到怀疑。”

比留子同学闻言点了一下头，又把目光转向管野：

“你从她手上接过的确实是管家卡没错吧？”

“没错，因为我后来用那张卡给名张小姐开了门，目送她进了房间，最后又用那张卡开了我自己的房间门。”

“对，在凶手理应完成调包的时间段，名张同学手上还拿着货真价实的管家卡。换言之，名张同学不是凶手。”

如此一来，管野和名张就摆脱了嫌疑，还剩下五个人。

“另外一个重点，就是方才重元同学与管野先生的证词。”

“你是说昨天白天立浪前辈房间的音乐中断过一次吗？”

“没错。”比留子同学点点头，“我先问问大家，谁碰过立浪前辈的收录机，或者看见别人碰过？”

见无人举手，她就说了下去：

“根据重元同学的计算，音乐中断的时间是下午四点半。然而名张同学又证实，当时立浪前辈正在天台。那么音乐为何会中断？答案很简单。因为凶手就是在那一刻从卡槽里抽出了立浪前辈的门卡，导致房间断电，收录机也停掉了。今天早上我们进入立浪前辈的房间，发现收录机插在进门左手边的插座上。那个插座处在入口看不到的门后死角，所以凶手才会出现这种失误。他可能以为收录机跟烧烤那天一样使用了电池播放，也有可能只是没注意到。

“总而言之，当凶手抽出门卡时，轰鸣的音乐突然停了下来。凶手的心脏想必也吓得差点停掉了。在凶手陷入恐慌前，脑中闪过了必须尽快恢复音乐的想法。若有人察觉异变进入房间，他拔出房卡的行为就会暴露。于是凶手慌忙将自己的房卡插入卡槽，找到收录机按下了播放键。

“换言之，那个瞬间能够证实不在场证据的人都可以摆脱嫌疑。方才管野先生已被排除，当时跟他在一起的重元同学不在场证据自然有效，他也不是凶手。”

这下有三个人被排除嫌疑了，还剩下比留子同学、高木、静原和我四个人。

“终于要将军了。”

不知何时，比留子同学的声音变得冰冷而锐利，

“刚才我说，调包门卡意味着凶手要换上自己房间的门卡。也就是说，凶手在晚餐解散后，无法打开自己的房间门锁。”

“等等。”名张插嘴道，“就算开不了门锁，只要像立浪前辈那样立起防盗栓把门撑住，就能进入房间吧。”

“是的，可以进入房间，但那不是问题关键。我想说的是，昨晚解散后，能够证明使用过自己房间门卡的人，可以被排除嫌疑。”

——啊啊，原来如此，还有这一招啊。

“首先，叶村君送我回了房间。”

我对比留子同学的话点点头：

“是的，你确实当着我的面用门卡开了锁，绝对没错。”

这样一来比留子同学就被排除在外，剩下三个人。

“后来，你说在走廊上碰到了高木同学，对吧？”

“没错，因为我迟迟开不了锁，叶村君就替我开了——”

我又点了点头。

高木也被排除了。

五个人的十只眼睛，齐齐看向仅剩的两个人。

我和静原。

我胸中已经装满了认命的心情。

比留子同学果然还是发现了我的谎言。

她究竟是何时发现的？我也不知道。但我更想知道，她是否发现了我说谎的理由。

比留子同学用大大的眼睛凝视着我：

“叶村君，你后来又跟静原同学一起回到了三楼，对不对？我希望你如实回答，是谁先进了房间？”

这就是最后通牒。

知道真相的，只有我们。

所以我——

“是叶村同学。”

我听见一个声音。

“叶村同学当着我的面打开门锁进了房间。我目送他走了进去。”

静原美冬坦白道。

她就是凶手。

四

再也没有其他可疑人物。

尽管如此，难以置信的感情还是占据了所有人的大脑。

“美冬，怎么会——”

其中与静原关系最近的高木更是藏不住震惊，表现出了比之前看到尸体时更狼狈的慌乱。

然而静原却用纹丝不乱、镇定自若的声音说：

“我是否该说，真不愧是剑崎学姐。”

一开始就是她要求比留子同学解谜，看来早已做好了准备。可她此时的干脆与那充满恐怖执念的罪行毫无相似之处，让众人陷入了混乱。

“请容我说一句不服输的话——若我今天没有自首，或选择了说谎，剑崎学姐一定无法断定我是凶手吧？”

比留子同学闻言，缓缓地摇了摇头。

“不，其实我还有一个线索，可以断定你就是凶手。那就是你对大家说的今早醒来后的行动。那番话存在一个很明显的矛盾。”

“是吗？我已经很注意了……”

“犯错误的不是你。”

她的目光转向了我，

“是你啊，叶村君。你的话里存在难以忽视的矛盾。”

我一言不发，示意她说下去。

“因为你没喝咖啡，所以一早就醒了，还在房间里听到了管野先生的喊声，对吧？你当时是这样描述时间的：当时还差一点就到四点半了。”

名张困惑地歪过了头：

“等等，呃——那个时间应该没错吧。剑崎同学给管野先生打电话是二十五分，说了两三分钟，对不对？然后管野先生出去发现尸体，检查大门，再往三楼走，应该就是那个时间吧。”

“我关心的并非时间，而是表述方法。其他几个人也提到了时间，看过钟的人都说四点二十五分或二十八分，全是具体数字。没有人像他那样说还差一点就到四点半。那是为什么？因为房间挂着数字显示的时钟。上面明明显示了具体数字，一般人不会说出大概的整点时间。那么，叶村君为何要那样表述呢？因为他看见的是模拟时钟。”

除比留子同学以外，包括静原，似乎都不明白其中意思。不过，我早已领悟了自己被看穿的事实。

“那只不过是没看房间钟表，而看了自己的手表吧，有什么奇怪的呢？”

管野刚发出疑问，高木和名张就惊呼一声：

“等等，我记得烧烤时叶村说他手表丢了吧。”

“手表找到了？”

比留子同学没有回答，而是继续说道：

“另一个矛盾之处说明了原因。根据叶村君的证词，在管野先生经过房间门前后，他从上了防盗栓的门缝里看了一眼走廊。正好隔壁房间的静原同学也同样探出头来，与他对上了目光。”

名张再次插嘴道：

“静原同学在房间里不奇怪吧。凶手给高木学姐打电话是二十八分以前，管野大叫着经过房间门前是三十分左右，凶手打完电话完全有时间回到房间。”

“并不是那里。矛盾在于两个人的行动。”

连我都看不出矛盾究竟是什么，因为我只是把当时自己经历的事说了一遍。

“给大家演示一遍可能更快吧。看看仅从上了防盗栓的门缝里窥视，两人能否对上目光。”

比留子同学走出仓库，顺着走廊走了几步，指着我们的房间门。

“啊啊——”

不知是谁惊叹一声。

我跟静原的房间门，原来是背对背开启的。

这下，我和静原总算发现了自己犯下的致命错误。

“这两个房间的人要看到彼此，必须从门后探出身体，把脸转向房门另一面，扣着防盗栓绝不可能看到隔壁的人。那么，叶村君为何要说谎呢？我一开始并不明白，不过跟刚才的时钟问题结合在一起考虑，答案就清楚了。因为两人确实隔着门对上了目光。”

“不，可是这个结构——”重元陷入了困惑。

“两人并非在三楼看到彼此，而是在二楼。静原同学当时在她打电话的 206 号房，而叶村君则在出目前辈住过的 207 号房，他听见的是管野先生从二楼跑上三楼的声音。”

所有人都把目光转向隔壁房间。306 和 307 号房与二楼 206、207 号房结构相同，房门确实是面对面开启的。

高木似乎察觉了什么，突然捂住嘴：

“出目的房间……莫非……”

比留子同学不放心地看了我一眼，她在问我接下来的话是否能说。我点点头。我欺骗了她，现在又何来阻止她的权利呢？

“对，叶村君为了找回自己的手表，到房间里翻找出目前辈的行李了。从烧烤时的情况来看，出目前辈极有可能就是小偷。而他想必打算趁所有人睡醒之前速战速决吧。果不其然，手表藏在出目的行李里面。而就在他准备回房时，管野先生大叫着从房门前跑了过去。叶村君出于习惯，看了一眼手表上的时间。“

没错，当时分针正好即将指向数字六。若换成电子时钟，我会毫不犹豫地说二十九分，而早已习惯模拟表盘的我，却如实做出了证词。

“与此同时，静原同学可能想趁管野先生离开后回到自己房间。然而此时不应该在隔壁房间的叶村君却探头出来，跟她对上了目光。换言之，两人都看到了不希望看到的情景。于是他们对好口供，各自回到了房间。”

“等等。”名张慌忙说道，“再怎么说那个交易也不成立吧!叶村君只是去拿回被偷走的东西，这跟杀人的级别可差远了。”

或许如此。一般人一定会认为，我的所作所为具有正当性吧。可是我——

“我们或许可以原谅这种行为，但对叶村君来说，那是绝不可原谅的恶行。其恶劣程度堪比杀人。”

我惊讶地看着比留子同学。她怎么知道?

她露出了抱歉的表情:

“酒店废墟的手札一事过后，明智学长告诉我了。他说你太阳穴上的伤口并非来自地震海啸，而是你结束避难回到家中，正好碰上趁火打劫的小偷，被打伤了。”

——原来是明智学长啊。

那场前所未有的大震灾发生时，我们一家人勉强躲过海啸，到了附近的高地避难。大量建筑物被狂涛摧毁，我家虽然不至于倒塌，却处在完全超出全毁判定的状态，一家人不得不在避难所生活了一段时间。

那天，我又来到家中寻找还能用的东西，却遇上了擅闯受灾民宅偷东西的二人组。在愤怒驱使下，我与两个人打作一团，最后被砖头击中负伤。

那段往事在我心中留下了阴暗的怒火。地震和海啸都是让人甘心认命的不幸天灾，既然生在这个岛国，无论去到哪里都不可能彻底摆脱那种危险。

但那两个人却另当别论。他们甚至要从受灾群众手上掠夺，那种肤浅的人绝对不可原谅。他们是一帮渣滓，是被杀了也不配有任何怨言的虫豸。

无论经过多少年，无论回忆多少次，我心中的憎恶都难以消弭。

即使是现在，我依旧对从酒店废墟拿走他人手札的重元，以及偷走我手表的出目怀有难以抑制的愤怒。因为他们使我心底燃烧的怒火，对那两个小偷的阴暗憎恶重新抬起了头。

对这样的我来说，就算是为了取回妹妹送我的宝贵手表，翻动死人的行李也是一种难以忍受的耻辱，哪怕行李主人是那个出目。然而出目已死，我只能以这种方法拿回自己的东西。再拖延下去，整个二楼都会被丧尸占据，手表就再也拿不回来了。

所以，当我被静原看见时，我来不及怀疑她的行为，首先想到了让她保持沉默。我不能忍受这种行为让他人得知。只要能够隐瞒，包庇她的罪行并非什么大问题。

做个交易吧。

我正要开口，静原却——

“不对，剑崎学姐。”

我的回想被打断，听见静原斩钉截铁地说，

“我没有跟叶村同学对口供。是我单方面威胁他，若将此事说出去他就没命了。叶村同学只是照做了而已。”

为什么，静原。你为何要如此——

“可是等等，剑崎。”

高木插嘴进来，仿佛不愿让静原再多说，

“还剩下七宫的案子没解释。美冬今天早上就一直跟我在一起，没时间杀他。”

管野也赞同道：

“不仅是静原小姐，其他人也都在。兼光先生这三天来几乎没有出过房间，因此不可能调包房卡。谁也没有机会杀害兼光先生。”

“不，确实有。”

比留子同学断言道，

“因为七宫前辈是被毒杀的。”

“毒杀？”众人骚动起来。

“没错。从视频上看，他身上没有外伤，要杀死躲在房间里的人，应该只有毒杀这种方法。”

人们纷纷发出疑问：

“请等一等，哪有什么机会下毒啊？”

“莫不是事先把毒药混入了他拿进房间的水和食物里？”

“不可能，他是从休息室的存货里随便拿的。如果事先下毒，被别人拿走不就麻烦了？”

比留子对那句话摇了摇头：

“其实有一次机会可以进入他的房间，那就是今天早上把绳梯垂到我房间时。”

我惊叹一声。我们确实只有那个时候进入了他的房间。

“不过要怎么给他下毒？桌上的矿泉水瓶当时还没开过。”

针对我的疑问，名张提出了假说：

“有可能趁大家不注意给洗手间的牙刷和杯子下了毒。”

重元否定了她的说法：

“不，当时七宫前辈他们三个虽然去了阳台，但室内除了静原同学，还有我在旁边。我的视线确实曾经离开过她，但可以确定，她没有走进洗手间。”

我也回忆起当时房间里的情况：

“桌上的应急食品没有开封，口罩又是独立包装。七宫前辈有洁癖，不会把开了封的东西扔在那里不管。他的止痛药是一颗一颗拆出来的结构，应该无法混入毒药。”

“既然如此，就是提前准备好下了毒的矿泉水，趁机跟房间里的调包？”管野说。

“不，我跟她从二楼一起跑上去，可以肯定静原同学身上绝对没有矿泉水瓶这种大件物品。”

夏天衣服少，那种东西应该不可能藏得住。

此时比留子同学开口道：

“就算是毒药，也不一定要从嘴里进去。”

“不是嘴？那是哪里？”

“眼睛。”她用食指和大拇指撩开了右边眼睑，“只要让眼睛黏膜吸收毒药即可。七宫前辈可能用了度数不正确的隐形眼镜，一直在点眼药水。而眼药水瓶子是带颜色的，混点什么东西进去也很难发现，带在身上更是不显眼。静原同学好像跟他用的是同一款眼药水吧？”

我感觉高木曾经说过这么一句。

“可是比留子同学，毒药入眼大不了失明，真的能致死吗？你是说静原同学一早就准备好了那种毒药？”

“不，她是在这里搞到毒药的。”

管野闻言脸色大变，慌忙否定道：

“山庄里怎么可能有置人于死地的毒药呢！”

“确实有啊。电视上不是一直在说，有一种东西千万不能接触眼口部位，因为它具有极高的致死率和感染率。”

我们如同被五雷轰顶，全都无言以对。

啊，原来如此。

进藤和立浪的丧尸血。

若从离大脑如此近的眼睛黏膜吸收，病毒瞬间就会到达脑部，现在七宫的身体恐怕正在变成非人之物吧。

“——真不愧是剑崎学姐。你是看穿了这一步，才确信我就是凶手的吧。”

“我不确定别人是否也持有同样的眼药水，所以你只是嫌疑更重而已。”

“两者都一样。救援应该很快就会来到这里，一旦警方展开正式调查，我那些小把戏就会变得徒劳无功，届时我的罪行也会暴露。”

我想起比留子同学曾经说过凶手的意图。

若相信静原的话，那就意味着她并没有费心处理指纹这类物理性证据。那么，她如此缜密的计划就不是为了逃脱惩罚，而是为了在救援到来前及时把那三个人杀死。

“为什么，美冬？你为什么要这样？”

看着声音颤抖的高木，静原脸上终于露出了痛苦的神色。

“高木学姐，对不起。我无论如何都要为沙知姐姐报仇。我就是为这个考上了神红大学。”

比留子同学听到那个陌生的名字，看了看众人的脸。

“远藤沙知学姐。就是去年跟立浪前辈分手，从大学退学回了老家的人。”

重元告诉她。

“报仇是什么意思？”

“沙知姐姐十二月自杀了。”

她的话让高木和重元沉下了脸。根据高木的说法，自杀之人应该是跟七宫交往的惠学姐。也就是说，远藤沙知是回到老家一段时间后才自杀的，现役部员并不知情吧。

静原冷静地说了起来：

“我跟沙知姐姐是邻居，她又漂亮，又温柔，从小对我就像真正的妹妹一样。去年十月，我听说沙知姐姐退学回来，心里产生了不好的预感，马上就去她家看她了。”

一开始她不愿与静原见面，去了好几次才让她进了房间，而远藤沙知彼时已经憔悴得判若两人了。她把对家人都没说的话，全都对静原说了出来。原来，她在社团的暑假集训中被男人欺骗，饱受玩弄后又被抛弃。

“沙知姐姐很单纯，上大学前从未跟异性交往过，所以她根本不知道防备男人。我努力想让沙知姐姐振作起来，但她两个月后还是断送了自己的性命。她直到最后都想保护那个男人，在遗书上丝毫没有提及集训的事。所以，知道真相的只有我一个人。

“我的良心也跟着沙知姐姐的肉体一道烧成了灰烬，心里只剩下复仇。只有立浪还不够。我发誓让所有跟他一样玩弄女性的男人全都堕入地狱，因此决定报考神红大学。由于临时更改志愿，受到考试科目限制，我最后只能报考护理专业。”

“你一开始就打算把进藤学长也杀掉吗？”

比留子同学一问，静原的声音里就燃起了怒火：

“那种男人当然不能放过。那家伙明知三个前辈以玩弄女性为乐，还隐瞒了所有实情来邀请我们参加集训。虽然就算不被邀请，我也会想办法参加。只是他竟然因为人数不足，就把剑崎学姐和话剧部的名张学姐也拖下了水，简直是个垃圾。那个男的为了找到工作，只把女性当成祭品。”

“你等一等。”

我察觉这番至关重要的自白漏了点什么，于是问道：

“最开始写恐吓信的人不是你吗？”

既然静原是为了复仇参加集训，不可能会制造那种导致集训散伙的恐吓信。果然，静原否定了：

“那不是我。可能是某个知道去年详情的高年级生写来警告后辈的吧。若当时进藤决定放弃集训，我可能会考虑放过他。”

只见名张实在忍不住开口了：

“静原同学，你真是个笨蛋。我很明白你的心情，现在也丝毫不打算为他们流泪。可是你竟为了那帮垃圾背负罪行——真是太笨了，真的，太笨了。”

名张抬手捂住脸，静原则沉默着低下了头：

“谢谢你，名张学姐。但我并不是你想的那种人。我这几个月来，脑子里只有杀死他们的情景，也是为了实现那个目标参加了集训。当时我只是粗略计划一个个引诱他们，让他们服下安眠药后杀掉。我从未妄想过让他们受到法律的制裁。对我来说，丧尸侵袭简直就是复仇的天启。多亏了他们，无论这里发生什么警察都无法前来，他们也逃不出去了。最关键的是——丧尸都是被吃掉的人转化为吃人的怪物，那仿佛是推动我复仇的暗示啊。”

“可是静原同学，你的犯罪对眼前这种情况的利用实在过于巧妙，莫非你跟发起恐怖袭击的凶手们有联系吗？”

她否定了比留子同学的疑问：

“不，一切都是神的恶作剧——不，应该是如同恶魔耳语般的灵感和巧合。第一天晚上，我出于偶然在阳台上看到了进藤在自己房间被星川学姐袭击的光景。他把拼命想咬自己的恋人死死按在窗边，却丝毫不打算呼救。他可能知道，一旦被别人发现，星川学姐必定要被杀掉吧。我就这么一动不动地看着他拼命挣扎。不，不对。我当时在心里兴奋地为星川学姐加油打气：‘上啊，咬那里。加油，干掉他。’”

静原的语气没有起伏，双眼却闪烁着激动的光芒：

“与不知疲倦的丧尸对抗了大约三十分钟，进藤终于用尽了力气。他最后——呵呵，你们猜他的脸为什么被咬得面目全非？他啊，最后竟然亲吻了星川学姐，亲吻那个早已化作丧尸的人。那时我对他的看法才稍微有了一点改观，尽管还是不会原谅他。然后星川学姐咬烂了他的脸，又疯狂噬咬他的全身，最后缓缓站了起来。

“就在那时，她发现了正在隔岸观火的我，便朝我的方向走了过来。原来丧尸真的缺乏智能啊。她就那样跨过扶手，落到楼下去了。”

我回忆起天台看到的光景。挤在逃生梯上的丧尸一看到我，就把身子探到没地方落脚的扶手另一端，纷纷坠落下去。化作丧尸的星川也一样，为了够到斜前方的静原，才坠落到楼下的吧。

“于是我眼前只剩下进藤的尸体。当时我就想到了，若可以把这伪装成活人的罪行，那我今后再杀人不就可以摆脱嫌疑了？我确信那就是上天的启示，便开始计划利用丧尸杀死立浪和七宫。由于七宫一早就躲进了自己房间，我便决定先对立浪下手。就在等待他露出破绽时，我想出了调包门卡和电梯诡计。”

静原说到这里，目光出现了动摇，

“然而真正实施杀害时，我有了一个悬崖勒马的理由，那就是明智学长。因为沙知姐姐的死，我开始蔑视所有男性。可是明智学长保护了我，让我心生犹豫。我因为他的牺牲才存活下来，这样的我，真的有资格对男人发起复仇吗？于是，我决定向某个人寻求答案。”

我脑中响起静原昨晚的话：

“只要是我能做到的补偿，请你尽管说出来，无论是金钱还是身体。”

原来那是阻止静原的最后机会啊。

原来我应该提出要求，无论是金钱，还是身体。

就算被斥为渣滓，我也应该控制她，不让她的双手沾上鲜血。

然而我却这样回答了她：

“按照自己的意志活下去就好了。”

她把那句话理解成了行动的信号。

是我用轻浮的正义感，将她推上了恶鬼道路。

我真是个无可救药的蠢材。

“——我得到了准许。”

静原露出笑容。她的笑里没有悲痛，也没有愤怒。

那是饱含狂气的笑。

“那安眠药呢？”

“本来我觉得杀掉进藤和三个前辈时要用到，特意带了过来。但我听到名张学姐因此遭到了怀疑。我更想维持不知凶手是谁的状态，而不是嫁祸于人。真抱歉给你添麻烦了。”

名张摇摇头，仿佛在说算了。

“我发现丧尸侵入南区时，正好杀掉了立浪，正在用浴衣擦拭铜像上沾的血。意识到剑崎学姐和高木学姐被困在房间里，我非常焦急——同时再次得到了恶魔的灵感。只要利用营救剑崎学姐这个借口，就能借机进入七宫房间。于是我便拿出日常带在身上的眼药水，把立浪的血吸进去了。

“请尽情蔑视我。我之所以给两位学姐打电话，只有一半是担心你们有危险，另一半则是为了杀死七宫。最后，我甚至打开了南区大门的锁，留下两位可能在自导自演的可能性。

“我冲进 206 号房，眼前有两件事必须完成。一是打电话叫醒剑崎学姐和高木学姐，哪怕只叫醒其中一位也好。二是回到自己的 307 号房，同时不让任何人看见。

“我先给剑崎学姐打了电话，随后将带血的浴衣扔出窗外处理掉，再从房间里窥视休息室的情况，看是否有人出来营救剑崎学姐她们两人。剑崎学姐给管野先生打的两三分钟电话应该就在那个时候吧。由于迟迟看不到动静，我实在忍不住，又给高木学姐打了电话。而在我打电话时，管野先生走进了休息室，我只好继续等待，伺机回到自己房间。

“后来就跟剑崎学姐的推理一样。管野先生大喊着跑上三楼后，我从 206 号房探头出来，没想到竟看到了叶村同学的脸。”

就这样，静原结束了 howdunit 的自白。

然而——还有尚未解开的谜题。

比留子同学右手掩面，指甲陷入面部肌肤，仿佛想用疼痛来缓解苦恼。随后，她挤出一句话来：

“还有一点，我无论怎么想都想不通。”

“是什么？假设我能回答。”

“杀害立浪前辈时，你为何要坚持使用电梯诡计？如果只是让丧尸咬死他，应该还有很多更简单的办法。装卸合计超过两百公斤的重物，还要擦拭上面的血迹，你为何要不惜如此劳力，坚持使用那个诡计呢？”

那是比留子同学一直挂在嘴边的 whydunit 问题。

只见静原若无其事地点了点头：

“哦，那很简单。因为要取回被丧尸咬死的尸体，我只能那样做。”

“取回尸体？”比留子同学带着怯意重复了一遍。

确实，使用“比留子法”只能让立浪的尸体留在丧尸群中。可是这有什么不方便之处吗？

“刚才我说自己把丧尸当成了复仇的天启，对吧。为什么呢？因为丧尸可以杀死两次。一次是作为人类的死亡，另一次是作为丧尸的死亡。唯独对沙知姐姐最直接的仇人立浪，我不杀死两次不能善罢甘休。因为立浪他——害死了沙知姐姐和她肚子里的孩子，那是两条人命啊。”

“远藤学姐她……怀孕了？……”高木惊愕地喃喃道。

“没错。沙知姐姐当然把怀孕的消息告诉他了，可是立浪却给她寄来了装有堕胎费用的信封。收到信封两天后，沙知姐姐就自杀了。”

竟有这种事。她为了让被自己杀死的立浪复活为丧尸，然后再次杀死他，竟使用了如此复杂的诡计。这就是比留子同学一直在追寻的 whydunit。

重元之前说的话一点不假。

人们在丧尸身上投射了自身的傲慢和心像。

丧尸对重元来说，是乐趣无穷的谜团；对我来说，是让人体会自身渺小的灾害；对比留子同学来说，是她的特异体质所招来的最大威胁；对立浪来说，是感染无解的爱之病毒，并因此茫然乱舞的愚者；而对静原来说，则是将同一个人杀死两次，前所未有的复仇工具。

静原似乎回忆起了行凶的感觉，目光落到自己的双手上。她的姿态宛如圣母怀抱圣子。

“我现在还记得。当时——载着立浪的电梯下到一楼，很快我就听到电梯井里传来他模糊的惨叫声。我把耳朵贴在地板与电梯的缝隙上，没有错过任何一个细小声音。他双手双脚被束缚，别说抵抗，连逃跑都无能为力，只能在一群疯狂撕咬的丧尸中间蠕动、挣扎，不一会儿便陷入了疯狂，发出小女孩般高亢的尖叫。那仿佛是天堂的旋律，把我几个月来熊熊燃烧的胸中憎恶，彻底洗清了。

“你们明白吗？我早已不是正常人。电梯回来后，我收回立浪尸体，一边处理铜像，一边等待他变成丧尸。行凶一直持续到清晨并非计划出现问题，而是我一直在等他变成丧尸。他的发作时间比进藤要早，大约四小时就动了起来。早已等在旁边的我，抄起锤矛一下一下砸向他的头部。那种感觉有点像砸西瓜，还蛮有夏日风情。”

她微笑的唇间闪过鲜红的舌头，脱下优雅的面具后，她美得令人毛骨悚然，充满了魅力。

“话说回来，能解决掉已经化作丧尸的出目，我感觉自己实在太幸运了。因为无法对他下手一直是我心中的疙瘩。

“——这真是漫长的三天。为了在有限的环境中完成理想杀人，我不得不动用了这么多小把戏。不过，我的所有目的已经达成，接下来就——”

她没有说下去，只是用力咬住嘴唇。

我明白，我没资格对静原说什么。

既然默认了她的罪行，我与她便是共犯。

想必静原唯独不愿听到我对她说这些。

我很明白。尽管明白，也毫无办法。

静原啊，我理解你心中的憎恨。

自己向往的人被他们恣意玩弄后抛弃，最后竟怀着孩子死去了。

你一定无法原谅吧。只能把他们杀掉吧。

我若站在你的立场上，想必也会有同样的想法。

他们做了你最不能接受的事。就算其他事情可以原谅，唯独这个不行啊。

所以你现在一定没有悔恨。

可是啊，静原。

你不是看见了吗？独自藏匿化作丧尸的恋人，拼尽全力坚持到最后，最终以亲吻结束一生的进藤。

他虽然是个胆小自私、最不受女性欢迎的浑蛋，可为了最重要的人，他能拼上性命。

立浪也是。你可能不想知道，那家伙经历过我们难以想象的苦难，因为沉重的心理阴影而无法相信爱情。尽管如此，他还是想知道爱情的真义，向女性伸出贪婪的手。他也有值得同情之处啊。

说不定他们只是暴露了自己作为人类最丑陋的部分。除却那一部分，他们可能都不是坏人。可你我不都死死咬住某些人最丑陋的部分，叫嚣着他们不是人，不可原谅吗？

我已经想不明白了，所以我不想再了解出目和七宫的为人，我只想把他们当成无可救药的人渣。

若非如此，我便不知该憎恨什么。

就在那时，东侧楼梯路障的警报声，从楼下传了上来。

五

我们都知道那个声音意味着什么，好几个人都尖叫起来。

“路障被冲破了！”

“要上来了！”

然而丧尸爬楼梯的动作迟缓，我们应该还有时间避难。我抄起了手边的长枪。

大家匆忙将仓库的东西搬到天台，我与管野则镇守在东侧楼梯顶端。现在必须尽量争取时间。丧尸们从楼下缓缓拥了上来。

“来……来了！……”

“没必要击毙，只须推下楼即可。”我对管野说。

我咽了口唾沫，端起武器。

然而，此时又发生了意料之外的事情。

反方向也传来了木片撕裂的声音，紧接着是女性的惨叫。仓库另一侧——冲破南区大门的丧尸拥了进来。

“糟糕！”

那边离仓库更近，这样下去我们会被困住。

我慌忙折返，对已经把手伸向仓库大门的丧尸刺了一枪。

然而那是一个失败之举。枪尖瞬间贯穿丧尸咽喉，却卡在里面拔不出来了。被刺穿的丧尸不依不饶地伸手向前。

“呜哇啊啊啊啊！”

我为了不被咬到，猛地抬起长枪，趁丧尸被迫抬头时一脚将其踢开，好不容易躲过一劫。可是后面还有大量丧尸渐渐逼近。

我们连滚带爬地逃进仓库，正要关门，却被伸进来的丧尸手臂卡住了。紧接着又有第二只手、第三只手伸进来，关门已经不可能了。

“上天台！快！快！”管野大叫道。

丢下剩余的物资，所有女生以及重元先后冲上天台，我们顶不住一个个伸进来的手臂压力，终于把门放开了。

“你先走！”

在管野催促下，我爬上楼梯来到天台，雨点瞬间落到了脸上。管野跟在我后面跑了上来，就在所有人即将逃脱完毕的瞬间——

“哇！”

殿后的管野突然惨叫一声，原来他的右脚被丧尸抓住了。

我感到背后一凉，被咬到就完了。

那个瞬间，一个小小的身影跳向丧尸，一把短剑直刺面门。

“美冬！”

是静原。她的反击使丧尸松开手，管野慌忙从楼梯爬了上来，可是这回她却成了丧尸的目标。她拼命挥舞着短剑，却敌不过四面八方伸来的手。尖叫声响起。

“啊啊啊啊！滚开！滚开！”

高木从上方疯狂刺出长枪，好不容易把静原拉了上来。全员总算集齐。

我慌忙伸手推门。接下来只要将追过来的丧尸打下楼梯，把门关上即可。

话虽如此，可是——

“——啊。”

我看到逼近眼前的丧尸，脑子变得一片空白。

“明智——学长——”

几乎与我耳鬓厮磨的男性丧尸。

尽管浑身血污、遍体鳞伤，我还是不可能认错。

我的福尔摩斯，一直引导我的恩人，我没能拯救的人。

我曾目睹许多死亡。

我对人力不可抗拒的天灾、突如其来的别离早有耐性。

然而，我还是无法亲手将他推下去。

我怎能用“华生”的手，将归来的“福尔摩斯”重新推下悬崖？

眼前的一切都变成慢动作。

目光相遇。丢失了无框眼镜的赤色瞳孔里，倒映不出我的模样。

明智学长伸手抓住我的肩膀，大张的嘴贴向脖颈——

冲击。

一柄长枪直刺他的眼睛，穿透天灵。

我回过头，是比留子同学。

“——不给你。”

她的语气坚定，

“他是我的华生。”

松开手，长枪与明智学长的身体一同坠落。

如同被切断蛛丝的犍陀多，他裹挟着丧尸堕入地狱——门关上了。

“啊，美冬，美冬——”

高木哭喊着她的名字。静原蜷缩在她怀里，肩上清晰可见惨烈的啃噬痕迹。所有人都知道那意味着什么。

“这都是因循果报。”

静原站起来，缓缓将高木推开，

“学姐，请不要伤心。我从吃人的人变成了被吃的人，这是最后的天启。”

静原拿起高木的长枪，退到天台边缘。

“美冬。”

“学姐，还有各位，我给你们添麻烦了。我不怕死，这样下去只会拖延我回到沙知姐姐身边的时间，所以，我决定自我了断。”

说完，静原毫不犹豫地把枪尖深深刺入眼窝。

小小的身体向后倾斜，坠落下去。

“不要啊啊啊啊啊啊——！”

高木的呐喊。

转瞬之间，地面传来一声闷响，

又重归静寂。

雨停了，四小时后，救援直升机出现在视野中。

エピローグ

尾声

恣意掠夺的夏天逝去了。

被掠夺的我多少放下重担，回到日常生活中，今天依旧走进了常来的咖啡店。

矮桌上放着奶油苏打，第一个请我喝它的人已经不在。

那件事已经过去一个多月，据报道，新型病毒恐怖袭击造成的死亡人数目前已经达到五千二百三十人。

足足有五千多个牺牲者。但也可以说，只有五千多个牺牲者。与我经历的那场大地震相比，这个人数微不足道。

可能因为这样，整整沸腾了两周的媒体，高潮过后便骤然失声，如同退潮般安静下来，如今已经彻底恢复常态。这个速度是否人为，我无从知晓。

某座山庄里发生的猎奇杀人，以及沦为牺牲者的青年渐渐从人们口中消失，这也并不奇怪。

暑假结束后，高木就退了学。她专门来跟我打招呼，说明年开始准备上护理学校。随后她又坦白，第一封威胁信就是她写的。也就是说，她没能如愿让集训取消。最后离开前，她对我说，以后想成为有能力拯救他人的人。

或许因为事件的刺激，名张在家休养了一段时间，前些天平安回到了大学。据说她还与已经辞去紫湛庄管理人职务的管野保持着联络。这也算是这次惨案中少有的安慰了。

重元不见了。不过他的情况有些特殊，据他熟人所言，事件后他一次都未在大学露过面，甚至联系不上。

这让我想起一件事。我们从紫湛庄被营救出来后，曾经被隔离在一个机构接受精密检查和警方调查，当时不知是警察还是检验人员从重元行李中搜出了那本手札，于是重元被单独带到别的房间去了。其后他到底怎么样，我也无从知晓。

最后是我们。

事件结束后，比留子同学再次邀请我当助手。

我对她坦白了一个秘密。

杀害立浪后，我与静原碰面，当时静原并没有对我发出威胁，而是恳求。

——求求你，我发誓不会对七宫以外的人下手，请你暂且放过我。

我为了自己的声誉接受了那个请求，尽管最后犯下错误，反倒令静原曝光，但她直到最后都遵守了约定。

“对不起，我不能当你的助手。”

我明知比留子同学的努力，却瞒着她让七宫遇害。

这样的我，没资格当华生。

“是吗？”

她寂寞的笑容萦绕在垂下的眼睑上。

丁零，入口处响起铃声。

室外的阳光中现出一个人影，向这边走来。

看似天真，又透着一丝成熟气质，谜一样的美人。

“——你好早啊，等很久了？”

“没有，我也刚到。”

她落座时，我叫来了服务生。

明智学长去世后，推理爱好会的人数依旧是两个人。

“那我们开始吧。”

“嗯，我上回请熟人对那个机构进行调查，现在报告出来了——”

我的赎罪，从此开始。

主要参考文献

《丧尸求生手册》,
麦克斯·布鲁克斯著，卯月音由纪译，森濑缭翻译监修，
安塔布莱恩出版。

《电影秘宝 EX：电影必修科目 15——暴食！丧尸电影 100 选》，
洋泉社出版。

第二十七届“鲇川哲也奖”评选过程

敝社[1]于1989年开始实施“‘鲇川哲也与十三个谜题’第十三张椅子”公开招募企划，当年得奖作品为今邑彩《卍之杀人》。翌年以“鲇川哲也奖”之名重新起步，迄今为止向世界推出了芦边拓、石川真介、加纳朋子、进藤史惠、爱川晶、北森鸿、满坂太郎、舸健二、飞鸟部胜则、门前典之、后藤均、森谷明子、神津庆次郎、岸田瑠璃子、麻见和史、山口芳宏、七河迦南、相泽沙呼、安万纯一、月原涉、山口彩人、青崎有吾、市川哲也、内山纯、市川忧人等新人才。

第二十七届“鲇川哲也奖”于二〇一六年十月三十一日截止征稿，共征得一百四十一篇作品，经过两次预选，得出以下六篇最终候选作品。

梨江枯叶《空底绽放》（空の底に咲く）

一本木透《所以没能杀死》（だから殺せなかった）

朝永理人《幽灵时钟机关》（幽霊は時計仕掛け）

1. 东京创元社。

亘二舟《沙盘里的人》(箱庭のふたり)

左义长《恋牡丹》(恋牡丹)

今村昌弘《尸人庄谜案》(屍人荘の殺人)

最终选举委员由加纳朋子、北村薰、辻真先三人担任，于二〇一七年四月三日进行选拔，决定以下获奖作品：

今村昌弘《尸人庄谜案》(屍人荘の殺人)

另选出优秀作品奖作品如下：

一本木透《所以没能杀死》(だから殺せなかった)

*

获奖者信息：

今村昌弘（いまむらまさひろ），一九八五年生于日本长崎县，现居住于兵库县。毕业于冈山大学，目前从事自由职业。

第二十七届“鲇川哲也奖”选评

—— 加纳朋子

从本届起，我将出任评选委员一职。作为曾经的“鲇川奖”获得者，我感到万分荣幸。接下来，我将按照阅读顺序，依次做出选评。

《空底绽放》

个人认为，作者描写昭和初期这个时代的热情十分值得称赞。这无疑是一则没有硬伤、中规中矩的故事。然而故事给我一种已经知晓前路，只消淡淡前行的印象。在事故中死去的女性，是否读了那封情书？仅凭这个谜题来带动长篇故事，多少显得力量不足。此外，藏匿信件的地点止步于预料之内，还显得有违常理。为了藏匿情书而选择一个无法直接触碰、无法拿出来重新阅读的地方，这样的女性应该极为稀少。我感觉，这是电子邮件和“连我”时代的人容易产生的想法。

《所以没能杀死》

短句串起的文章让人印象深刻。刚开始借讲述者之口介绍了自身平凡的人生经历，以及随处可见的家人回忆，最终成年后，我一时不知故事将如何延续。然而此时转换章节，从讲述者变为报社记者视角，情节顿时有趣了许多。文中关于报纸制作的信息量极为惊人，读来令人兴致盎然，但此处还须多加整理为妥。此外，结尾反转似乎效果不明显，让人不禁思考：这标题又有什么意义？虽说如此，作者笔力依旧值得称赞，作品身为推理小说的完成度也很高。

《沙盘里的人》

能否在故事最初快速提出富有吸引力的谜题，个人认为这是本格推理极为重要的关键所在。从这个观点来看，主人公与儿子结伴来到大学咨询室，遭遇到与沙盘疗法相同状况的死亡案件，这个谜团迅速捕获了我的心。然而细节处却存在种种疑问……譬如仅仅是小孩子一推，一个成年人真的会从屋顶坠落吗？以及藏匿尸体的方法，等等，中间存在牵强之处。最后给人感觉选用了上乘素材，却做不出一手好饭菜。

临近结尾发现心理咨询对象其实是自己的桥段，哀愁中带着让人感动的因素。

《恋牡丹》

时代小说短篇集。以时代小说这一体裁而言，作品完成度非常高，故事十分耐读，甚至可以直接刊登在商业杂志上。然而作为本格推理来看，故事过于平铺直叙，有过早暴露诡计之嫌。此外，故事整体跨度较长，侦探角色和主人公不断变换，给人一种长期连载系列故事的浓缩版感觉。作者笔力极好，或许还可多写几篇同系列短篇。

《幽灵时钟机关》

高中文化祭，班里决定办鬼屋。男主人公自嘲存在感比空气还稀薄，却不断有女生主动找上门来。其他男生存在感为零，完全沿用了轻小说模板……但最后作者亲手将这一模板打破，倒是十分有趣。或许作者是刻意构筑起了轻小说式的美感，留到最后以供打破。故事中亦有许多超元性台词，此处或许便是区分读者好恶的关键。

故事整体不乏趣味性，但致命失误亦很明显。最糟糕之处在于弄错了被害女生的名字。文中作为本格的解谜部分非常出色，因此更是深感可惜。

《尸人庄谜案》

故事开篇的山庄平面图、大学推理爱好会、为拍摄恐怖电影组织集训……这些无疑是经典而王道的设定！带着这种感觉阅读下去……猛然出现大量丧尸包围山庄，同时通信断绝，瞬间完成空间封锁。而且原以为是侦探角色的登场人物竟……

崭新哉、奇特哉，出人意料的铺陈令人应接不暇。而且接下来出现的连续杀人事件，竟在如此特异的设定中，最终完成了漂亮的解答……

一言以蔽之：太精彩了！

途中登场人物增加，让人感觉难以把握时，甚至出现了人物介绍和记住名字的顺口溜，实在是无比周到。

打开票箱一看，全体评委一致选出了这部作品，但这次候选作品整体水平极高，让我获得了极为愉快的阅读体验，希望明年再有力作诞生！

—— 北村薰 ——

本次“鲇川哲也奖”的竞争激烈程度，堪比第四届进藤史惠《冰冻之岛》夺冠、贯井德郎凭借名作《恸哭》尚未能获奖的激战。

编辑部发来的候选作品多于往年，足有六篇。

对我声称：

——实在无法刷掉任何一篇。

读完候选作品，我深表赞同。几乎所有作品都处在往年当选线上，其中半数完全可以获奖。

我一边感到雀跃，不知评选会将会如何筛选，一边又为不得不让如此优秀的作品落选而感到痛心。

评选会正式开始，首先委员各自发表五级评分，全体成员都给《尸人庄谜案》评了 A。我本以为评委之间会存在冲突，没想到轻易便得出了结果。

这篇作品或可称为杰作。

之所以用了“或”，是因为我不想轻易使用最高级的赞誉。然而冷静下来思考，它依旧是能够轻松登上年度本格推理十强的作品。

原本以为只是随处可见的学生暑假集训，随着阅读深入，却出现了让人怀疑双眼的惊人发展。这种感觉就像前去观看棒球比赛，眼前却开始了斗牛。会有人不为此惊奇吗？为照顾尚未开始阅读的读者，此处不方便讲述细节，着实让人气恼。一个读者心中确信是名侦探的人物竟……如此绝妙的展开实在让人艳羡不已。

故事如此脱离常轨，到最后能否完美收官？没想到作者丝毫没有懈怠。实在太厉害了。作品实现了奇幻与本格的完美融合。

这般厉害的头脑，我只能诚恳地脱帽致意。

唯独作品标题使用了早已见惯的“××× 事件”，让人略感可惜。然而，这也是宣言“这是本格”的标志啊。从这个角度来看，希望作者与编辑部再仔细探讨一番。

得分第二高的作品是《所以没能杀死》。故事中满是唯独报社工作者才能进行的描写，用词等方面现实感十足。情节精巧干练，足见作者笔力之浑厚。

这个奖项被冠以鲇川哲也老师之名，因此更重视本格推理的性质。这部作品读到最后，确实可以纳入本格范畴。

这部作品落选实在可惜，我希望各位读者定要阅读一番，于是经过评委审议，决定授予优秀奖。

《恋牡丹》是一篇诚意十足的时代推理。“许愿竹”的合页诡计已有前例，虽不稀奇，但对富士和七夕的概念活用十分巧妙。本作品读下来，让人感觉是一部时代本格的优秀作品。然而若论本格推理的精妙之处，却很难一一道出。这也是作品集的弱势所在。或许可以用短篇形式先获得一些发表机会。

以下作品各有长处，但难以一一列举，便将各评委关心之处记录下来。

《幽灵时钟机关》虽是早已不新鲜的高中背景，读来却感觉非常流畅。前半部分用大量篇幅讲述了鬼屋里的几个小时，若笔力平凡，文章必定让人不忍卒读。能令读者忍不住读下去，足见作者实力非凡。理论铺陈十分优秀，名侦探阴阴沉沉的个性设定也很特别。

《沙盘里的人》实为一部力作。素材个性十足，全篇也遍布闪光点。作者能够开辟独特的舞台，采用特别的素材，这点十分重要。关键在于不要流于平凡，而要让读者看到此人特有的光芒。这篇作品就在十足的说服力方面稍有欠缺。

《空底绽放》的世界观营造让人好感十足。可是，让昭和初年的世界跃然眼前是十分困难的工作。一些小道具和那个年代的必然，并没有与故事情节完美结合在一起。

—— 辻真先

本奖项去年佳作甚多，今年值得一读的候选作品更是目不暇接，让我作为评委，很是下了一番力气。

我按随机顺序阅读，拿起的第一篇是《所以没能杀死》。作品开篇在各种场面讲述了对父亲的回忆，介绍了只有父母和自己知道的幽默"家族语"，章节到此结束。这样的开篇营造了很好的气氛，但在下一个章节，作者马上又向读者揭开了那个家庭的实际状态。这样使得读者既不必陷入过度的感伤，同时又能切身感受到被"告知真实"

的寂寥。紧接着，作者又用剧场型的大事件让读者震撼不已。故事转而用报社编辑部熔炉般的火热覆盖了全文，让我感觉“这个值得一读”。现场混乱的修罗地狱光景，甚至让读者都感到无比灼热。此时感受到的作者笔力直到最后都不见衰弱，成为了作品的独特亮点。虽然解谜部分略显单薄，凶手动机感觉不强烈，但还是一篇兼具智慧与感情的优秀推理作品。

接下来读的是《恋牡丹》。这是“鲇川奖”少见的时代作品，而且还是作品集。不过作者却在标题旁冠上了“连作长篇”的名号。每篇短作皆以“花狂”“雨歇”这种二字词作为标题。故事主轴是同心父子，经过四个故事后，明确了被卷进维新浪潮的幕府小官员这一整体构造，让人明白并非将几个短篇简单排列在一起。每个短篇的事件解答都存在现有捕物帐不曾涉及过的谜题，让人感觉到了申请本奖项的劲头。遗憾的是，通读全文后，感觉四个短篇质量略显不平衡，使得作者想要实现的意图并没有生动体现出来。第一篇的樱花豆腐散发着浓浓的江户风情，然而凶手动机却过于理性；第二篇的屏风诡计虽然有趣，但倒叙的必要性让人难以接受——如此这般，读完之后难以抹去心中不平。希望作者能够重整旗鼓，再度挑战。

《空底绽放》写出了十分浓郁的生活感，但作为“鲇川奖”候选作品，谜题略显粗糙细小，影响了整体质量。文中配角描绘得栩栩如生，可见作品作为小说的实力确实雄厚，然而推理部分过于平淡。市井绘图和逻辑魅力未能完美结合，本应最关键的解谜场面高潮感不足。虽然作品规避了过于繁杂的色彩感，但也缺乏吸引读者的要素，刚开始品读时分数并不低，但在情绪上令人早早将其排除在了获奖圈外。

《沙盘里的人》也一样，文章中规中矩，却略显平淡。作品题材不坏，沙盘疗法也视觉感十足。我在题材吸引下开始阅读，最后却兴味索然。作者过于依赖素材的牵引力，在情节设计阶段感觉劲头不足。我认为，既然是虚构故事，应该大胆放飞想象力，待到落笔成文之时再去追求细节的真实性。将这篇作品当成娱乐来拒绝十分困难（像我这种笔力的人更要夹起尾巴逃窜）。应该说，作者已经十分努力，希望今后能够积累更多小说创作的基础体力。

《尸人庄谜案》坦白说让我很犹豫。在阅读的趣味性上，这篇作品确实位居榜首。那么，我究竟为何犹豫呢？围绕事件的内侧护城河和外侧护城河，这两重防御似乎与我的阅读方法出现了龃龉。从内外皆是人为这点来看，两者属于同一次元，所以希望连续杀人和生化袭击最终能够终结在同一个层面上——这是我一开始的想法。核心事件本身无论是铺陈、不可能性还是最后的解答都不存在可批判之处，无疑是名副其实的本格推理。让我难以释怀的地方，也因为加纳老师一句“真是封闭空间的全新形式”而释然了。原来只要将生化袭击归类为暴风雪和台风的同类项就好了。从这个观点来看，真凶的自裁也来得干脆利落。一些细部技巧，比如电梯和雕像的处理让人惊叹不已，让我认为本篇实为“鲇川奖”最佳候选，对另两位评委的意见无比赞同。

最后读的是《幽灵时钟机关》。学校背景、文化祭、鬼屋……这些元素早已溢出轻小说范畴，变得随处可见，想必作者对自己充满了自信，因此我阅读时也充满期待。结果——普普通通。虽然很有趣，但是存在一些不足。若非要翻开前人已经收获过的土地，不仅是谜题，连人物（包括命名、性格和行动）和操纵人物的手段都要更具魅力、更有新鲜感才对。若没有实现这些条件就很难获奖。希望所有应征者都明确这点，同时不甘失败，再次发起挑战。我们一定能再度重逢。

图书在版编目（CIP）数据

尸人庄谜案 /（日）今村昌弘著；吕灵芝译 . — 北京：北京联合出版公司，2019.9（2025.4 重印）
ISBN 978-7-5596-2831-2

Ⅰ . ①尸… Ⅱ . ①今… ②吕… Ⅲ . ①长篇小说 – 日本 – 现代 Ⅳ . ① I313.45

中国版本图书馆 CIP 数据核字（2018）第 278667 号

尸人庄谜案
作　　者：〔日〕今村昌弘
译　　者：吕灵芝
责任编辑：刘　恒
特约监制：何　寅　夜　莺
特约编辑：胡瑞婷
封面设计：唐　旭

北京联合出版公司出版
（北京市西城区德外大街 83 号楼 9 层 100088）
嘉业印刷（天津）有限公司印刷　新华书店经销
字数 221 千字　880 毫米 × 1230 毫米　1/32　10.25 印张
2019 年 9 月第 1 版　2025 年 4 月第 15 次印刷
ISBN 978-7-5596-2831-2
定价：48.00 元
